Change Management of Electrical Enterprise

电力企业管理变革之道

——电网企业

Power Grid Corporations

涂方根　章登庆　编著

U0133252

中国电力出版社
www.cepp.com.cn

内 容 提 要

本书根据电网企业的管理咨询实践经验，从电网企业人力资源变革落地实施的角度入手，总结出适合电网企业的人力资源变革模式，通过对具有实操性变革工具方法的介绍、变革实践中的经验与体会及变革理论的阐述，揭示电网企业实施人力资源变革的重点及难点，提出应对的方法及策略；同时，配以大量的实战案例及可操作的制度，切实指导电网企业人力资源变革的落地实施，指出电网企业人力资源变革的关键所在，与读者共同探讨电网企业人力资源变革的心路历程。

在篇章结构及内容上，则先介绍中国电力体制改革和现有两大电网企业的基本情况。接着从企业微观层面详细总结了电网企业人力资源现状及存在的问题，并提出了相应的对策和建议。在此基础上，则从电网企业的用工改革、定岗定编、竞聘上岗、同业对标、绩效管理、能力测评、班组建设、薪酬改革等人力资源系统变革的各个方面进行了详细解读。除此之外，编者还就如何提高电网企业的执行力和企业文化在电网企业的落地实施进行了深入探讨。

图书在版编目（CIP）数据

电力企业管理变革之道．电网企业/涂方根，章登庆编著．北京：中国电力出版社，2009
ISBN 978 - 7 - 5083 - 8277 - 7

Ⅰ．电⋯ Ⅱ．①涂⋯②章⋯ Ⅲ．电力工业 - 工业企业管理 - 劳动力资源 - 资源管理 - 研究 - 中国 Ⅳ．F426.61

中国版本图书馆 CIP 数据核字（2008）第 205906 号

中国电力出版社出版、发行
（北京三里河路6号 100044 http：//www.cepp.com.cn）
汇鑫印务有限公司印刷
各地新华书店经售

*

2009 年 4 月第一版 2009 年 4 月北京第一次印刷
710 毫米 ×980 毫米 16 开本 16.75 印张 218 千字
印数0001—3000 册 定价 **38.00** 元

《电力企业管理变革之道》

◆ **丛书总策划：**

涂方根

◆ **智慧贡献：**

王利平	文跃然	慕凤丽	穆 琴
胡全奎	章登庆	陈 琦	郭卫东
周 勇	韩 雪	朱志刚	金珉泰
王永书	王振侠	王 瑶	单 敏
李晓勇	李 强	岳三峰	杨子丽
荆小娟	崔海鹏	段 磊	赵晓宁
杨贺龙	黄健江	欧阳效辉	杨碧涛
戴 勇	孙金熙	王晓燕	洪安玲
岳政军	王 凯		

丛书总序

电力企业管理咨询为电力企业管理创新助力

近日，再读《电力要先行·李鹏电力日记》一书，深感一位国家领导人对国家的深深关切和对电力事业的执著追求，在宏观面上有醍醐灌顶之感。

同时，恰好又受邀为《电力企业管理变革之道》丛书作序，初读书稿后，感觉这套丛书从微观上求解电力企业管理效率提升，还有令人耳目一新之感。

新，在于两点，一是，在微观细节上研究电力企业的人力资源管理现状及解决思路，不是简单的理论和说教。有很多从实践中得来的方法、方案等，有的甚至可以直接借鉴采用；二是，作者还不满足于此，而是注重从方案到落地实践，深入、系统介绍了很多行之有效的改革推进案例和方法。换言之，光有好的想法还不行，还要有好的工作方法去实践。毕竟，改革的难点在于人，成败与否在于利益格局和文化观念，有了管理落地方法和实践案例，则"借鉴有案例，对标有方法"。

面对电力行业发展和管理的诸多问题、多种争议，本书作者遵循"少争论，多研究；少点评，多思考；不要指手画脚，只要扎实工作"

的可贵原则，认认真真为电力企业传播现代化人力资源管理理念，促进思想创新，踏踏实实帮助电力企业向管理要效益，提升劳动生产效率，降低运行成本，挖掘人力资源价值，发挥人力资本的巨大优势。这种"不唯上，不唯书，只唯实"的做法，值得称道。

从管理角度看电力企业，我们在走了一圈"完全西化的管理引进"之路后，许多有识之士发现，中国本土企业和人文环境在诸多方面有自身的特点，电力体制创新及企业的人力资源管理，更加有其独特属性，简单来说，管理环境往往是决定方案怎么做及能否落地的关键前提。宏观的电力行业创新和微观的电力企业改革，都不能抛开这些社会和文化环境等属性，不能离开这些管理环境，而去空谈管理改革和落地。这是作者着重强调的观点之一。

目前讲述电力企业管理的书很多，但是系统介绍人力资源管理是本丛书区别其他同类图书的一个亮点。本丛书的许多观点和案例在本土化、可操作性和中国特色上做了大量有价值的探索，至少提供了许多现实的可供同业对标的案例，也是可落地操作的东西，值得相关人员参考借鉴。而且本丛书在篇章构架、主次搭配、详略安排上既有系统性，又有实用操作性，非常难得，值得电力行业同仁学习推广。特别建议电力行业的各级各类学习班、培训班，在学习人力资源课程方面，可以将本丛书作为参考教材。

王永幹

2008 年 12 月

丛书自序

从"向管理要效益"到"向管理落地要效益"

"如果你未曾体验过火力发电厂锅炉的高温，你在运行管理生产员工的岗位评价要素设计、工资设计中，如何能准确把握好职业病、危险程度等环境因素的价值衡量？"

"如果你不去亲自跟踪看看大、小修对进度和质量的复杂要求，对于检修部门能否外包、组织分工、考核指标和奖金分配方案，你的质感从哪里来？"

"如果你不去多个电建项目工地转转，不去实证调研电力设计院多个项目人员调配的苦恼，你谈到现实世界的强、弱矩阵管理，以及推行之难，你和客户对话时，绝对没有底气，没有发言权。"

"电网下属发电厂要剥离时，如果你根本不去私底下和基层员工交流，你做出来的人力资源改革方案、退出机制、并购后的文化融合，肯定是无法落地的，或者说是'硬着陆'，不是'软着陆'，有很大风险。"

这些话，源自我们在电力企业人力资源咨询项目中经常互相询问和交流的话。

这些话背后隐含的意思是，人力资源管理方案要落地，必须要实现管理有效性，包括对电力行业的针对性、本企业的独特性、人力资源专业角度的个性等的综合理解和系统把握。没有针对性、个性化的研究就没有管理的有效性，方案就无法落地操作，也就无法实现向管理要效益，这是我们提出从"向管理要效益"转到"向管理落地要效益"的基本出发点。

电力作为最重要能源之一，是关系国计民生的国家战略必须思考和关心的重点领域。作为中国企业管理的"落地专家"，我们更加强烈意识到，满足电力企业客户最真实、最原生态、最实在、最贴身、最贴心的需求，是时代赋予我们的最紧迫任务，也是我们的荣耀。

所以，一直以来，我们把电力能源行业作为研究和咨询的重点，为此，专门设立了电力与能源行业研究中心（事业部），在广泛而丰富的管理咨询实践中，积累了大量的电力行业成功的咨询案例，不断研究总结电力企业的管理存在的问题，并且持续提炼创新，寻找有效的解决方案，创新研究、总结提炼出了一些有效的管理理念、管理工具、咨询方法。

例如：针对中国人事投入回报时间漫长的特点，提出的缩短员工的投入回报时间差；统筹兼顾历史贡献、现实贡献和潜在贡献的价值综合评价法；针对复杂背景下的组织机构改革方案的集体评分法；主辅分离中的"产权、业务、人员三维度"解决方案；基于中国文化的组织变革 C 理论；基于中国文化背景下"位子、票子、面子、梯子、台子"的"五子工程"等。

基于电力行业的时代背景和我们的咨询实践，我们精心选派研究人员和写作班子，精心编著了《电力企业管理变革之道》丛书，一期包括电网企业、发电企业、电力设计院、电力建设企业四册，作为奉献给电力行业的朋友，以及致力于电力行业研究的学者、咨询人员、投资人和社会各界。希望可以促进社会各界对电力行业企业管理、变革与落地的认识和理解，也希望可以为电力企业管理创新提供一点借鉴和参考。

在本书的创作和研究过程中，广泛吸收了许多电力行业客户、朋友和咨询界同仁的思想和智慧，包括高洪德、徐鹏、季冠庆、徐庆銮、孙金华、陈振荣、陈晓颖、庞可、邹胜平、路茸、文跃然、彭剑锋、王璞、单敏、李晓勇、李强、岳三峰、杨子丽、孙彤、岳政军、涂伟、王晓燕、许志强等。在此一并表示我们最深刻、最真挚的感谢！

当然，本书在学术理论上、咨询工具、管理实践上，肯定还有许多欠缺、不足，甚至错误，也希望读者朋友可以不吝赐教，提出宝贵的批评指正意见，感谢联系 www.cnutc.com。

作　者

2008 年 6 月 20 日

目　　录

导论

　　自改革开放以来，针对不同发展时期，我国进行了一系列电力工业体制改革和管理模式的探索。1985 年之前，我国的电力工业一直实行国家集中统一的计划管理体制。中央政府是全国电力经济活动的唯一决策主体，负责全国电力资源的配置，直接组织电力生产供应和电力投资建设。这种典型的计划经济体制严重制约了电力工业的发展，造成了全国长达 20 多年的严重缺电。为了迅速扭转电力短缺的局面，调动地方政府、企业、外资等方面的积极性，1985 年，电力工业开始实行改革，采取了两项主要改革措施：一是实行以"电厂大家办，电网国家管"为方针的集资办电政策；二是在管理体制上实行省为经营实体，中央政府逐步放松对电力工业的准入监管和价格监管，同时对地方政府适当放权。这些改革措施极大地推动了电力工业的迅速发展，电力装机容量每年以新增 1000 万千瓦的速度递增，到 1995 年全国电力装机容量突破 2 亿千瓦，全国性电力短缺的矛盾基本得到解决。

　　1997 年 3 月，电力工业管理体制进入第二轮改革，进行了政企分开改革，成立了国有独资的国家电力公司，与电力工业部双轨运行。1998 年，电力工业部被撤销，国家经济贸易委员会下设电力司，原电力工业部的行政管理职能移交电力司。这一轮改革后，国家电力公司不再具有行政管理的政府职能，只是一个电力生产运营商。但是，国家电力公司集发电、输电、配电、售电于一身，几乎控制着全部电网和一半的发电厂，依然保持着垂直垄断的格局。

　　20 世纪 90 年代末期，中国电力市场的供求关系发生了变化，电力供应不仅不再短缺，而且实现了供需基本平衡，甚至有些地区出现了阶段性的供大于求。这一变化导致了发电市场开始出现竞争并且竞争程度逐步增强，逐渐显现出了电力工业垂直垄断的弊端。2002 年 2 月 10 日，国务院印发《电力体制改革方案》的通知，有关电力体制改革的大方案确定，其主要内容包括：重组发电资产，建立若干个独立发电公司；重组电网资产，设立国家电网公司和南方电网公司，在国家电网公司下辖几个区域性电网公司；设立国家电力监管委员会，负责电力监管。2002年12月29日，国家电网公司、中国南方电网有限责任公司（以下简称南方电网公司）等2家电网公司，中国华能集团公司、中国大唐集团公司、中国华电集团公司、中国国电集团公司、中国电力投资集团公司等5家发电公司，中国电力工程顾问集团公司、中国水电工程顾问集团公司、中国水利水电建设集团公司、中国葛洲坝水利水电工程集团公司等4家辅业集团公司同时挂牌。至此，电力工业体制改革已初具轮廓。国家电网公司、南方电网公司供电范围如图0-1所示。

图0-1　两大电网公司供电范围

　　我国电力工业中，国有资产占绝大部分比重，由于长期处于垄断地位，企业效益长期在低水平下增长。国有电力企业赢利水平低，一方面反映出国有垄断企业普遍存在的市场激励不足，另一方面也反映出对国有电力企业的绩效激励机制还需要进一步的改进和加强。

　　根据党的十五届四中全会《关于国有企业改革和发展若干重大问题的决定》的要求，为推动国有及国有控股大中型企业（以下简称企业）建立现代企业制度和加强管理，国家经贸委于 2000 年发布实施了《国有大中型企业建立现代企业制度和加强管理的基本规范（试行）》（以下简称规范）。规范明确指出：① 改革用工制度。企业根据生产经营需要依法自主决定招聘职工，完善定员定额，优化劳动组织结构；科学设置工作岗位、测定岗位工作量、确定用工人数，实行定岗定员、减员增效，多渠道安置富余人员。实行全员竞争上岗制度，经培训仍未能竞争上岗的职工，企业可依法与其解除劳动合同，形成职工能进能出的机制。② 改革人事制度。按照"精干、高效"原则设置各类管理岗位和管理人员职数，精简职能部门，减少管理层次。打破"干部"和"工人"的身份界限，企业内部各级管理人员必须实行公开竞聘、择优聘用、定期考核，并实行任期制，不称职的必须及时从管理岗位上调整下来，形成管理人员能上能下的机制。③ 改革收入分配制度。建立以岗位工资为主要形式的工资制度，明确岗位职责和技能要求，实行以岗定薪、岗变薪变。岗位工资标准应与企业经济效益挂钩，效益下降时相应降低岗位工资标准。调整职工收入分配结构，工资收入与企业效益和职工实际贡献挂钩，形成收入能增能减的机制。实行职工工资收入银行个人账户制度，委托银行代收全部工资收入，严禁违规违纪发放工资外收入，提高工资收入分配的透明度。④ 建立健全对企业经营管理者的激励机制和约束机制。企业经营管理者的薪酬必须与其职责、贡献挂钩。监督约束机制健全的企业，在严格考核的基础上，对经营管理者可以试行年薪制、持有股权、股票期权等分配方式。

　　根据规范的要求，为推动电力企业积极实施管理创新，中国电力企业联合会制定了《关于"十五"电力企业建立现代企业制度和加强管理的指导意见》（以下简称指导意见）。指导意见提出了电力企业建立现代企业制度和加强管理的总体要求，即电力行业要大力推进战略管理和制度创新、技术创新、管理创新，加强市场营销、安全生产、财务会计、质量、人力资源管理和企业文化建设；以市场需求为导向，以人为本，充分发挥市场机制的作用，增强核心业务的市场竞争力、科技创新力和抗风险能力，提高电力企业的综合效益，努力提升管理整体水平，使企业管理与市场经济体制和国际惯例接轨，促进电力工业持续快速健康发展。同时，指导意见指出，管理创新要根据市场经济条件下企业生产经营的客观规律和现代科学技术的发展态势，对传统的管理模式及相应的管理方式和方法进行改进创新；要坚持创新性、实践性和效益性的管理创新原则，形成适应本企业实际、有特点的管理模式；要掌握和借鉴国外同行业先进的现代管理方法，并注意总结过去行之有效的管理经验，根据企业客观环境的变化，不断赋予其新的内涵，以实现企业管理工作的高效率、组织的高效能、经济的高效益。

2007 年，国务院办公厅下发了《关于"十一五"深化电力体制改革的实施意见》（以下简称意见），明确了"十一五"深化电力体制改革的 8 项主要任务。意见指出，要继续深化电力企业改革，培育合格的市场主体，尽快形成适应市场要求的企业发展机制和经营机制；电力企业要按照《中华人民共和国公司法》的要求，加快现代企业制度建设，完善法人治理结构，强化风险意识，改革和调整分配制度。这就对电网企业的人力资源管理工作提出了更高的要求。电网企业必须在人力资源管理方式及方法上不断创新，才能适应时代的步伐。

随着国家宏观调控力度的逐步加大，以及一大批发电项目的相继投产，电力供应将趋于平衡甚至供大于求。电网建设与电力市场开拓刻不容缓，特别是受电价政策的影响，电网经营形势不容乐观。

一、国家电网公司概况

国家电网公司成立于 2002 年 12 月 29 日，是经国务院同意进行国家

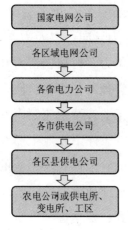

国家电网公司

↓

各区域电网公司

↓

各省电力公司

↓

各市供电公司

↓

各区县供电公司

↓

农电公司或供电所、
变电所、工区

图0-2 国家电网
公司垂直管理体系

授权投资的机构和国家控股公司的试点单位。国家电网公司名列2008年《财富》全球企业500强第24位，是全球最大的公用事业企业。作为关系国家能源安全和国民经济命脉的国有重要骨干企业，国家电网公司以建设和运营电网为核心业务，承担着为经济社会发展提供安全、经济、清洁、可持续的电力供应的基本使命，经营区域覆盖26个省、自治区、直辖市，覆盖国土面积的88%，供电人口超过10亿人，管理员工148.6万人。国家电网公司垂直管理体系如图0-2所示。

为了应对日益严峻的电网经营形势，全面提升公司的核心竞争力，国家电网公司大力加强战略规划体系建设，提出了公司的基本价值观及建立"一强三优"现代公司（"一强"即电网坚强，"三优"即资产优良、服务优质、业绩优秀）的发展战略目标（见图0-3）。同时，在战略目标的指导下，明确了"两个转变"的战略实施方法、"三抓一创"的工作思路及"内质外形"的发展要求。具体而言，"两个转变"即转变公司发展方式，推行集团化运作、集约化发展、精细化管理、标准化建设；转变电网发展方式，建设以特高压电网为骨干网架、各级电网协调发展的坚强国家电网。"三抓一创"即抓发展、抓管理、抓队伍和创一流（抓发展：以科学发展观为指导，以加快公司发展为目标，建设以特高压电网为核心、各级电网协调发展的坚强国家电网；抓管理：依法经营企业，严格管理企业，勤俭办企业，健全企业内部管理机制，加快信息化建设，实现公司效率和效益的全面提高；抓队伍：坚持以人为本，以加强领导班子和干部队伍建设为重点，以作风建设和能力建设为突破口，实施人才强企战略，健全激励约束机制，实现员工与公司共同发展；创一流：以国际国内先进水平为导向，以同业对标为手段，以内质外形建设为载体，促进公司创新发展，建设世界一流电网，建设国际一流企业）。"内质外形"即内强素质，提高安全素质、效益素质、科技素质、质量素质、队伍素质；外塑形象，塑造认真负责的国企形象、真诚规范的服务形象、严格高效的管理形象、公平诚信的市场形象、团结进取的团队形象。

电网坚强 ▬▬▬ 电网规划科学，结构合理，技术先进，安全可靠，运行灵活，标准统一，经济高效

资产优良 ▬▬▬ 资产结构合理，赢利和偿债能力强，不良资产少，成本费用低，现金流量大，客户欠费少

服务优质 ▬▬▬ 事故率低，可靠性高，流程规范，服务高效，社会满意，品牌形象好

业绩优秀 ▬▬▬ 安全、质量、效益指标国内外同业领先，企业健康发展，社会贡献大

建设现代公司 ▬▬▬ 建立健全现代企业制度，充分利用先进技术，推行现代化管理，具有较高的国际化水平

图 0-3 "一强三优"现代公司的发展战略目标

近几年，国家电网公司立足于集团整体效益，转变公司运作模式，对资源进行全面有效整合，实施集约化发展和精细化管理，强化管理，深入挖潜，增强集团控制力。通过完善战略决策中心、管理调控中心、电网调度中心的功能，健全决策体系、执行体系和监督体系，优化战略规划、综合计划、全面预算、综合业绩考核、内部控制等管理机制，全面提升工作效率、工作质量和工作水平。同时，坚持以人为本，实现员工与公司的共同发展。通过深入贯彻全心全意依靠职工办企业的方针，建立规范有序、公正合理、互利共赢、和谐稳定的社会主义新型劳动关系；加强员工教育培训，改善员工工作环境，提高员工生活质量，维护员工合法权益，使公司发展的成果惠及员工，提高员工的满意度、忠诚度和敬业度，共同推动建设"一强三优"现代公司战略目标的实现。

二、南方电网公司

南方电网公司经营范围为广东、广西、云南、贵州和海南五省（自治区），负责投资、建设和经营管理南方区域电网，经营相关的输配电业务，参与投资、建设和经营相关的跨区域输变电和联网工程；从事电力购销业务，负责电力交易与调度；从事国内外投融资业务；自主开展外贸流通经营、国际合作、对外工程承包和对外劳务合作等业务。南方电网公司总部设在广州，下设3个直属机构：电力调度通信中心、技术研究中心、电力交易中心；两个分公司：超高压输电公司和调峰调频发电公司；6个全资子公司：广东电网公司、广西电网公司、云南电网公司、贵州电网公司、海南电网公司、南网国际公司；控股南方电网财务公司。

南方电网公司自成立以来，非常重视发展战略工作，通过不断的探索与实践，已形成了公司的总体发展战略体系框架，并在不断丰富和深化其内涵。公司战略体系具体可以分解为公司战略定位、宗旨、公司发展战略目标、经营理念、工作方针、电网发展目标等要素。

南方电网公司的宗旨为：对中央负责，为五省（自治区）服务。明确了公司的战略定位：公司是由中央管理的国有特大型企业，从事国民经济的基础产业和国计民生的公用事业，关系到国民经济命脉、国家能源安全与社会稳定大局，在国民经济和社会发展中发挥着举足轻重的作用。公司直接服务于南方五省（自治区），在南方电网发展和南方电力资源乃至能源资源优化配置中发挥主导作用；承担着实施国家西部大开发、西电东送战略的重要任务，协助政府调整电力结构，保证电力工业持续快速健康发展。公司是社会主义市场经济环境下以电网为主营业务的运营商，是区域电力市场交易的主体，在接受政府监管的同时，积极培育电力市场，协助政府维护电力市场秩序，实现电力市场的规范化运营。确定了公司的发展战略目标：把公司建设成为一个经营型、服务型、一体化、现代化的国内领先、国际知名企业。

在明确公司发展战略目标的基础上，南方电网公司提出了公司的工作方针即"六个更加注重"：在抓好电网安全的同时，更加注重依靠科技进步，提高电网科技含量，增强驾驭大电网的能力；在抓好电力供应的同时，更加注重树立科学发展观，统筹区域资源优化配置，处理好各方利益关系，促进东西部互联互动，形成多赢格局；在抓好发展出实力的同时，更加注重管理出实力，强化管理，打牢基础，提高管理能力、管理水平，实现管理到位；在抓好提高企业效益的同时，更加注重社会效益，千方百计保证群众生活用电，为广大用户服务，为发电企业服务，为五省（自治区）经济社会发展服务；在抓好理顺关系、巩固成果的同时，更加注重深化改革，建立现代企业制度，实现机制、体制创新，抓大放小，理清管理界面，调动各方面积极性；在抓好企业发展的同时，更加注重人的发展，坚持以人为本，重视人才的培养、吸引和使用，加强企业文化建设，不断提高各级领导班子和领导成员的决策水平和领导能力，充分发挥党组织的政治核心作用。

作为实现公司战略目标的保障，南方电网公司就公司标识、文化理念、南网现象、文化活动、文化论丛等方面进行企业文化建设，倡导"人人快乐工作"，积极建设"责任南网"、"和谐南网"，提出了人才强企、管理创新、科技兴网、市场营销、企业文化建设等重要研究课题，从而有效地实施战略联动发展和滚动发展，为提升公司价值、强化运营管理指出了发展思路。

第一章
路在何方

　　人力资源实践当中常有这种困惑，为什么现代人力资源管理的理念和方法在国外的跨国公司运转良好，而在我们这里就失效了呢？现在，企业领导已经越来越重视人力资源工作，也尽力将如平衡计分卡、绩效考核和360°绩效反馈、宽带薪资、胜任能力模型等新理论和技巧运用到企业的经营管理实践过程之中，效果仍然不明显，问题到底出在哪儿呢？

　　现代人力资源管理的理念和方法是我国最近十几年来才刚刚引进并加以运用的，它并不是一种单纯的工具和技术，其中既有一些通用的原理和方法，同时也有与特定国家的政治、经济、文化、法律背景相关的独特个性。"拿来"的关键是从建立现代人力资源管理体系的角度进行系统思考，从关键环节进行定点突破。

　　本章从电网企业引进吸收现代人力资源管理理论及方法遇到的困惑入手，通过电网企业人力资源状况调研，总结电网企业人力资源现状及存在的问题，同时指出电网企业进行人力资源变革的有利条件，并针对电网企业人力资源的优势及不足，提出提升电网企业人力资源管理的能力和水平等六个方面的对策和建议，为电网企业建立科学有效的人力资源管理体系，进一步提高执行力，提升企业效益提供支持。

现代人力资源管理的理念和方法作为从欧美等经济发达国家拿来的舶来品，是最近十几年来我国才刚刚从国外引进并加以运用的，它并不是一种单纯的工具和技术，其中既有一些通用的原理和方法，同时也有与特定国家的政治、经济、文化、法律背景相关的独特个性。正因为有这样的原因，就需要我们进行思考如何"拿来"的问题。全盘接受，不顾企业的实际生搬硬套肯定是不行的；全盘否定，夜郎自大同样也是不可取的。这就要求我们树立正确的"拿来主义"的思想，既不能把脏水和鱼翅都留在屋子里，也不能把脏水和鱼翅一同泼出去，而是要把鱼翅留下来，洗干净，并进行深加工，寻找一条如何把它加工成具有中国特色菜肴的方法。

从 20 世纪 90 年代开始，传统国有企业开始向现代先进企业转变，因此，国有企业人力资源管理的目标也随之改变。从普遍的意义上讲，电网企业作为国有企业，和其他国有企业一样在人力资源管理方面面临着如何吸引优秀人才、如何培养专业化员工队伍、如何激励员工等问题，解决上述问题的唯一途径就是建立现代人力资源管理体系。

一般来讲，现代人力资源管理体系包含了六大功能，如图 1−1 所示。

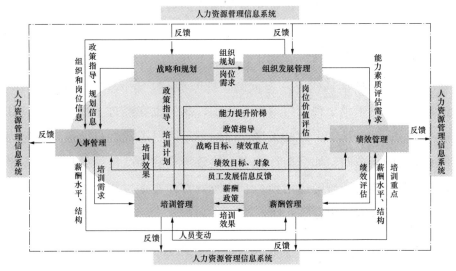

图 1−1　现代人力资源管理体系的六大功能

从图 1-1 可以看出，战略性人力资源管理的核心目的是支持组织战略目标的有效达成，战略和规划是现代人力资源管理体系的基石。因此，人力资源管理以战略管理为基础，主要包含组织发展管理、绩效管理、薪酬管理、培训管理、人事管理等功能。

由于在国有企业体制下，人力资源管理以前未能得到充分重视，因此，与现代企业人力资源管理最佳实践相比，电网企业人力资源管理能力和水平还存在一定的差距。有差距，这是一种正常的现象，并没有什么可怕的，国外经济发达国家的管理已经发展了上百年，而我们充其量也就是十几年的时间，乞丐与贵族相比，有差距还不是正常的吗？关键在于我们如何对待差距，如何找出解决的办法。

中国人的模仿能力是有目共睹的，技术再高超的东西只要给我们一个样本，就能仿造出来。于是有些人力资源工作者就饥不择食，看着国外的人力资源管理理论和方法个个都是金子，于是乎就充分发挥自己的特长——模仿，将现代人力资源的各个模块统统搬入企业的实践中，结果却往往不尽如人意，人力资源的马车非但没有飞奔起来，反倒有老牛拉破车之势。人力资源工作者充满了困惑，为什么现代人力资源管理的理念和方法在国外的跨国公司运转良好，而在我们这里就失效了呢？如果说过去我们的人力资源管理工作做得不好，一是领导不重视，二是因为我们没有掌握现代企业人力资源管理的理念、方法和技术，而现在，企业领导已越来越重视人力资源工作了，我们也在经过了很多的培训和学习之后，已经基本上弥补了这方面的不足，尽了我们自己最大的努力将所学到的新东西，如平衡计分卡、绩效考核和 360 度绩效反馈、宽带薪资、胜任能力模型等运用到企业的经营管理实践过程之中，为什么还不行呢？问题到底出在哪儿呢？

第一节 现状思考：改革的征途

近年来，电网企业进一步深化电力体制改革，不断进行管理创新，向管理要效益，向创新要效益，深入推进标准化体系的建设及创一流同业对标工作，在人力资源管理方面进行了大量的探索和实践，并取得了显著的成效。通过建立同业对标管理体系，构建对标常态工作机制；通过完善指标体系，开展业务诊断；通过梳理管理流程，查找管理漏洞；通过树立标杆企业，总结典型经验，实施绩效改进。例如，2005 年国家电网公司通过开展创一流同业对标，进一步找出了公司业务管理中的薄弱环节，强化了基础管理工作，公司集约化管理和专业化运营水平明显增强，主要经济效益指标稳步提高，在公司系统形成了学先进、找差距、争创一流业绩的良好氛围。

国家电网公司通过转变公司发展方式，推进集团化运作、集约化发展、精细化管理、标准化建设，增强了集团公司的调控能力，全面有效地整合公司资源，提升了公司的经营效率和效益。2005 年，公司在长期投资连年大幅增长的情况下，资产周转效率显著提升，实现了几年来资产负债率的首次下降，资产负债率为 61.96%，比 2004 年度下降了 1.6个百分点。资产高效运营水平明显提高，公司货币资金余额在主营业务收入增长 21.4% 的情况下，比 2004 年底下降了 39.6%。资产周转速度不断提高，跃居世界 500 强中电力公司前列。2006 年公司利润总额达到了 269.18 亿元，增长 87%，增幅连续 3 年超过 45%；公司净资产收益率 3.80%，提高 1.69 个百分点，连续 3 年稳步提高；公司资产负债率由 2003 年的 62.24% 下降到 2006 年的 60.43%，如图 1-2 所示。公司在国务院国有资产监督管理委员会业绩考核中连续 2 年被评为 A 级。

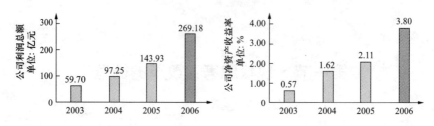

图1-2 国家电网公司利润总额及净资产收益率

2006年，国家电网公司资产运营效率继续大幅提升，总资产周转天数512天，比2005年减少59天，如图1-3所示。

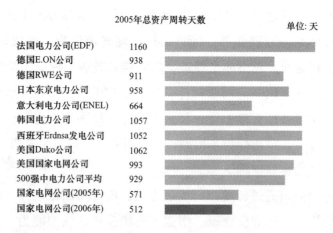

图1-3 国家电网公司总资产周转天数

尽管各级电网企业通过在人力资源管理领域的不断创新，总结出了许多行之有效的经验及方法，提高了企业的经济效益和社会效益，但在传统国有企业体制下，人力资源管理功能尚未能获得充分发挥。与先进企业相比，电网企业人力资源管理能力和水平还有不小的差距，存在着员工队伍不能满足电网企业的发展要求、绩效管理功能缺失、分配机制和制度不合理、人力资源开发体系不健全、缺乏有效的组织发展和职位管理、执行力较弱等问题。这些问题能否得到及时解决是决定电网企业人力资源管理能力和水平能否得到真正提升的重要因素。

为了切实了解电网企业人力资源管理的现状，寻找人力资源管理的短板，笔者对国家电网公司下属 A 电业局进行了人力资源现状调研。此次调研，主要采用了 3 种方法：个体访谈、问卷调查及资料分析。通过广泛的调研，发现了 A 电业局在人力资源管理实践中的一些突出问题，现列举如下。

（一）员工队伍的整体素质和电网企业的战略发展要求有一定差距

根据现代企业人力资源管理最佳实践的要求，人力资源管理必须结合组织的发展战略目标确定人力资源管理的发展战略方向，从而明确组织的业务发展对人力资源的数量、素质和配置方式的需求；科学掌握人力资源的供给状况，包括根据目前组织拥有的人力资源以及市场上相关人力资源的数量和能力状况来确定公司人力资源管理的发展方向，以满足组织业务发展对人力资源的需求。

对照这一最佳实践，电网企业目前还没有建立战略层次的人力资源规划，以支持未来业务发展对人才的需要，包括对各岗位需要的能力尚未进行清晰的界定，在人才的甄选、任用、提拔上缺乏科学的依据。

在调研中，有些员工也流露出对人员素质的担心，例如，有人就这样告诉我们："作为一家老的国有企业，电业局人事管理制度和现代企业相比还有很大差距，比如，我们在人员出口方面就一直不畅通，如果业绩差的员工退不出去，就会降低优秀员工的积极性，长期下去，就会导致员工的普遍素质偏低。"员工对 A 电业局现有员工队伍素质和结构的看法（5 分制）如图 1 - 4 所示。

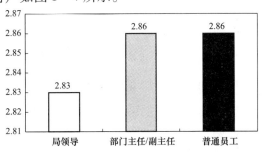

图 1 - 4　员工对 A 电业局现有员工队伍素质和结构的看法（5 分制）

（二）绩效管理功能尚没有得到有效发挥

近年来，各级电网企业在绩效管理方面进行了一些有益的尝试，例如，A 电业局曾制定过《A 电业局安全生产奖惩办法》、《A 电业局 2005 年度线损考核办法》、《A 电业局 2006 年电费回收工作考核办法》、《A 电业局管理目标考核办法》等专项考核办法。但是，A 电业局尚未建立系统的部门和岗位绩效管理体系，在题为"您认为电业局目前最大的问题"的调查中，选择"缺乏有效的绩效管理制度"的员工占总人数的 31%，如图 1－5 所示。

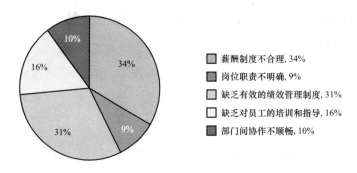

图 1－5　"您认为电业局目前最大的问题"的选择结果

绩效管理体系的有效性在于能够持续不断地改进企业和员工的绩效，然而，在过去的一些考核办法中，管理者忽略了对员工的沟通和指导，员工的业绩也未能得到及时反馈或认可，进而影响了员工的敬业度。

在调研中，我们能够普遍感受到，大多数的员工认为绩效管理是一个有效的管理工具。例如，有人就向我们发表了他的看法："我希望绩效管理能够在我们局顺利推广，毕竟这对大多数人是有好处的，但是不能把绩效管理当成惩罚员工的主要手段；否则员工就会抵制这样的事情，毕竟人人都不想被惩罚。当然，对那些整天不干活的人还是要严格一些的，否则就没有人干活了。"

（三）岗位薪点工资制度的激励功能尚没有得到发挥

现代企业人力资源管理要求必须明确在符合公司文化和人力资源管理策略的薪酬哲学，并由此制定相应的薪酬管理制度。部分电网企业在薪酬管理方面进行初步的改革尝试，进行了初步的职位价值评估，并且试运行岗位薪点工资制度，合理地拉开了岗位之间的差距，但是在薪酬政策方面和员工沟通不足，结果导致一些员工认为薪酬制度不合理。例如，有位部门主任给我们沟通了他对薪酬制度的看法："我觉得大多数员工希望自己的岗位工资能够高一些，但是也明白岗级应该由岗位所承担的职责和岗位对企业的价值决定，而且业绩好的员工应该获得较高的报酬。"

可能的原因是在进行岗位评价时缺乏让大多数员工的参与，在确定岗级的过程中没有跟员工进行有效的沟通，这就导致员工认为 A 电业局目前最大的问题之一是"薪酬制度不合理"，占 34%（见图 1-5）。图 1-6 所示，员工对收入的满意度不高，进而影响了员工的积极性和主动性。

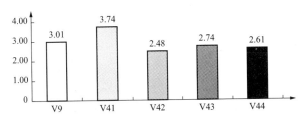

V9：我对自己目前的工资收入是满意的
V41：目前员工的工资与员工个人的业绩考核结果没有太大关系
V42：现有的工资制度是比较公平合理的
V43：我目前的工资收入与我所承担的岗位的工作难度和责任是对等的
V44：我认为目前员工之间的工资收入差别是合理的

图 1-6　员工的薪酬满意度（5 分制）

（四）对员工的培训和指导不足

现代企业人力资源管理要求企业通过培训和能力发展开辟职业发展

道路，使员工不断更新知识结构，不断为员工提供各种培训机会，使其增强业务技能、行业知识，以满足公司发展的需要。

目前，各级电网企业为员工提供了一些培训机会，但是在培训资源分配上对基层员工的分配明显不足。从图1-7可以看出，由于A电业局缺乏对员工培训与发展、职业生涯及岗位任职资格要求的系统管理，造成员工普遍认为在A电业局缺乏学习和成长的机会。

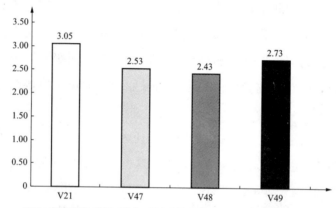

V21：在过去的一年里，我在工作中获得了学习和成长的机会
V47：电业局对我提供了充分的培训
V48：我在电业局所得到的培训达到了我的期望和要求
V49：电业局的氛围非常有利于我个人的成长与发展

图1-7　员工对在电业局学习和成长机会的看法（5分制）

许多员工希望电业局能够"加强培训和交流，能有一套切实可行的制度使年青人更多地学习和实践机会，能够给员工提供更多的培训机会，有目的地设计一些实用的，高层次的培训"。

（五）部门职责需进一步界定清楚

由于组织结构的调整或其他原因，有一些部门的职责没有得到明确的界定。从图1-8和图1-9可以看出，一些员工对部门职责并不清楚，甚至一些员工认为岗位分工不合理，而且对其他部门和岗位的工作范围、权限、责任等的认识还不够清晰，进而导致部门间协作不畅。

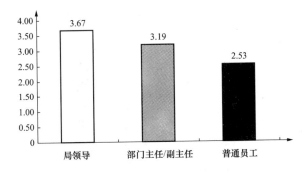

图1-8 不同层级员工对部门职责划分是否清晰的看法（5分制）

图1-9 员工对部门间协作配合的看法

大多数的员工也希望"明确部门职责、岗位职责和权限，加强部门间的沟通和协作"、"要每一个员工不仅要了解自己的工作职责，而且要了解相关流程的跨部门工作职责"。

（六）中高层管理人员的管理能力和水平有待提高

任何人力资源管理制度的变革，中高层管理都会起到至关重要的作用。在人力资源体系的建立过程中，相比人力资源管理的工具而言，管理者的能力更重要。在我们的调研中，发现大多数的员工对管理者有很高的期望，如图1-10所示。

因此，必须制定为适应公司业务战略发展的领导力模型，提升公司中高层管理人员的管理能力，促进其观念转变。

从上述的调研结果中，我们可以看出，电网企业在人力资源管理方面还存在着不少问题。但同时我们也应当看到，电网企业进行人力资源变革还是有其自身独特的优势。

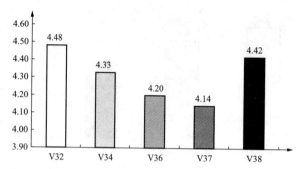

V32: 我希望我的上级能够客观、公正地审查和评价我的业绩
V34: 我希望我的上级能够定期与我共同商讨，确定我的绩效目标
V36: 在日常工作中，我希望我的上级能够及时反馈我的业绩状况
V37: 当我的业绩有所改善或取得进步时，我希望我的上级能够及时对我给予表扬或认可
V38: 当我的业绩不佳时，我希望我的上级能够同我一起分析业绩不佳的原因并找出改进办法

图1-10 员工对上级的期望

由于电网企业所具有的自然垄断性，使电网企业有能力为员工提供相对舒适的工作环境，具有竞争优势的工资水平及良好的福利保障，这些虽然属于保健因素（即某种因素具备时不会有激励效果，但不具备时会引起不满），但在一定程度上也提高了员工的满意度及忠诚度，员工普遍对电业局怀有深厚的感情，同时，各级员工普遍对人力资源改革持拥护态度，认为电网企业确实有必要进行人力资源的改革，尤其是绩效与薪酬。例如，大多数员工认为绩效考核结果应该与工资挂钩，业绩好的员工应该获得较高的报酬。这些都为电网企业进行人力资源变革打下了坚实的群众基础。

工作满意度是指员工对于自己当前工作的总体满意状况，通常用员工对于以下几个方面的看法来衡量员工的总体工作满意度即所从事的具体工作、工资收入、晋升机会、直接上级、同事关系以及工作环境。员工的总体工作满意度对照与员工的工作满意度测评分别如图1-11、图1-12所示。

员工敬业度是在工作满意度基础上发展起来的一种新型组织诊断与员工意见调查工具，它的性质与员工满意度基本一致。但工作满意度所

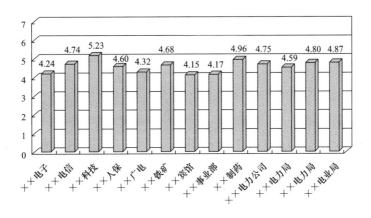

图1-11 员工的总体工作满意度对照

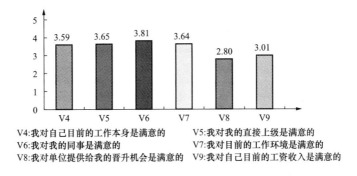

V4:我对自己目前的工作本身是满意的　　　　V5:我对我的直接上级是满意的
V6:我对我的同事是满意的　　　　　　　　　V7:我对目前的工作环境是满意的
V8:我对单位提供给我的晋升机会是满意的　　V9:我对自己目前的工资收入是满意的

图1-12 员工的工作满意度测评

考察的是员工个人在工作中所形成的比较抽象的主观感受，而员工敬业度则依据更为具体的事实来对员工的总体工作状况加以衡量，其衡量结果相对来说更为客观。不仅如此，研究表明，员工敬业度和企业绩效之间的相关关系也更为明显。员工的工作敬业度测评如图1-13所示。

　　电网企业的高层领导对人力资源开发极为重视，各级电网企业积极开展各种形式的人力资源改革实践活动。例如，A电业局机关本部开始实行竞聘上岗，并在各县局和下属专业机构推行股级干部竞聘上岗，打破了国有企业原有的"员工能上不能下"的用人机制，为各项人力资源改革成果落地实施创造了有利条件。同时，A电业局部分本部职能部门

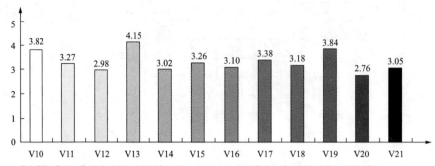

V10：我有做好我的工作所需要的各种材料和设备　　V16：在工作中，我觉得我的意见受到重视

V11：我觉得我的上级或者同事关心我个人的情况　　V17：A电业局的使命和目标使我觉得我的工作是重要的

V12：在过去的7天里，我因工作出色而受到认可或表扬　V18：我的同事们都致力于高质量地完成工作

V13：我知道自己在工作中应当达到的要求　　　　　V19：我在工作单位中有一个最要好的朋友

V14：我在工作中每天都有机会做我最擅长做的事情　V20：在过去的6个月里，有人跟我谈及我的进步

V15：在工作单位中有人鼓励我进一步发展　　　　　V21：在过去的一年里，我在工作中获得了学习和成长的机会

图1-13　员工的工作敬业度测评

和下属机构已经开始了在绩效管理方面的实践，如财务部、培训中心、城区局、变电管理所等。其中，财务部在每月上旬给各岗位下达本月主要工作计划和要求，并对上月计划完成情况进行考核；城区局制定了《城区供电局岗位绩效工资考核实施细则》、《城区供电局班组岗位绩效工资考核实施细则》等考核办法；变电管理所制定了《变电管理所月度安全经济考核办法》、《变电运行管理所〈日常工作考核办法〉》等制度。这些都为进一步深化人力资源改革奠定了实践基础。

第二节　体系建设：光明的使者

人力资源管理体系是一个系统工程，很多企业在改善和提升自己的人力资源管理水平时，看不到人力资源管理系统内部存在的各种联系和逻辑关系（其中有些是显的，还有很多则是潜在的，因而本来就不是很容易看到的），导致我们可能并没有抓住事物的本质。看到别人的绩效搞得好，自己也去搞绩效；别人的人力资源规划做得棒，自己也去开展人力资源规划，盲目跟风。结果，别人搞得很好的东西到了自己这里就成了四不像。

为了解释这个问题，我们可以借用木桶理论来阐述一下。木桶理论告诉我们，如果把企业的管理水平比作一只四周的挡板存在高低不同的木桶，而把企业的生产率或者经营业绩比作桶里装的水，那么，影响一家企业的生产率或经营业绩高低的决定性因素，并不是这只桶上高度最高的那块板，而是高度最低的那块板，即所谓的"短板"。具体到人力资源管理的问题上来说，由于人力资源管理水平对于企业的生产率或经营绩效显然有很大影响，因此，我们在这里权且认为这只桶四周的挡板总体上所代表的是企业的人力资源管理水平，木桶上的这些挡板则分别代表人力资源规划、职位分析与职位设计、招募甄选、绩效管理、薪酬管理、企业文化等各种人力资源管理职能。很多企业在眼睛里所看到的绩优企业的木桶是一只近乎完美的木桶，它们无论是在组织结构设计、流程、人力资源开发方面，还是在绩效管理、薪酬管理方面，看上去水平都那么高。于是在迅速提升本企业人力资源管理水平的强大动力推动下，很多企业就开始根据人家的绩效管理那块板来拔高自己的绩效管理这块板，根据人家的薪酬管理那块板来拔高自己的薪酬管理这块板。然而，这些企业忽略了一点，即尽管自己的绩效管理或者薪酬管理这两块板子确实比人家的低很多，并且很多绩效企业都在宣扬自己的绩效管理做得如何好，薪酬管理水平多么出色，但是对于这些企业来说，自己最短的那块板却很可能是设计不合理的组织结构，这是一块比绩效和薪酬还要短的板。总之，我们在进行人力资源变革时，首先要充分认识人力资源管理系统内部存在的各种联系和逻辑关系，寻找出最短的那块板在哪里，先把这块最短的板拔高，然后再有计划、有步骤地全面提升本企业的人力资源管理水平。

为了各级电网企业能够切实提高人力资源管理能力，逐步建立现代企业管理模式下的人力资源管理体系和健全人力资源管理的功能，根据人力资源调研掌握的情况，针对如何提升电网企业人力资源管理的能力和水平提出六方面的对策和建议，为电网企业建立科学有效的人力资源管理体系，进一步提高执行力、提升企业效益指明方向。

（一）转变人力资源管理工作重心，提升人力资源管理能力

从根本上说，现代人力资源管理无非是解决好选人、育人、用人、留人、激励人五方面的问题，因此，作为电网企业人力资源工作者也应该在这五方面深入研究，探究其内部机制，在这五方面下到功夫，做足文章。

针对电网企业人力资源管理工作目前仍停留在人事管理阶段，以档案管理、工资管理等事务性工作为主，现代人力资源管理的重要功能基本缺失或投入不足的情况，电网企业应逐步转变人力资源管理工作重心，淡化传统人事管理的职能，不断提升人力资源管理能力，从而逐步解决好选、育、用、留及激励这五方面的问题，并着手思考未来如何搭建人力资源管理体系。电网企业未来的人力资源管理体系如图1-14所示。

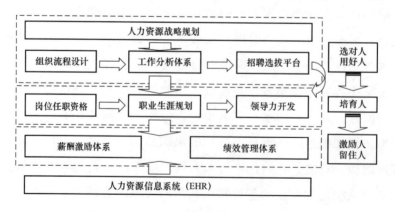

图1-14　电网企业未来的人力资源管理体系

（二）建立以战略目标为导向的绩效管理体系

绩效管理是现代人力资源管理的一个重要环节，建立以战略目标为导向的绩效管理体系，一方面能够帮助企业解决如何激励人的问题，另一方面通过企业战略目标的层层分解，促进企业的均衡发展。

电网企业建立以战略目标为导向的绩效管理体系，其主要内容包括：

1. 树立共同愿景，强化共同价值观的形成

《孙子兵法》云："上下同欲者胜"。怎样才能做到上下同欲呢？这就需要通过不断的宣传、沟通，使各级管理者及员工能够看到绩效管理的重要性，从而形成同一方向的合力。绩效管理从表面上看是为了促进员工创造性张力的进一步发挥，有效减低情绪张力对工作积极性的影响，但绩效管理只是一种管理方法，是推动企业前进的一种手段而已，其推行的真正目的是为了企业的发展。如果企业不能理解这一点，就事论事，那就很容易受眼前条条框框的制约，失去创业与工作的激情。相反，如果能够站在全局的角度，树立个人即是系统，个人的行为影响团队力量发挥的观念，慢慢地摒弃局部、个体因素的制约，改善心智模式，树立共同愿景，团队的凝聚力和战斗力将会得到极大地发挥。

2. 制定科学有效的绩效管理制度

绩效管理是企业管理中非常重要的一项管理职能，企业可以通过绩效管理体系明确传递企业战略目标，宣扬企业文化，鼓励企业希望的行为态度，将企业的战略与员工发展捆绑在一起。建立完整的绩效管理体系，强化绩效计划、辅导、反馈环节，重视主管人员与员工的沟通，强调上下级沟通在绩效管理实施过程中的重要性；重改进、轻考核，强调绩效改进在绩效管理中的重要性，构建持续改进机制；要求主管人员多指导、少指责，及时提供反馈和所必需的帮助，协助员工完成绩效；同时，加强对绩效评估结果的运用，通过对绩效评估结果进行分析，找出问题，将评估结果与工资调整、奖金发放、人力资源开发、组织结构调整、流程再造、人员配置方面相结合，发挥绩效评估的积极作用。

3. 编写绩效目标责任书

绩效目标责任书是部门、员工与上级就目标合约期内承担的各项工作任务以及工作任务所要达到的目标、标准达成统一认识后形成的契约。可以通过绩效目标责任书层层分解电网企业的目标和任务，并明确各项任务的目标、标准，明确各部门、岗位对组织价值贡献的程度。绩效目标责任书是各单位绩效管理制度的基本载体，也是绩效评估的依据。因此，绩效目标责任书科学性将直接关系到绩效管理方案的可行性。在设计绩效目标责任书时，要根据各单位的具体情况选取不同指标，运用科学方法对电网企业年度业绩指标进行分解，确保各部门（班组）、岗位的目标与企业目标相一致。同时考虑到各单位人员素质、管理基础有所不同，绩效目标责任书推广速度也要有所不同。例如，市局机关第一步就可推行到普通员工这一层级，而下属电力局及专业所则实行逐步推进的原则，第一步只在部门（班组）这一层级推行，然后逐步推广到员工。另外，结合各单位工作性质，考核周期也要有所不同，机关可采取季度考核的形式，而基层单位可采取月度考核的形式。

（三）完善以价值创造为导向的薪酬管理体系

薪酬对于员工而言既具有保健性，也具有激励性。一般而言，电网企业员工的平均收入在当地都具有较高的竞争力，工资水平在保健性方面没有太大问题。部分电网企业已经在薪酬管理方面进行了初步的改革尝试，试运行岗位薪点工资制度，合理地拉开了岗位之间的差距；但是，在薪酬政策方面和员工沟通不足，结果导致一些员工认为薪酬制度不合理。同时，价值分配的基础在于价值创造，在于贡献和风险，与薪酬的保健性水平相比，薪酬对员工的激励性还有待提高。因此，企业要在岗位薪点工资制的基础上进一步进行岗位价值评估，将绩效与薪酬有机结合，进一步明确岗位的价值，提高薪酬的激励性。

电网企业建立价值创造为导向的薪酬体系应围绕以下几个方面开展工作。

1. 进一步明确薪酬结构

依据简单、实用的原则，围绕电网企业的发展战略和价值观，根据上级薪酬政策的要求进一步明确薪酬的构成及其决定基础。

2. 通过岗位评价，确定合理的岗位薪酬等级

在明确岗位职责的基础上，借助岗位评价这一科学手段，根据岗位所承担的工作责任、工作难度、工作复杂程度、任职资格要求等报酬要素方面的差异，科学合理地确定岗位的薪酬等级。同时，在进行岗位评价时要将评价的依据与员工进行有效沟通，以充分发挥薪酬的激励作用。

3. 建立规范的奖金分配制度和薪酬调整制度

把员工的绩效考核结果与收入挂钩，让业绩好的员工获得较高的报酬，以激励员工不断提高自身工作能力和工作态度，创造更好的绩效。

（四）强化岗位设计能力，构建电网企业的岗位任职资格管理体系

岗位是员工发挥个人能力，实现其价值的载体。从人力资源调研中发现，电网企业员工认为工作中"工作的成就感"（占35%）和"能力的发挥"（占31%）是非常重要的，如图1-15所示。因此，电网企业必须加强岗位设计能力，科学使用工作扩大化、工作轮换、工作专业化及工作丰富化等工作设计方法，提高员工对岗位工作的满意度，有效激励员工。

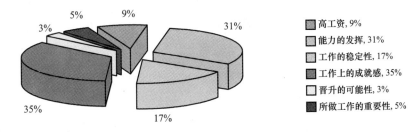

图 1-15　A 电业局员工对激励因素的看法

岗位任职资格要求是电网企业实现"选对人、用好人"的基础条件，它不仅明确了岗位对员工能力、知识、技能、态度方面的要求，而且能够为企业制定人力资源规划和年度培训计划提供指导，确保每个岗位都有合适的人。部分电网企业已经编制了岗位说明书，对岗位的任职资格要求进行了一定描述，但仍旧存在着一些问题，如描述不准确、不系统，未能反映电网企业对员工的要求等。因此，电网企业还需要对岗位的任职资格进行进一步的完善，而且要逐步建立岗位任职资格模型，发现员工优势，实现人岗匹配，如图 1-16 所示。电网企业岗位任职资格体系主要包括以下几方面的内容。

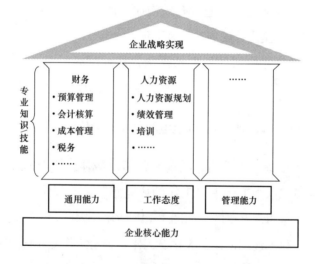

图 1-16　电网企业岗位任职资格模型

（1）核心能力：是电网企业价值观和企业文化的反映，是每个员工都应该具备的能力素质，如敬业精神等。

（2）工作态度：反映了员工对工作的认知程度和付出的努力程度，如责任心、主动性等。

（3）管理能力：企业中高层管理者应该具备的素质和技能，如任务分配能力、计划组织能力等。

（4）通用能力：所有员工都可能需要的素质和技能，但重要程度和精通程度有所不同，如应变能力、执行能力、细致能力等。

（5）专业知识/技能：员工因岗位职责和类别的不同而所需具备和掌握的独特的知识和技能，如财务、人力资源等。

（五）健全人力资源开发体系

当前企业的竞争实际上是人才的竞争，人才的竞争不仅仅是吸引和留住优秀人才，更重要的是对人才进行管理和对人才的潜能进行开发。开发员工的创造力和潜能，就要求企业建立健全"以人为本"的人力资源开发体系。

电网企业员工普遍认为单位对自己的培训还没有达到自己的期望和要求，尤其是基层单位，培训资源的分配更显不足。因此，电网企业要不断健全和完善人力资源开发体系，其主要工作内容包括：

（1）开发以专业任职资格要求为基础的静态课程体系。

（2）了解员工的职业目标，为其指明清晰的职业发展通道，并提供相应的培训机会。

（3）对于中高层管理人员和后备人才，制定有针对性的能力训练、轮岗、跨领域培训等培训计划，确保不会出现人才断层。

（4）加强员工在绩效周期内的绩效辅导。

（六）进一步完善竞聘机制

竞聘机制是企业实现"合适的人到合适的岗位"的关键环节。部分电网企业已经逐步推行竞聘上岗，取得了一定的效果，一些年轻有潜力的人才得到了晋升。但是，由于电网企业实行竞聘上岗的时间较短，缺乏经验，还存在一些不足，尤其在晋升标准方面，从人力资源调研中我们也可以看出，员工认为电网企业目前的晋升标准还不明确（见图1－17）。

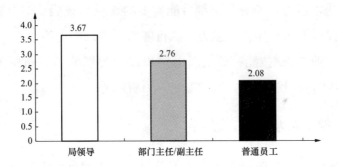

图 1-17　员工对晋升标准是否清楚明确的看法（5 分制）

因此，电网企业还需进一步完善竞聘机制，其主要内容包括以下几个方面。

（1）根据竞聘岗位层级的不同，分别制定差异化的竞聘流程。

（2）岗位竞聘资格要求做到公开化、明确化。

（3）建立科学的、系统的竞聘人员素质评价体系。

小结

本章从电网企业引进吸收现代人力资源管理理论及方法遇到的困惑入手，通过电网企业人力资源状况调研，总结了电网企业人力资源现状及存在的问题，同时指出了电网企业进行人力资源变革的有利条件，并针对电网企业人力资源的优势及不足，提出了提升电网企业人力资源管理的能力和水平的六方面的对策和建议，为电网企业建立科学有效的人力资源管理体系，进一步提高执行力、提升企业效益指明了出路。

第二章
路之根基

现代人力资源管理要求建立员工能上能下、能进能出的自由流动机制，这样才能保证员工的优胜劣汰，保持企业的活力。电网企业关系着国家的安全与稳定，由于其自身的特殊性，随之而来的即是电网企业员工与企业关系的固化和复杂化。因此，电网企业人事制度改革必须从改革用工制度入手，打破员工身份差别，规范岗位设置，明确岗位职责，实施竞聘上岗，建立干部能上能下、员工能进能出的新型劳动关系，为电网企业人力资源管理工作的腾飞构建坚实基础，进而强化电网企业的核心竞争力。

本章阐述了电网企业劳动用工制度的现状，并在此基础上提出电网企业实施劳动用工改革的相关建议，进一步明确电网企业进行组织结构设计、定岗定编、职位分析的方式方法，指明竞聘上岗操作过程中遇到的难题及解决思路，为各级电网企业进一步明确职责边界、实现人岗匹配提出了建设性意见，从而构建电网企业深入开展人事制度改革的根基。

现代人力资源管理要求建立员工能上能下、能进能出的自由流动机制，这样才能保证员工的优胜劣汰，保持企业的活力。电网企业作为国家公共事业部门，关系着国家的安全与稳定，正是由于其自身的特殊性，因而长期处于国家的计划管控之下。"稳定"一度成为电网企业人力资源工作的第一要务，随之而来的即是电网企业员工与企业关系的固化和复杂化。外部没有竞争压力，内部没有淘汰机制，一旦进入电网企业，就如同进入了保险箱，旱涝保收，而这些是与现代人力资源管理背道而驰的。用工制度不进行改革，何谈建立现代企业制度？用工制度不进行改革，何谈激发员工潜力，增强企业活力？因此，电网企业人事制度改革必须从改革用工制度入手，打破员工身份差别，规范岗位设置，明确岗位职责，实施竞聘上岗，建立干部能上能下、员工能进能出的新型劳动关系，为电网企业人力资源管理工作的腾飞构建坚实基础，进而强化电网企业的核心竞争力。

第一节 用工改革：任重而道远

在中国电力企业的改革过程中，一方面要注重企业产权制度的改革，强化企业内部约束机制，增强企业活力，调动职工积极性；另一方面要注重企业劳动用工制度改革，重构企业与职工之间的关系，完善现代企业制度，规范企业管理。先进、灵活的劳动用工制度，是企业不断提高工作效率、推动企业实现其经营目标的重要基础。

2001年4月16日，国务院三部委（国家经贸委、人事部、劳动和社会保障部）联合下文《关于深化国有企业内部人事、劳动、分配制度改革的意见》。电网企业积极落实国务院三部委的文件精神，改革用工制度，激发员工活力，进一步完善现代企业制度。例如，福建省电力有限公司职代会通过了《福建省电力有限公司关于企业内部用工制度改革方案》和《福建省电力有限公司关于企业内部分配制度改革方案》，随后福建省电力公司将这两个文件及其配套文件陆续印发给下属单位执行，揭开了该公司用工和分配制度改革的序幕。

一、现阶段电网企业劳动用工制度的现状

近年来，电网企业不断深化企业内部用人制度改革，开展了以搞活内部用工、建立新型劳动用人机制为目的的用人制度改革尝试，为实现管理创新奠定了基础。但也应该看到，电网企业在用人制度方面与先进企业相比，还存在着许多不尽如人意的地方，需要我们进一步改善。

1. 现有用工制度形成的人力资源结构与企业发展目标之间不相匹配

电网企业内部人力资源结构不能满足企业发展目标的需要，有待进一步调整。企业中某一些专业领域或某类工种的劳动力资源，已经出现或即将出现短缺的情况。例如，某省电力公司在职职工中，具有中级或技师及以上专业技术职称和技术等级的职工，仅占职工总人数的21.2%；具有大学本科及以上学历的职工仅占职工总人数的12.52%。这几项统计数字，与电力行业的高技术性、高专业性是不相符合的。电网企业可以通过严格把好人员入口关、大力引进专业技术人才、大力发展多种产业，以劳动定员为用工总量标准实施离岗退养办法，对富余人员实行待岗、转岗、轮岗和歇岗，实行转业干部和复员退伍军人及政策性安置人员的多渠道安置、临时工的清退、劳动者与企业协商一致，有偿解除劳动合同、分离企业办社会职能等政策措施，降低主业用工总量，控制员工人数的增长，调整人员结构，解决电网企业人员结构与企业发展目标不匹配的问题。

2. 现有用工制度限制了劳动力资源的自由流动

在电网企业中，由于电网企业所有权代理人缺位及缺乏对电网企业经营活动的有效监督，企业经营层和职工实际上取得了对电网企业资产的占有权和部分收益权，也即取得了对电网企业内部人员的控制权。电网企业职工的工资、奖金、医疗保障、住房等切身利益都与企业经营挂钩，这在一定程度和时期内调动了职工的工作积极性，增强了职工对企业的凝聚力和归属感。但正是这种企业与职工之间的直接经济联系使得劳资双方彼此的选择缺乏自由度，电网企业和职工之间不再是社会化大生产所要求的雇佣与被雇佣关系，职工也不再是真正意义上的自由劳动力所有者，劳资双方关系过度固定化和复杂化。劳动力的这种实质上的部门或行业所有严重阻碍了劳动力资源的正常流动，使得劳动力市场"有场无市"；这种劳资关系固化的另一个结果便是职工思维僵化、对新环境和新事物缺乏适应性与敏感性，过分依赖于企业。

3. 现有用工制度不利于企业的技术进步和职工创新精神的培养

长期以来，电网企业更注重的是物质资本的投入和使用，对人力资源的开发及利用却不够重视，甚至在收益分配上也实行"大锅饭"，忽略了不同的劳动者对企业所创造的价值是不一样的事实。每个人的行动都来自于理性的思考，理性思考的直接结果就是趋利避害。如果一个人所付出的机会成本少于所得到的效用，即物质上的收益和精神上的满足，他便会停止这种作为。我们很难想象一位科技骨干年收益与一般工人相差无几还会努力去钻研科技难关。现行收益分配上的平均主义表面上实现了社会公平，但实际上是以损伤职工的创造积极性和企业技术进步、效率提高为代价的，最终也阻碍了社会公平的实现。

4. 现有用工制度不利于企业的人员素质的提高，出现了"劣胜优汰"的现象

电网企业是一种自然垄断型企业，长期以来，其垄断地位带来的垄断利益使得人员流动具有很明显的单向性。通常职工只进不出，员工的下一代在择业及选择配偶时更多地代表了父母的意愿而留在电网企业内部，企业内部人际关系日趋复杂化，牵一发而动全身；企业员工规模不断膨胀，企业的负担越来越重，改革将不可避免地触动各方面的利益，因而面临巨大的阻力。

企业的内部照顾型的用工制度造成了内部员工对有限岗位资源的垄断，对新的人员进入有限的岗位资源分配具有一种天生的歧视性和排异性。当有限的岗位资源在不同经济及社会地位、不同家庭背景的人员间进行分配时，有着比较优势的人群自然当仁不让，特别是对专业技术素质要求不高的部门更是如此。最终的结果是人力资源的闲置和浪费，长此以往，企业员工素质出现"劣胜优汰"也就不足为奇了。

5. 现有用工制度降低了企业和职工双方规避风险的能力

由于电网企业劳资双方关系的固定化和复杂化，业已存在的直接经济利益关系将双方牢牢拴在一起。企业不但要承担经营风险，而且还被迫承担与经营努力程度无关的风险。当企业出现经营不善或国家经济不景气时，企业不但无法根据需要辞退职工，缓解经营及财务上的压力，相反还得拿出钱来承担一些本应由社会承担的义务，扩大了企业经营及财务上的风险。而职工因不能自由离开企业，也因无法获取足够且有用的劳动力市场信息找到新的工作，而被迫与企业共同承担经营风险。

二、 进一步开展电网企业劳动用工改革的建议

为了电网企业进一步深化企业内部用工制度改革，提出如下劳动用工改革的建议。

1. 结合企业发展目标，对企业内部人力资源进行深入分析，提出人力资源规划

在改革企业现行用人机制、提出新的用工办法之前对企业当前所拥

有的人力资源状况进行深入分析研究是非常重要和必要的。现代的人力资源分析，已经由过去的"企业有什么样的人力资源"变为"企业需要什么样的人力资源"。这里所说的人力资源分析已不仅仅是对职工人数、年龄结构、文化程度结构、职称结构等方面的数字统计，还要根据企业的发展目标来分析企业在当前和今后对专业技术和管理各方面人力资源的需求，以及各类人员的需求层次结构，并在此基础上，对照企业现有的人力资源，分析当前和长远需求间的差异，制定人力资源规划。这种企业内部人力资源的供需分析办法，对于电网企业如何在用人机制创新中做到有的放矢，明确企业的用人方向、制定企业人力资源的培养计划都是非常有益的。

2. 打破员工"差别身份"制度，实行全员"无差别身份"制度

在原有的用工制度下，员工分为多种类别，有全民制、集体制、临时聘用制。这种身份差别是由企业在计划经济体制下的各种历史原因造成的，差别身份制度直接导致了员工与企业间的关系过度复杂化。差别身份制度的存在决定了员工薪酬待遇的差别，也决定了员工在日常工作中的行为及努力程度，"正式工看、集体工转、临时工干"便是这种事实的真实写照。现代企业制度要求企业与职工之间是一种纯粹的资本雇佣劳动力的关系，双方关系通过劳动合同确定并以工资等货币形式表现出来。如果改革只涉及产权也就是资本所有而没有涉及用工即劳动力所有的问题，最终作为一个经济实体中乃至社会经济生活中最基本的资本与劳动力的关系没有得到解决，那么任何企业的改革都是不彻底的，是会留下后遗症的。电力行业作为一个自然垄断行业，在向市场经济转轨的过程中，如果不未雨绸缪，仍有抱残守缺之心，紧抓"差别身份制度"不放，最终会使改革不成功，甚至会走到老路上去。

3. 优化劳动组织形式，完善岗位规范，编制科学、高效、合理的机构和岗位设置方案

随着企业的经营机制的转换和劳动力资源优化配置的客观要求，企业需要对原有旧的机构设置模式和工作流程进行再造。电网企业组织机构的再设计，应充分突出电力行业特点，遵循以下几个基本原则：① 改革不适应市场竞争需要的企业组织体系和管理流程，设置的各职能部门权责要明确，工作流程清晰、畅通，防止职能的重复和交叉。② 要逐步剥离社会化职能机构，同时，企业内服务性质（包括检修）的岗位也要逐步向多经剥离。③ 岗位职数的设置要以新的劳动定员标准为主要依据，合理确定劳动定员定额标准。④ 管理岗位与管理人员职数要按照"精干、高效"原则，从严掌握。

4. 推行竞聘上岗，建立绩效管理制度，促进内部人力资源的合理流动

随着国家经济体制的改革，国有企业内部人事、劳动和分配等各项制度也在深入变革。其中，在内部劳动管理上，最突出的一点就是企业由原来的身份管理变为岗位管理。传统的"干部"和"工人"界限被打破，个人收入和待遇已经逐步与其所在的工作岗位联系起来。岗位管理最大的优越性就是为施行竞争上岗和绩效考核创造了条件。针对电网企业的现状，更要建立竞争上岗的全新用人机制，做到人员能进能出、岗位能上能下、收入能升能降。企业实施的竞聘上岗制，不应是一劳永逸的，而应该结合科学的绩效考评办法，把这一项工作制度化、周期化。对不能胜任工作的人员和没有竞争到岗位的人员，企业对其进行转岗分配或转岗培训。不服从转岗分配或经培训仍不能胜任工作的职工，企业可以与其依法解除劳动关系。对企业内部一些社会通用工种或普通技术岗位，则可以在建立考核制度的同时，适当引入轮岗制度，让企业更多的富余人员能有上岗机会，这也是企业内部人力资源的一种流动形式。

5. 加快建立和完善各种职工社会保险的步伐，将企业从过多的社会责任中解放出来

在原有的用工制度下，员工与企业的关系过度复杂化，企业被迫承担一些本应由社会来承担的义务和风险。电网企业承担的义务越多，其相应承担的非经营性风险也越大，一旦经营出现困境或受经济气候及政策的负面影响，企业和员工更会陷于绝境。因此，完善有效的社会保险机制有利于理清企业和员工的关系，有利于企业规避非经营性风险，有利于电力职工自主择业，最终建立电力劳动力市场，实现社会化大生产要求的劳动力自由流动。

6. 改革旧的各自封闭的用工制度，建立统一的电力劳动力市场

现代企业制度要求资本所有者和劳动力所有者都能对劳动力市场上的各种信息有充分的了解，都能自由出卖和购买劳动力，但是在原有的用工制度下，这两点都做不到。各个企业间的人力资源信息是不共享的，内部用工大都是职工培训和子弟就业，不需要也不可能向其他企业调配所需人才。职工只能在本单位有限岗位资源间进行选择，对其他外部人力资源信息一无所知，即使了解也因自身利益与本单位过于密切而欲走还留；即使不满意，也没有更多的选择。总之，在原有的用工制度下，职工依赖于企业，劳动力依附于资本，劳动力不过是资本的"异化附着物"。

7. 改革现行收益分配制度，适当拉开收入差距，鼓励职工后续教育和培训

在电网企业里，大锅饭、平均主义的现象还比较严重，其直接的后果就是导致人浮于事、干实事的人少、生产效率低下。在计划经济体制下，企业实行"低收益、平均分配"，追求一种社会公平，但是以低生产效率为代价的。在电力行业市场化改革的过程中，求生存、谋发展必须要以生产效率为先，这样才能最终兼顾社会公平的实现。作为"劳动力要素"的人是企业未来生存与发展的决定性要素，只有改革收益分配制度，适当拉开员工收入差距，才能充分调动职工的创造性和积极性，激励他们进行自我后续教育与培训并运用到生产经营中去，同其他生产要素有机结合起来，使生产效率最大化，企业经济状态最优化，最终把企业这个蛋糕共同做大并兼顾社会公平的实现。

第二节 定岗定编：没有永恒的标准

　　职位体系开发包括组织结构设计、定岗定编及职位分析，是建立现代管理机制的基础。职位体系开发没有固定的模式，但一般而言，职位体系是以工作流程为基础，并充分考虑未来业务发展的需要和目前业务运转的现状，按照职位在工作流程中承担的工作内容、责任和角色定位形成的。职位体系开发完成后并非一成不变，需要根据企业不同发展时期所面临的外部环境及内部条件进行不断的调整。职位体系开发步骤与结果如图 2－1 所示。

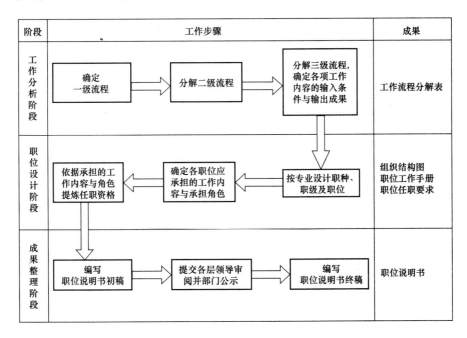

图 2－1　职位体系开发步骤与结果

一、组织结构设计

良好的组织机构其本身并不创造良好的业绩，就像一部好的宪法并不保证产生伟大的总统，好的法律并不保证有一个道德的社会一样。但是，糟糕的组织机构会使企业与良好的业绩无缘，无论管理人员是多么的出色。

——彼得·德鲁克

1. 组织结构设计的过程及其考量

组织结构是企业战略得以有效实施的基础，组织中的每个业务单元都应该非常清楚自己在组织中的角色、自己在组织价值链上处于什么样的位置、能够为组织目标的实现作出怎样的贡献。而要实现这样的功能，首先要建立基于流程的组织架构，实行定岗定编，在此基础上进一步确定明确部门/班组职责、岗位说明书，确保各部门/班组岗位职责分明、权责对等。这些都是保证组织顺利运行的基本条件。

组织结构设计是一个系统工程，对于组织结构设计人员，进行企业组织设计时，要在总体上进行把控，"前瞻后顾"，进行系统缜密的全过程分析。这个过程主要包括组织设计前期、设计中期、设计后期、实施措施与步骤等。组织结构设计的总体流程如图2-2所示。

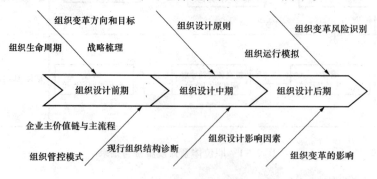

图2-2　组织结构设计的总体流程

在进行组织结构设计时，需要从大的方面考虑清晰，才有利于建立一个目标明确、与目前以及未来发展阶段相匹配的组织结构。在表2-1中列示了组织结构设计时需要考量的主要维度，这些维度往往也是促使企业进行组织设计或调整的重大因素。

表2-1　　　　　　　　　　　组织结构设计考量

考量维度与次序	主要考量内容	主要考量结果	备注/示例
战略梳理	总体战略	组织的关键职能	示例：如由生产型向营销型企业转型，营销机构与职能需要定位为组织的关键职能来设计
	职能战略/分、子公司战略	业务单元与职能部门的发展方向与目标	示例：如分公司模拟或比照子公司运作的发展方向
组织生命周期考量	企业生命周期的发展阶段判定	本阶段的组织特点	备注：企业创业期、成长期、规范期、成熟期等不同阶段的组织特点
	组织结构与发展阶段是否匹配	组织成熟度判定	备注：进行组织成熟度问卷调研
企业主价值链与主流程考量	企业内部主价值链营运方式；企业主流程活动	初步形成一级组织职能；一级部门结构；部门使命	备注A
现行组织结构诊断	组织结构诊断	组织结构	备注：对总体组织形态与各部门一级结构/二级结构进行诊断
	组织职能诊断	职能交叉（重叠）、职能冗余、职能缺失、职能割裂（或衔接不足）、职能分散、职能分工过细、职能错位、职能弱化等	备注：对各部门职能现状进行诊断，并确定主要职能改进领域与改进重点

考量维度与次序	主要考量内容	主要考量结果	备注/示例
现行组织结构诊断	管理层次诊断	管理人员分管职能的相似性、授权范围、决策复杂性、指导与控制的工作量、下属专业分工的相近性等	备注：不同管理层级之间
	管理幅度诊断	工作的复杂程度、需要监管的程度、人员素质、部门间平衡等	备注：不同部门的管理幅度大小
	组织效率	人均销售额；人均创利额；或净资产收益率和人均产值等	备注 B
	战略承载能力	战略适应能力、管理能力、凝聚能力、汇报系统、抵御风险能力等方面	备注：进行组织对企业战略承载性的问卷调研
组织管控模式	集团管控模式	集团组织的定位与管控模式设计	备注：主要针对集团型企业，财务管控型、战略管控型、操作管控型等不同模式
明确组织变革的方向与目标	组织设计与变革目标	总目标；各部门分目标	备注：变革目标决定了组织设计与变革的重点

备注 A　基于价值链考虑组织结构与一级职能或关键职能设计

不同行业不同产品的企业都有内部营运价值链，在组织设计前先了解公司的内部价值链的运作方式，才能更好地进行组织设计。基于对企业主价值链的主要活动分析，初步设计企业的一级职能/关键职能，一级职能决定了一级结构与使命。同时，基于一级职能设计部门一级机构，还有助于部门在地位等级、对价值链的贡献与重要性方面保持平衡；基于主价值链流程进行组织设计，按照业务链条考量部门的归并或分立。

备注 B　组织效率诊断

（1）人均销售额：企业人均年销售收入。反映出企业员工的劳动效率，包括全员人均销售额和营销人员人均销售额两个指标。

（2）人均创利额：人均创造的经济效益（单位时间内）。这一指标反映出全体人员在单位时间内所创造的经济效益，可分为全员人均创利额与营销人员人均创利额。

2. 组织结构设计应遵循的原则

一般而言，组织结构设计应遵循以下一些原则。

（1）拔高原则。在为企业进行组织结构的重新设计时，必须遵循拔高原则，即整体设计应紧扣企业的发展战略，充分考虑企业未来所要从事的行业、规模、技术以及人力资源配置等，为企业提供一个几年内相对稳定且实用的平台。

（2）优化原则。任何组织都存在于一定的环境之中，组织的外部环境必然会对内部的结构形式产生一定程度的影响，因此，企业组织结构的重新设计要充分考虑内外部环境，使企业组织结构适应于外部环境，谋求企业内外部资源的优化配置。

（3）均衡原则。企业组织结构的重新设计应力求均衡，不能因为企业现阶段没有要求而合并部门和职能，在企业运行一段时间后又要重新进行设计，总之一句话：职能不能没有，岗位可以合并。

（4）重点原则。随着企业的发展、环境的变化而使组织中各项工作完成的难易程度以及对组织目标实现的影响程度发生变化，企业的工作中心和职能部门的重要性亦随之变化。因此，在进行企业组织结构设计时，要突出企业现阶段的重点工作和重点部门。

（5）人本原则。设计企业组织结构前要综合考虑企业现有的人力资源状况以及企业未来几年对人力资源素质、数量等方面的需求，以人为本进行设计，切忌拿所谓先进的框架往企业身上套，更不能因人设岗、因岗找事。

（6）适用原则。企业组织结构的重新设计要适应企业的执行能力和一些良好的习惯，使企业和企业员工在执行起来时容易上手，而不能脱离企业实际进行设计，使企业为适应新的组织结构而严重影响正常工作的开展。

（7）强制原则。在最后实施时，必须强制执行，严厉惩罚一切违规行为，确保整体运行的有序性，某些被证明不适合企业的设计可在运行两三个月后再进行微调。

组织设计完成后,管理能否顺畅,还需要具备2个基本条件:① 企业拥有完备的、能力较强的人力资源管理团队;② 不断完善职务描述体系的建设,明确各部门职责、工作合作流程,编制并更新各岗位的职务说明书,内容包括岗位设置目的、工作职责和任职资格等。

近年来,国家电网公司为了实现"一强三优"的战略发展目标,实行集团化运作、集约化发展,高效利用现有资源,对组织结构进行了大胆的调整及创新。例如,通过组建资金管理中心,充分发挥财务公司等金融机构的作用,对公司资金实行统一管理和集中监控,资金集中度和资金使用效率显著提高,资金运作效率大幅提升,取得了巨大的经济效益。另外,筹备成立保险公司等专业金融机构,进一步做大做强统一的金融运作平台,集中管理公司的金融资产,促进客户、网点、信息和专业队伍资源共享,挖掘公司金融资源的效益潜力。为了发挥专业化管理的优势,成立了特高压建设、建设运行和金融资产管理等事业部,加强抽水蓄能电站和新能源业务的集中管理,组建抽水蓄能、新能源开发等专业化运营公司,发挥规模效益和专业化管理优势。

同时,部分电网企业根据上级的有关精神,本着"精简高效、职责明确、相互制约、规范统一"的原则,对于现有的职能部门、生产班组也进行了组织结构变革试点,对部门职能进行了调整。例如,将原电网办、生技科的电网规划和工程建设管理职能,计划财务科的计划管理,非生产性基建工程管理职能,营销、农电业扩工程管理职能分离出来合并为发展策划部;将原劳动人事科更名为人力资源部;将原培训中心的培训管理职能、党委工作部的干部管理职能并入人力资源部以及大班组改革试点等。

由于电网企业长期处于垂直管理体系下,处于基层的电网企业没有组织结构调整的权力,因此,对于大部分电网企业来说,组织结构变革并不是人力资源部门所能开展的工作,因此,本书就不对其进行详细的论述。

二、定岗定编

定岗定编是确定岗位和确定岗位编制的合称，前者是设计结构组织中承担具体工作的岗位，而后者是设计从事某个岗位的人数。但在实际工作中，这两者是密不可分的，当一个岗位被确定之后，就会自动有人的数量和质量的概念产生。有的企业还把与定岗有关的人员素质的问题单独提出来，称为定员。定员与定岗、定编一起被称为"三定"。本书只涉及定岗定编。定岗定编是世界各地各种组织中存在的一个共同的问题，但也是一个处于不断探讨之中的问题。定岗定编并没有一个固定的模式，只是各企业根据自己的情况在不同的时期运用不同的方法。

（一）定岗

定岗的过程就是岗位设计的过程。岗位设计也称为工作设计，是指根据组织业务目标的需要并兼顾个人的需要，规定某个岗位的任务、责任、权力以及在组织中与其他岗位的关系的过程。岗位设计的流程如图2－3所示。定岗所要解决的主要问题是组织向其成员分配工作任务和职责的方式。亚当·斯密在其《国富论》中论及岗位设计，以制针业为例说明了岗位的专业化分工的效率。"科学管理之父"泰勒所进行的"时间—动作"研究，实际上也是一种岗位设计。泰勒将岗位的工作程序和操作方法标准化，大大提高了劳动生产率。岗位设计如图2－4所示。

岗位设计是通过满足员工与工作有关的需求来提高工作效率的一种管理方法，因此，工作设计是否得当对激发员工的工作热情、提高工作效率都有重大影响。岗位设计把整个业务战略和业务目标分解到每个员工的层次，如图2－5所示。如果在系统或流程的变革中没有对岗位进行相应的改变，这种变革注定不会成功。

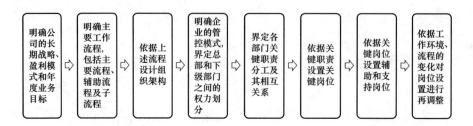

图 2-3　岗位设计流程

生产技术部

主要职能　负责制定局生产技术管理的标准、规程、制度和办法并督促落实；负责全局生产设备的运行、检修、更新改造等全过程的生产技术管理；参与电网规划审查；负责设备选型选厂、竣工验收、投产试运行工作；负责全局生产设备的运行维护、检修、更新改造和反事故技术措施计划的编制并督促落实；负责全局技术监督工作；负责供电可靠性、无功电压管理等工作；负责企业质量管理体系的运行、创一流同业对标工作；归口管理科技信息中心

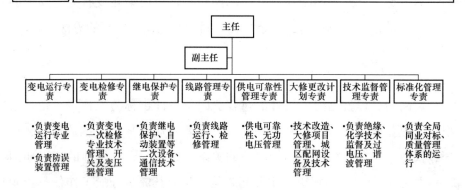

图 2-4　岗位设计

　　岗位设计的中心任务是要为企业提供完成战略目标的保证，并为人力资源管理提供基本的依据，保证事得其人、人尽其才、人事相宜。一般而言，岗位设计可以采用4种方法：① 组织分析法。这是一个广泛的岗位设计方法。首先从整个组织的愿景和使命出发，设计一个基本的组织模型；然后根据具体的业务流程需要，设计不同的岗位。该方法通常适用于大型企业的大范围重组项目，在这个项目中，组织设计和岗位设计占整个项目的大部分工作。② 关键使命法。岗位设计仅仅集中于对组织的成功起关键作用的岗位。该方法通常适用由于时间和预算的限制、

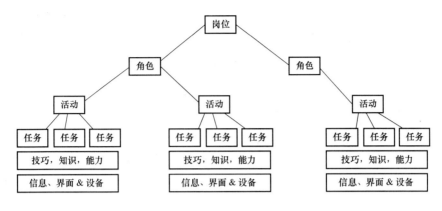

图 2-5　岗位分解

对整个组织的岗位设计不可行的情况时。③ 流程优化法。根据新的信息系统或新的流程对岗位进行优化。这种方法可以确定新的岗位。该方法适用于较小的项目范围，主要在实施一个新的管理信息系统时应用。④ 标杆对照法。参照本行业典型企业现时的岗位设置进行设计。该方法适用于不太精确的项目范围。

以上各种方法的运用不是绝对的，而应该根据不同部门/岗位情况运用不同的方法。

岗位设计成功的关键是不停地把一些变革交流给组织中每一个可能会受到岗位重新设计影响的人，让大家了解：我们为什么要变革？变革对我意味着什么？变革对组织会带来什么好处？我需要准备什么？这样做的目的是让大家了解变革的意义，共同促进变革成功。

（二）定编

定编在这里包括定员。所谓定编定员，就是采取一定的程序和科学的方法，对确定的岗位进行各类人员的数量及素质配备。定编定员是一种科学的用人标准，要求根据企业当时的业务方向和规模，在一定的时间内和一定的技术条件下，本着"精简机构，节约用人，提高工作效率"的原则，规定各类人员必须配备的数量。定编定员所要解决的问题是企业各工作岗位配备什么素质的人员，以及配备多少人员。定编定员与岗位设计是密切相关的，岗位确定过程本身就包括工作量的确定，也就包括了对基本的上岗人员数量和素质要求的确定。

1. 原则

定编时要依据如下两个原则：

（1）以企业经营目标为中心，科学、合理地进行定编。企业定编工作，就是要合理地确定各类人员的数量以及它们之间的比例关系。其依据是计划期内的企业目标业务量和各类人员的工作效率。所谓科学，就是要符合人力资源管理的一般规律，做到"精简有效"，在保证工作需要的前提下，与同行业标准或条件相同的企业所确立的标准相比较，要能体现出组织机构精干、用人相对较少、劳动生产率相对较高的特点。所谓合理，就是要从企业的实际出发，结合本企业的技术、管理水平和员工素质，考虑到提高劳动生产率和员工潜力的可能性来确定定员数。

（2）企业各类人员的比例关系要协调。正确处理企业直接与非直接经营人员的比例关系；正确处理直接与非直接经营人员内部各种岗位之间的比例关系；合理安排管理人员与全部员工的比例关系。管理人员占员工总数的比例与企业的业务类型、专业化程度、自动化程度、员工素质、企业文化以及其他一些因素有关。

2. 方法

一般而言，定编的方法有劳动效率定编法，业务数据分析法，本行业比例法，按组织机构、职责范围和业务分工定编的方法，预算控制法，业务流程分析法及管理层、专家访谈法（德尔菲法）等。

（1）劳动效率定编法是指根据生产任务和员工的劳动效率以及出勤等因素来计算岗位人数的方法，实际上就是根据工作量和劳动定额来计算员工数量的方法。因此，凡是实行劳动定额的人员，特别是以手工操作为主的岗位，都适合用这种方法。劳动定额的基本形式有产量定额和

时间定额两种。如果采用产量定额，则计算公式为

定编人数 = 计划期生产任务总量 ÷（员工劳动定额 × 出勤率）

如果采用时间定额，则计算公式为

定编人数 = 生产任务 × 时间定额 ÷（工作时间 × 出勤率）

（2）业务数据分析法是根据企业的历史数据和战略目标，确定企业在未来一定时期内的岗位人数。业务数据包括销售收入、利润、市场占有率、人力成本等。确定人员编制有两种办法：① 根据企业的历史数据（业务数据/每人）及企业发展目标，确定企业短期、中期、长期的员工编制。② 根据企业的历史数据，将员工数与业务数据进行回归分析，得到回归分析方程；根据企业短期、中期、长期业务发展目标数据，确定人员编制。

（3）本行业比例法是指按照企业职工总数或某一类人员总数的比例来确定岗位人数的方法。在本行业中，由于专业化分工和协作的要求，某一类人员与另一类人员之间总是存在一定的比例关系，并且随着后者的变化而变化。该方法比较适合各种辅助和支持性岗位定员，计算公式为

$$M = T \times R$$

式中，M 为某类人员总数；T 为服务对象人员总数；R 为定员比例。

（4）按组织机构、职责范围和业务分工定编的方法一般是先确定组织机构和各职能科室，明确各项业务分工及职责范围以后，根据业务工作量的大小和复杂程度，结合管理人员和工程技术人员的工作能力和技术水平确定岗位人数的方法。管理人员的定编受很多因素的影响：① 管理人员个人的因素，如本人的能力、下属的能力、受教育程度等；② 工作因素，如工作的标准化程度和相似程度、工作的复杂程度、下属工作之间的关联程度；③ 环境因素，如技术、地点、组织结构等。

（5）预算控制法是西方企业流行的定编方法，它通过人工成本预算

控制在岗人数，而不是对某一部门内的某一岗位的具体人数作硬性的规定。部门负责人对本部门的业务目标和岗位设置和员工人数负责，在获得批准的预算范围内，自行决定各岗位的具体人数。由于企业的资源总是有限的，并且是与产出密切相关的，因此，预算控制对企业各部门人数的扩展有着严格的约束。

（6）业务流程分析法首先根据岗位工作量，确定各个岗位单个员工单位时间工作量，如单位时间产品、单位时间处理业务等；然后根据业务流程衔接，结合上一步骤的分析结果，确定各岗位编制人员比例；最后根据企业总的业务目标，确定单位时间流程中总工作量，从而确定各岗位人员编制。

（7）管理层、专家访谈法（德尔菲法）是指通过管理层访谈获得下属员工工作量、流程的饱满性，员工编制调整建议，预测其下属员工一定期限之后的流向、提升（部门内和跨部门提升）、轮岗、离职（自愿和非自愿），统计各部门一定期限之后的员工数目等信息；通过专家访谈获取国外电力行业、国内电力行业各种岗位类型人员结构信息（包括管理层次和管理幅度等信息），综合从管理层及专家获取的信息进行定编。

在各种方法中，按效率定编定员是基本的办法。在实践工作中，通常是将各种办法结合起来，参照行业最佳案例来制定本企业的岗位人数。由于各企业的情况差别和情况的不断变化，很难会有一个所谓"绝对正确、完全适用和一成不变"的编制，主要还是服从于企业的总体目标要求，在不断的变化中调整，是个动态的过程。定岗定编的硬约束是成本投入。企业的投入在一定时期内总是有限的。在投入有限的情况下，岗位和人数的有限性是不言而喻的。人力资源管理要做的是，在一定时期内，如何运用有限的资本投入获得最佳的岗位和人数的组合。

三、职位分析与职位说明书

(一)职位分析

职位分析是人力资源管理的基础，是所有人力资源管理的依据和参考，离开了职位分析，一切的管理工作都是感性的行为，毫无科学性可言。那么，职位分析是什么呢？职位分析就是对员工的工作岗位进行科学规范分析，以确定该岗位的工作目的、工作内容、职责权限、工作关系以及任职资格等主要内容，出具职务说明书，作为其他人力资源管理活动和决策的基础性依据。

职位分析要从以下 8 个要素开始着手进行分析，即（7W1H）：① Who：谁从事此项工作，责任人是谁，对人员的学历及文化程度、专业知识与技能、经验以及职业化素质等资格要求。② What：在雇员要完成的工作任务当中，哪些是属于体力劳动的范畴，哪些又是属于智力劳动的范畴。③ Whom：为谁做，即顾客是谁。这里的顾客不仅指外部的客户，也指企业内部的员工，包括与从事该工作的人有直接关系的人：直接上级、下级、同事、客户等。④ Why：为什么做，即工作对从事该岗位工作者的意义所在。⑤ When：工作任务应该被要求在什么时候完成。⑥ Where：工作的地点、环境等。⑦ What qualifications：从事这项工作的雇员应该具备哪些资质条件。⑧ How：如何从事或者要求如何从事此项工作，即工作程序、规范以及为从事该工作所需要的权利。

职位分析是一项复杂的系统工程，企业进行职位分析，必须统筹规划，分阶段、按步骤地进行。进行职位分析的方法很多，主要有观察法、问卷调查法、访谈法、工作日志法等。目前有大量的书籍系统地介绍了职位分析的方法，因此，本书就不再赘述了。有了职位分析的结果以后，就可以着手制定职位说明书了。

（二）职位说明书

1. 职位说明书的定义及组成

职位说明书又称岗位说明书，是指对职位工作的性质、任务、责任、环境、处理方法以及对职位工作人员的资格条件的要求所做的书面记录，表明了企业期望员工做些什么、员工应该做些什么及应该怎么做，是根据职位分析的各种调查资料加以整理、分析、判断所得出的结论，编写成的一种文件，是职位分析的结果。劳动工资统计专责职位说明书示例如表 2 - 2 所示。

表 2 - 2　　　　　　劳动工资统计专责职位说明书示例

岗位名称	…	岗位编码	…	所属部门	…
…	…	…	…	…	…

岗位概述：

根据××省电力公司劳动工资和劳动统计政策等相关法规，实施工资福利管理、劳动工资统计工作；承担××电业局人力资源信息系统的维护、管理工作，指导并督促各有关专责及时修改和维护信息系统中的相关信息，使之正确反映员工的现状

岗位主要职责		
编号	工 作 内 容	工作频率
1	工资总量管理 根据××省电力公司下达给××电业局的工资总量和工资控制数，结合实际情况，及时下达局属各单位全年工资计划数和工资控制数	1 次/年
2	同业对标 根据人力资源指标中人才密度和高级技能人才的信息，计算人才密度和高级技能人才的比例，提交指标分析报告	日常
…	…	…
16	其他工作 完成领导交办的其他工作	随机
岗位任职条件		
…		…

由表 2-2 可知，职位说明书主要由 4 个部分组成：① 岗位标识：包含岗位名称、所属部门、直接上级等内容。② 岗位概述：反映岗位存在的价值和核心工作。③ 岗位主要职责：反映岗位所承担的主要工作内容。④ 岗位任职资格：描述任职者必备的知识、经验、技能等。职位说明书编制流程如图 2-6 所示。

图 2-6 职位说明书编制流程

岗位概述界定了职位在组织中所扮演的主要角色：职位为什么会存在？职位上的任职者在何种约束条件或限制条件下开展工作？职位在长期工作中有什么稳定的目标？一般来说，编写岗位概述要注意：① 用简练的语言说明某一职位存在的目的和价值；② 对职位概要的描述应当是具体的、特定的，而不是泛泛的；③ 应当基本能够使阅读者形成对职位的大概了解。

内容规范的岗位概述和岗位主要职责具有如下特点：① 具有明确约束条件；② 准确的行为、动作；③ 具体的目的或信息流向，即规范的格式 = 依据 + 行为 + 目的（或信息流向）。

例如，依据××电业局财务收支审计制度及农电财务管理办法，承担××电业局农电系统财务收支、资产负债损益审计，确保农电系统财务管理的合法性。编写要领为：① 准确使用描述行为的动词以明确角色；② 揭示工作流程以及信息的流向；③ 指明工作活动的目的或所要产生的结果。岗位概述和岗位主要职责的编写格式如图 2-7 所示。

2. 编制职位说明书应遵循的原则

职位说明书在编制过程中需要遵循一定的原则，现将遵循原则说明

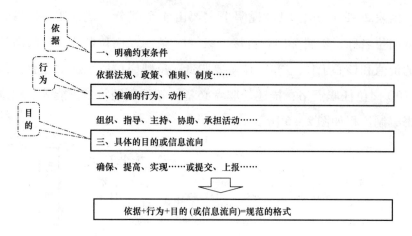

图 2-7　岗位概述和岗位主要职责的编写格式

如下。

（1）依据要明确且范围尽可能小。例如，原描述为："根据电力市场需求情况，制定本局年度外购电量计划，……"依据是从事该项工作的约束条件，应该表述明确且可用性强。后修改为："根据上年度售电量及本年度预计售电量，制定本局年度外购电量计划，……"明确依据常犯的错误有依据模糊，如"根据相关法规要求"，其错误是依据过于宽泛，可改为"根据国家安全法规"。

（2）在多个依据的情况下，只需写上主要依据，并用"等"或"……"来结尾。例如，原描述为："根据《电力法》《国家电价政策》《电力供应与使用条例》《供电营业规则》《用电检查管理办法》《A电业局稽查管理办法》，组织开展营销稽查和反窃电……"有多个依据时，只需写出针对所在单位制定的与工作相关的法规。后修改为："根据《用电检查管理办法》《A电业局稽查管理办法》等法规，组织开展营销稽查和反窃电……"

（3）工作行为采取"动词＋宾语"而非"动词＋形容词"的形式。例如，原描述为："……及时为全局职工做好劳保统筹、医疗保险、工伤保险、生育保险的核算及报表编制，并搞好基金的专户管理和考核工作，确保……"，职位说明书强调的是用准确的动词来清晰地界定工作内容。后修改为："……及时核算全局职工的劳保统筹、医疗保险、工伤保险、生育保险，并编制报表，承担基金的专户管理和考核工作，确保……"。

（4）动词选择应恰当、准确。例如，原描述为："……负责全局生产设备的运行、检修、和反事故技术措施的编制，并督促落实……"恰当的动词能清晰地界定员工在工作中担任的角色和拥有的权限。后修改为："……主持全局输变配设备技术管理的全面工作，组织修编全局的运行、检修和工艺规程等各项规章制度；全面掌握全局输变电设备运行状况，组织开展安全性评价、危险点分析和预控，推行标准化作业，……"

（5）行为过程的描述用归纳性语言而非罗列行为的整个过程。例如，原描述为："检修停电计划协调与管理：每月25日，参加省电力公司220千伏检修计划协调会；每月底，根据省电力公司检修协调会精神，组织召开××电业局检修计划协调会，总结上月检修计划完成情况，合理安排下月检修计划，要求各部门协调配合，减少重复停电和非计划停电，保证供电可靠性。"例中行为过程的描述所犯错误是罗列行为的整个过程，而非用归纳性语言。后修改为："检修停电计划协调与管理：根据省电力公司每月的检修协调会精神，总结上月检修计划完成情况，并安排下月检修计划，以减少重复停电和非计划停电，保证供电可靠性。"

（6）目的应该是这项任务直接产生的。例如，原描述为："……承担局机关、县局、专业所的财务收支审计项目主审工作，以促进被审单位加强内部控制、改善经营管理，提高经济效益。"目的应该是通过完成这项工作就可直接达到的，而例中的目的过于宽泛。后修改为："……承担局机关、县局、专业所的财务收支审计项目主审工作，以促进被审单位加强内部控制。"

（7）用工作流向代替工作目的。例如，原描述为："工资总量管理：根据××省电力公司下达给我局的工资总量和工资控制数，结合××电业局实际情况，确保工资管理规范、准确。"工作任务属于工作流程中的一个环节时，用工作流向代替工作目的。后修改为："工资总量管理：根据省电力公司下达给我局的工资总量和工资控制数，及时下达局属各单位全年工资计划数和工资控制数。"

（8）单项工作任务一次描述完整、不分项描述。例如，原描述为："线路、通信、安全、计算机专业新员工岗前专业培训：根据局新员工岗前培训方案，承担线路、通信、计算机、安全专业新进人员的专业集中培训工作，确保按方案要求完成。线路、通信、计算机、安全专业年度培训总结：根据年度培训工作开展情况，认真分析，对照检查，做好线路、通信、计算机、安全专业新员工年度培训总结。"例中所犯错误是单项工作任务一次描述不完整。后修改为："线路、通信、安全、计算机专业培训：根据局新员工岗前培训方案，承担线路、通信、计算机、安全专业新进人员的集中培训工作，并撰写年度培训总结。"

（9）在描述每项任务前提取"任务名称"。例如，原描述为："依据××电业局财务收支审计制度及农电财务管理办法，承担A电业局农电系统财务收支、资产负债损益审计，确保农电系统财务管理的合法性和效益性。""任务名称"可以使人快速地了解岗位的主要职责。后修改为："农电财务、资产审计：依据A电业局财务收支审计制度及农电财务管理办法，承担A电业局农电系统财务收支、资产负债损益审计，确保农电系统财务管理的合法性和效益性。"

（10）岗位概述应该凸显岗位存在的价值和核心工作，而非罗列出所有任务。例如，原描述为："岗位概述：依据《工会法》《中国工会章程》，做好工会工作、工会组织管理、发展工会会员、会员会籍管理工作；依据《省电力公司基层企业职工代表大会工作规范》建立和完善职工代表大会制度，做好民主管理、局务公开、职代会职权的落实工作；

依据《省电力公司集体合同监督检查的暂行规定》，做好集体合同管理；依据《省模范职工之家申报考核管理办法》做好全局模范职工之家的创建、申报、管理工作；依据《省电力系统基层工会工作考核办法》做好对全局工会工作的考核管理，做好工会所有的文字工作、宣传工作等。"例中的岗位概述所犯错误是没有指出岗位的主要职责，应根据岗位性质归纳出岗位的主要职责。后修改为："岗位概述：依据《省电力公司基层企业职工代表大会工作规范》等法规，协助开展工会各项管理工作，完善职工代表大会制度，落实职代会职权，承担模范职工之家的创建、申报、管理工作，保障职工的合法权利。"

3. 编制职位说明书应注意的事项

编制职位说明书时应注意的事项包括：① 从事同一种职位的多个人可共用同一份职位说明书，而不用一人一份；② 每个职位只需撰写一份职位说明书，如果工作职责 70% 以上发生重叠且没有 10% 以上的显著不同，则可视为同一种职位；③ 工作职责最好不超过 10 条，占工作内容 5% 以下的工作职责可不必填写；④ 在职位说明书中应当使用客观的描述性词汇，最好不要用过多的体现规范性要求的形容词；⑤ 最终的职位说明书所描述的内容是该职位应当承担的责任，而不是某个人当前实际承担的工作内容；⑥ 在职位说明书中不应包括任职者个人的优点或缺点等诸如此类的信息；⑦ 在临时性项目小组中工作的人不需撰写职位说明书。

第三节 竞聘上岗：能上能下的机制

2004 年 12 月 16 日，国务院国资委下发了《关于加快推进中央企业公开招聘经营管理者和内部竞争上岗工作的通知》（国资党委干一

［2004］123 号），明确要求中央企业加快推进内部竞争上岗工作。竞聘上岗就是组织为了实现人岗匹配、效益最佳，依据公开、公平、公正的原则，根据组织的战略目标和发展规划，挑选竞聘岗位、制定竞聘流程、选择评审办法、公布竞聘结果，并辅以上岗人员的动态管理机制、落聘员工安置机制，以充分发挥组织人力资源价值和潜力的人才机制。竞聘上岗是我国国有企业解冻"干部能上不能下"用人机制的一项创举，有助于增强员工的危机意识和竞争意识；扩大企业的招聘视野，挖掘企业的有用人才；帮助员工重新认识岗位职责，丰富工作思路；有利于员工认识自我，重新定位职业发展道路；以此为拐点转变国有企业员工对企业的依赖观念，调动员工的工作积极性；盘活国有企业的人力资源，优化企业的人力资源配置，推进国有企业进一步改革。竞聘上岗作为电网企业体制改革的一项重要内容，在激活电网企业人力资源、促进企业文化建设方面越来越显示出其独特的优势。

2004 年 9 月，巴州报社作了有关题为《全员解聘 全员选岗 竞聘上岗 巴州电力公司机关及直属单位体制改革工作全面启动》的报道，详细报道了巴州电力公司成立以来规模最大的一次改革——机关及直属单位体制改革工作全面启动，公司机关及直属单位实行全员解聘、全员选岗、竞聘上岗，以下是有关报道：

巴州电力公司机关及直属单位共有员工 300 多人，除公司 7 名领导班子成员及人力资源部主任以外，公司全员实行双向选择、竞争上岗。此次改革从 2004 年 8 月 16 日开始，9 月 20 日结束，历时 35 天，分 3 个阶段进行。目前，第一阶段工作已顺利完成，第二阶段工作正有序、平稳地进行。

在第一阶段，有 45 人报名参加中层管理岗位的竞聘。经审核，有 40 人参加竞聘，最终有 29 名中层领导上岗。另外，公司还拿出 11 个管理岗位（4 个中层管理岗位）面向全公司招聘。其中，一位基层经验较丰富的下属企业中层管理人员通过竞聘担任了总经理工作部主任。

据悉，此次改革的目的不是为了减人增效，而是在于提高机关效率和服务质量，建立一种员工"能上能下、能进能出"的常态用人机制。公司改革领导小组十分关注在改革实施中出现的各种问题，同时做好员工的稳定工作。截至 2004 年 9 月 9 日，职工情绪平稳，公司无一人反映存在不公平竞争的现象，这次考核不过关、竞聘失败的人员，在按规定经过短期培训学习后，将被安排到基层单位的岗位去工作。

一、竞聘上岗的现行做法

目前国有企业竞聘上岗一般操作流程：首先，企业内部成立竞聘上岗领导小组，领导小组负责统计和列出所有竞聘岗位，同时公布每个岗位的任用条件和标准，动员大家竞聘，确定竞聘人选名单；其次，设计竞聘上岗的内容和流程，并组织实施；最后，公布竞聘结果，根据结果任用人员。

尽管多数企业基本遵循相同的流程，但在具体做法上仍然存有差异，表现在：① 实施操作上，有的企业整个竞聘过程全权委托外部专业的测评公司，有的企业自己独立实施；② 竞聘岗位统计上，有的企业仅列出已空缺或新出现的岗位，有的企业则列出现有全部中层岗位重新竞聘上岗；③ 竞聘内容上，针对民主评议、笔试、演讲或面试等内容，有的企业仅选择其中的一项或两项内容，有的企业几项内容全部考察。在操作内容和方法上的细节差异，往往造成竞聘上岗工作在企业中形成不同的影响和效果。

二、竞聘上岗存在的七大难题

由于电网企业的体制改革具有一定的历史性、复杂性和特殊性，竞聘上岗在计划、组织、设计和实施的过程中就会出现诸多问题。一般而言，电网企业竞聘上岗存在以下七大难题。

1. 随波逐流，生搬硬套

随着企业竞聘风的掀起，竞聘成了国有企业新一轮人事制度改革的宠儿，很多电网企业只看到其他企业擂鼓喧天，大搞竞聘上岗，却很容易忽视自身实际情况，为了追赶潮流，就将其他企业的成功方案原封不动地照搬到自己的企业，结果员工对外来的"器官"出现"排斥反应"，竞聘得不到大家的响应，只能走走过场，草草收场。而管理者又往往不愿善罢甘休，继续复制其他成功企业的原版制度，结果不言而喻，管理者陷入了竞聘的循环怪圈，却不知"南方为橘北方为枳"。长此以往，企业员工对管理者的改革举措渐渐麻木，管理者只能搭着大台唱独角戏。

就企业制度而言，没有最好的，只有最适合的，世界上不存在完全相同的两片叶子，更何况企业。每个企业都有自己的历史背景、行业领域、企业文化、领导风格、员工特点，以及所处的地域文化，在电网企业中，这个问题更为突出。所以，管理者在设计竞聘上岗制度时，应该全面考虑到企业自身的情况，反复斟酌，广泛征求上级以及员工的意见，必要时可以申请外援，引入专家团队，力求制定出带有企业特色、实用的竞聘制度。

2. 竞争激烈，破坏团结

电网企业有史以来，无论是工龄、职称、论资排辈还是国有企业的其他特色文化，无不体现了国有企业集体意识强、竞争氛围弱、和睦相处、人情高于规则的特点，而竞聘上岗的出现却打破了这种"吃大锅饭"的现状。竞聘上岗的各个选拔环节要求都十分严格，并且要求完全公开，彻底消除传统的关系手段、面子文化问题，要求所有申请者无论职位辈分高低，统一站在同一起跑线上公平竞争。此外，竞聘手段也十分大胆，公开演讲、与高层领导面对面交锋、接受民意评论，无一不给电网企业的干部培养制和传统企业文化带来冲击，使得竞聘过程火药味十足。不可否认，竞聘给很多想有所作为的人带来了机会，但同时也给在位者带来了危机，容易导致部门内员工之间的合作性下降，人人唯恐，甚至出现了干部不愿意带下属、不愿意帮助下属，并逐渐失去个人威信的现象，破坏了国有企业的和谐团队文化。

所以，实施竞聘上岗前，企业要利用各种可能的手段和途径如开会宣贯、分发宣传手册、内部刊发专家文章等，来发出改革信号，对员工们进行"洗脑"，把压力传递给员工，以增加全体员工对企业生存发展的危机意识和紧迫感，认识到改革的必要性，激发员工的竞争意识。同时，也要给员工以动力，描绘企业未来的战略，公布新的有行业竞争力、更为科学合理的薪酬、绩效考核政策，增强竞聘方案的公正性科学性，从而激发员工的上进心和竞争意识，鼓励一大批有能力、有创新精神的员工认同和支持竞聘上岗。

3. 技术陈旧，方法单一

目前电网企业竞聘上岗普遍采用笔试、民主投票、演讲、答辩等方式，有的仅选择其中的一两项内容，有的是几项内容全部考察。

笔试可以考察员工的业务知识和理论水平，对于评价管理人员的战略思考能力、组织协调能力、沟通能力、决策能力却显得力不从心。

群众的眼睛是雪亮的，但是由于信息不对称现象的普遍存在，民主投票时，员工对候选人的背景及个人情况仅限于宣传资料的简单介绍，甚至完全不知情，投票环节往往成了拉选票、走后门的过场，竞聘也只能看上去很民主。

演讲环节中，候选人可以通过陈述自己的施政纲领，表现出自己的语言表达能力、仪态行为举止、思维能力、应变能力以及自己的潜在工作能力，但是时间为十几分钟的竞聘宣讲似乎成了演讲比赛，候选人是否具有煽动力和演讲能力成了评价的标准。

笔者在实践中发现，每每提到竞聘，很多电网企业人力资源部门的负责人都会觉得竞聘方式和手段是一大难题，他们觉得传统的手段存在着一定的弊端，国外的先进技术又水土不服。因此，笔者认为，在使用传统竞聘方法的基础上，引入现代测评技术势在必行。

行为管理学的研究成果证实，由于人与人之间存在着个体差异，所以不同的人对同一工作有着不同的适应性，同时，不同的工作也需要由具有不同的个性心理特征的人来承担。工作性质与人的自然属性及智力发展水平之间存在着一种镶嵌现象。目前，国外的人事考核与选拔方面，除了绩效考核、人事审查与面谈手段之外，已比较普遍地使用心理测试的技术方法，无论企业管理人员还是机关工作人员的选拔和晋升，往往都必须经过各种心理测试来决定取舍。我国国有企业人才选拔也可以采用心理测试进行筛选。此外，无领导小组讨论、公文筐、管理游戏、角色扮演、案例分析、撰写论文等现代测评技术，经过本土化改良，提取出适合竞聘岗位与企业的测评要素，对评价人员进行必要的培训，在测评候选人的工作条理性、计划能力、预测能力、决策能力、沟通能力、组织能力、洞察力、倾听、说服力、感染力、团队意识和成熟度等方面时，尤其是在电网企业中层干部的选拔中，一定会显示出其特有的优势。

4. 缺乏制衡，竞聘不公

当前电网企业竞聘上岗过程中，强调一切公开，尽管这样可以增加评价人员操纵竞聘结果或与候选人进行"非正当交易"的风险，但是，必须看到绝大多数竞聘上岗存在着制定、实施、监控集实施主体于一身的问题，与分权制衡原理相违背。这种情况下，评价者容易暗箱操作，即竞聘者通过拉拢关系或者其他不正当竞争手段达到所谓的内定人员的目的，使得竞聘成为走过场，竞聘过程的公平性很难得到保证，难以完全让群众信服，竞聘也失去了应有的作用和意义。

　　竞聘中，也很容易出现一些其他的不规范现象，如某企业竞聘岗位为人力资源部部长，竞聘资格要求中明确规定"性别'女'"，这种利用门槛将人才置之门外的手段也严重影响了竞聘的公平性和严肃性。此外，竞聘上岗过程中，评价委员会成员可能由于个人评价知识匮乏、评价技术不成熟、思想不端正、主观偏见等因素造成评价结果的误差，因此使得竞聘结果出现隐形不公平和虚假的现象，最终竞聘也只能是看上去很美，听起来很甜，做起来很难。

　　要保证竞聘上岗的公平性，除了要全部公开竞聘岗位的信息、竞聘方案、评审内容标准、评分等级、统一申请及评价表格，并广泛接受员工的反馈和意见外，竞聘上岗的制度化、规范化、定期化才是解决竞聘公平性问题的根本。企业要通过竞聘上岗制度的建立和有效实施，建立起一套"人——能力——岗位——薪酬——绩效——竞聘/培训"的动态机制，盘活企业的人力资源。

5. 考虑不周，制度不全

　　经过竞聘，胜出者走上领导岗位，这只意味着竞聘工作走完了第一步，而大量的、重要的工作则是在竞聘工作结束之后。就某种意义而言，做好后续工作的重要性甚至超过竞聘工作本身。完善的竞聘上岗配套制度，包括竞聘上岗实施完成后相应的新上任人员的薪酬制度、绩效考核制度、落聘人员调整制度等，有利于竞聘前后企业管理制度的有效对接，保证竞聘结果的切实执行，达到安抚民心、稳定企业经营发展的目的。

　　而现实中，电网企业的做法往往差强人意，由于竞聘之前考虑的不周全，造成配套制度的缺位或者不完善，企业曾经对竞聘者作出的承诺无法得到兑现；或者新人仍然使用旧制度，穿新鞋走老路，换汤不换药，使得胜出者对企业的诚信感到怀疑，对工作的积极性降低，同时，这种负面情绪也会影响到其他员工的工作热情。

　　在电网企业竞聘过程中，不仅要对竞聘上岗制定方案，还要考虑落聘人员安置办法、上岗人员新的薪酬政策、考核政策等，并要最人限度地得到员工的认可和支持，只有系统性考虑了整盘棋，竞聘上岗才能玩得转。

6. 无法胜任，竞聘失效

"逆向选择"和"道德风险"是货币金融学中的 2 个重要定义，由于现有竞聘方式的局限（如竞聘过程不够透明、竞聘形式重于内容、竞聘评委遴选不当、竞聘制度不够配套等），造成评委和竞聘者之间的信息不对称，电网企业竞聘中也部分存在"逆向选择"和"道德风险"的现象，主要表现为：一些具有良好的外在形象、善于展示自己却并不具备实干精神和真实胆识的人往往在竞聘中胜出，而一些不善表达的实干家却连连败北。这种"劣币驱逐良币"的现象就是竞聘中的"逆向选择"，会诱发更多的应聘者舍弃真实绩效而去追求文凭、口才、虚假信息等外在表现，产生"道德风险"。这种做法的直接后果就是胜出者往往不能胜任自己争取到的岗位。

对于这种问题的解决办法，笔者认为企业应该把好"人才进入"这道关，合理应用现代测评技术，提高选拔人才的效率和效果，使真正的有识之士能够脱颖而出。此外，还可以对上岗人员实行岗位动态管理制度，制定相应的考核约束机制，通过绩效管理、任期制、淘汰制等方法实现人力资源的合理配置。

7. 落聘人员，安置不妥

对于电网企业竞聘上岗，如果是非竞聘岗位人员参加竞聘落选后，他可以回到原来的岗位继续工作；如果是在竞聘岗位工作的人员参加竞聘后落选，那么他就可能存在如何安置的问题。企业是否能够妥善处理好竞聘中的落聘人员，对于企业的稳定来说至关重要。从许多竞聘上岗的实践来看，许多企业一竞了之，后续工作十分不完善，对落聘人员的安置尤为不妥，忽视了落聘人员的情绪感受及其个人发展情况。有的员工竞聘失败后被调至新的岗位，由于不能适应新岗位的要求，同时得不到相关的培训以及领导的关怀和支持，落聘人员很容易自暴自弃、安于现状。这些情况不仅会严重影响员工的自信心与个人职业发展，同时也让其他在职员工觉得"人走茶凉"，并产生一定的负面情绪和想法，降低员工的忠诚度，给企业的发展带来一定的影响。

企业应该完善退出机制，这里的退出不仅仅指员工无法胜任岗位而提出辞职或者被辞退，还包括员工接受培训待岗、调岗、提前退休、内退、内部创业、买断身份、学习深造等。无论哪种退出方式，企业都一定要与落聘人员深入沟通交流，充分了解其意愿和想法，尽量减少由于对落聘人员的安置不妥而给企业带来的负面效应。

竞聘上岗作为电网企业体制改革的一项重要内容，其作用好像是万能的，包括解冻国有企业"干部能上不能下"、盘活企业人力资源的有效手段，实现人力资源的优化配置，国有企业改革的助推器……其实并非如此，当社会出现竞聘热，当竞聘上岗成为一种潮流时，我们可以做的就是静下心来，进行"冷"思考。

三、针对电网企业实行竞聘上岗的建议

竞聘上岗遵循"公正、公开和透明"的原则和"标准明确、程序规范、竞争公平"的要求，可以避免人才选拔过程中因为不公正在员工心中造成不满情绪，但要进一步提高企业人才竞聘上岗的科学性和有效性，还需在具体测评方法和工具上下工夫，采用现代的人才测评技术。

现代人力资源管理的首要目的就是实现人—职匹配。不同的工作岗位对任职者的素质有不同的要求。只有当任职者具备岗位要求的素质并达到规定的水平，才能最好地胜任这项工作，获得最大绩效。现代人才测评就是通过综合利用心理学、管理学和人才学等多方面的学科知识，对人的能力、个人特点和行为进行系统地、客观地测量和评估，为科学

用人提供决策依据。

1. 诊断岗位素质要求和任职条件

针对电网企业而言，目前工作分析和职位说明书主要是对岗位的工作职责的分析和界定；对于职位胜任素质，包括个性、动机和能力的描述，内容一般较简单或不明确。现代人才测评技术通常采用关键事件法，判断出岗位所需的"关键"素质，并对素质作质和量的解释；同时，对各种素质内容分配相应的权重，建立竞聘岗位的基本素质测评维度体系，从而保证考官在竞聘过程中对竞聘者有明确、科学的考察依据。

2. 设计竞聘实施流程

竞聘实施过程中测评环节的先后排列，应本着"先易后难，低费用优先"的原则。通常首先进行笔试和民主测评进行大面积淘汰。其次进行演讲和面试，主要是因为演讲和结构化面试通常采用多对一的方式，每组需要 5~7 名考官，主考官要求训练有素、经验丰富；同时，面试题目设计得好坏在很大程度上影响着面试的效果，可以考虑聘请专业的公司设计面试题目。

3. 设计竞聘评估内容，选择评估的方法和工具

通过心理测验、360 度评议、演讲和面试等方法从工作业绩、能力、群众基础、动机和个性方面对竞聘者进行考察评估。

（1）通过心理测验可以对竞聘者的个性和动机进行考察，尽管个性本身无好坏之分，但与具体工作结合起来就有好坏之分，如一个很内向的人就不太适合做公关工作。动机则是推动一个人行为的内在原因，动机的强烈与否往往决定行为过程的效率和结果。如一个成就动机强的人往往表现为积极上进，并且最终可能会成就一番事业；反之可能碌碌无为，一事无成。

（2）360 度评价是指企业全体人员根据 360 度调查问卷维度项目，分别对竞聘者打分，测评师对民主评议数据进行统计分析，给出每个人的最终得分。360 度评价对行为正直、责任心、协调能力、团队建设能力、工作成绩等维度测评效度较高。

（3）演讲既可是即兴的，也可以是有准备的。考官可以从以下几个方面观察竞聘者：声音是否洪亮有利，口齿是否清楚，声调是抑扬顿挫，还是平平淡淡缺乏感染力；举止是否自然、平静放松；目光是否与观众进行了交流；结构是否清楚，论证是否充分。在这个项目中可以着重从语言表达能力、说服能力和自信心等方面考察竞聘者。

（4）面试是现代人才测评中非常重要的一种方法，主要是因为面试可以通过面对面的动态交流达到有关竞聘者的整体印象，这往往是其他方式所难以达到的，正如古人云："百闻不如一见"。所以，面试这一考察环节，建议在竞聘过程中尽量采用。当然，现代人才测评中的面试与传统选人、用人中应用的面试还是有不同之处的，传统的面试通常是简单的面对面交谈，它具有主观随意性的特点；现代人才测评中的面试则不同，通常在面试前都有明确的面试目的、问题设计、评分标准和相对统一的面试程序，所以比传统的方法更具客观性。面试根据规范化程度分为结构化面试、半结构化面试和非结构化面试。竞聘上岗面试一般采用结构化面试方式，结构化面试是指面试的测评要素、面试题目、评分标准、具体操作步骤和技法在面试前已经高度规范化、结构化和精细化，以保证对每位竞聘者都公平。

小结

本章阐述了电网企业劳动用工制度的现状，并在此基础上提出了电网企业实施劳动用工改革的相关建议，进一步明确了电网企业进行组织结构设计、定岗定编、职位分析的方式方法，指明了竞聘上岗操作过程中遇到的难题及解决思路，为各级电网企业进一步明确职责边界、实现人岗匹配提出了建设性意见，从而构建了电网企业深入开展人事制度改革的根基。

××省电力公司××电业局安监部部门职责

部门名称	安全监察部	部门性质	管理	部门代码	
部门岗位数	11	编制日期		版本号	
职　责　概　要					

依据国家关于安全生产的法律、法规、指令和国家电网公司系统有关安全生产的文件精神，监督本单位贯彻执行国家和上级规定，完善和补充安全规章制度；组织协调安全检查、安全稽查和安全性评价工作，监督整改措施的落实；制定"安措"计划，监督"反措"计划的落实；组织或参与事故调查，监督"四不放过"原则的落实；监督全局消防、电力设施保护、治安保卫、综合治理和维护稳定管理工作

职责分类	职　责　内　容
一、制度制定	依据国家关于安全生产的法律、法规、指令和国家电网公司系统有关安全生产文件精神，组织建立和健全局安全监察管理的标准、制度和办法，并监督执行
二、安全监督	1. 依据国家法律、法规和电力安全生产技术标准，监督涉及人身安全的防护状况和涉及电网、设备、设施安全的技术状况
	2. 参与制定并监督落实本企业综合性职业安全健康管理制度
	3. 依据电力安全生产技术标准，组织开展安全性评价工作，并督促整改和考核
	4. 组织编制本企业安全技术劳动保护措施计划，并对执行情况进行监督；监督反事故措施制定的落实
	5. 依法监督劳保用品、安全工器具、安全防护用品的购置、发放和使用；监督电动工器具与起重工具的保管、使用和定期试验；监督电网建设的设备选型
三、安全检查	1. 组织或协调开展季节性安全检查和专项安全检查，通报检查情况，提出整改意见

续表

职责分类	职 责 内 容
三、安全检查	2. 建立反事故斗争的常态机制，组织生产作业现场安全稽查，开展无违章工作现场活动
	3. 对监督检查中发现的重大问题和隐患及时提出整改要求，必要时向有关单位、部门发出"安全监督通知书"限期整改
四、事故处理	依据电力生产事故调查规程，组织或参与事故调查、分析、处理和上报工作，撰写事故快报、通报
五、应急预案	依据国家电网公司系统规章制度、国务院内保条例、消防法规等规定，结合我局的实际情况，监督应急预案及大型反事故演习预案的编制，并监督执行；参与相关的反事故演习活动
六、项目审查验收及基建安全	1. 依据国家电网公司系统规章制度规定，参与相关的电网规划、工程建设和技改项目的设计审查、设备招投标和工程验收工作
	2. 按规定组织对已申报项目的电力建设承发包工程资质审查和对临时用工的安全管理进行监督
	3. 参与有关科研成果鉴定等工作
七、安全分析	参与市局安全运行分析会，总结和分析安全生产的薄弱环节和带倾向性的问题，提出整改措施和改进意见，并监督落实
八、职业安全健康、危险源控制	依据相关法律、法规，开展职业安全健康管理体系的内部审核、管理评审和危险源辨识与风险控制工作，督促基层单位开展相关工作，并进行考核
九、多经安全	监督多经企业的安全管理，对全局多经系统的承发包工程的施工队伍资质和安全协议签订情况进行监督，对多经系统临时用工进行安全监督
十、交通安全	参与拟聘驾驶员资质审查，参与新购车辆的招投标，监督有关部门对车辆的大修、报废、更新、技术改造的审查验收，督促开展年检年审及内驾证审发工作，监督基层安监员搞好交通安全监督工作

职责分类	职 责 内 容
十一、培训考试	依据国家电网公司系统规章制度规定，结合我局实际情况，参与制定全局安全培训计划并监督执行；监督和指导局属各相关单位和班组对国家电网公司系统典型事故通报进行学习并制定相应防范措施，组织年度"安规"、"交规"考试
十二、保卫工作、电力设施保护	1. 依据国家法律法规和上级有关文件精神，监督全局的保卫和社会治安工作；监督各基层单位落实保卫责任制和各项制度；协助公安机关进行盗窃破坏电力设施案件的侦破和查处
	2. 协助基层单位处理有关影响电网建设、安全生产等不正常事件
	3. 定期组织开展电力设施保护的宣传工作，及时通报电力设施保护工作动态
	4. 依据有关年度目标管理考核办法，打击涉电犯罪，并对基层单位实施年度考核
	5. 根据事故调查法规，组织协调本企业发生的治安保卫案件的调查处理工作，通报事故案件情况
十三、消防	1. 制定全局消防工作目标，监督各单位落实消防责任制，完善各项消防制度和管理办法，加强检查、防范和隐患整改，维护职工、企业生命财产安全
	2. 根据消防法规，监督各单位落实消防安全管理制度、火灾救援、逃生预案和措施
	3. 根据××省电力公司要求，协助开展防灾减灾工作，配合有关部门制定相关的防灾减灾措施，降低自然灾害的损失
十四、综治、维稳工作	根据国家法律、法规和上级的有关指示要求，充分运用政治、法律、政策、教育等综合工作手段，积极调处化解发生在企业内部的各种矛盾纠纷和不稳定因素，努力减少企业内部人员违法犯罪诱因，构建和谐企业，打造平安电力，全力维护企业内部稳定和社会政治稳定

续表

职责分类	职责内容
十五、绩效管理	依据局绩效考核管理办法，实施绩效管理工作，定期开展安全生产绩效考核，落实奖罚兑现
十六、会议工作	依据国家电网公司系统规章制度规定，定期召开安全网例会，通报安全形势，解决安全生产中存在的重大问题，布置安全生产工作；召开消防、保卫等其他会议
十七、沟通协调	做好与其他部室的沟通与配合工作，做好与地方政府安全管理部门、政法部门、公安机关、消防监督部门等单位的沟通协调工作
十八、同业对标	依据××省电力公司同业对标管理规定，认真做好同业对标数据填报和分析工作
十九、安全信息	依据××省电力公司安全信息管理规定，及时报送各类安全报表，编发安全通报、快报、简报，收集整理安全管理基础资料，做好安全信息网站的维护更新工作
二十、班组建设	协助开展班组建设工作，帮助基层单位提高安全生产管理水平
二十一、其他工作	1. 加强部门的廉正工作，加强工作作风建设，为基层单位服务，为领导决策提供参考意见
	2. 完成领导交办的其他工作

附录2-2　　职位说明书样本

××省电力公司××电业局职位说明书

岗位名称	继电保护专责	岗位编码		所在部门	生产技术部
直接上级	主任、副主任	岗　级	13	岗位系列	管理

岗位概述:

　　根据××省电力公司及××电业局有关部门继电保护及自动化专业管理要求,承担全局继电保护及自动化等二次系统专业管理,确保全局二次设备安全稳定运行

岗位主要职责	
编号	工　作　内　容
1	制度建设: 　　根据国家电网公司、××省电力公司有关的继电保护及自动化规程、导则、规范、标准,制定××电业局继电保护的各种管理制度,提高继电保护管理水平
2	技术管理: 　　依据国家电网公司、××省电力公司有关的继电保护及自动化规定,承担××电业局继电保护及自动化等二次系统专业技术管理并指导、监督基层单位生产技术管理工作
3	技术改造与大修项目: 　　根据部门年初工作计划,参与编制继电保护及自动化装置年度大修、更改工程计划,并对上年度完成情况进行总结
4	二次设备评估管理: 　　依据国家电网公司、××省电力公司关于二次设备管理的要求,承担继电保护及自动化等二次设备的评估工作,及时掌握××电业局二次设备运行情况,确保二次设备健康状况

岗位主要职责	
编号	工 作 内 容
5	工程管理： 　　按照××省电力公司关于电力工程全过程管理的要求，依据设计导则和质量监督有关规定，审核二次设备招投标技术文件和订货技术协议，参与变电工程设计图纸审查、设备选型、新技术推广和竣工验收等环节工作，严格把关，确保工程质量合格
6	缺陷管理： 　　按照《××电业局生产管理制度》要求，统计与上报继电保护及自动化缺陷情况，掌握××电业局变电二次设备缺陷状况，参与制定二次设备重大缺陷处理方案，督促消除重大缺陷，强化缺陷闭环管理
7	反措管理： 　　根据18项重点反措等上级反事故措施文件，提出本局继电保护及自动化反事故技术措施，并督促实施，确保反措有效执行
8	事故调查分析： 　　按照事故调查分析原则，配合安全监察部，积极开展继电保护及自动化事故调查和不正确动作的检查分析，并定期对继电保护动作情况进行统计分析和总结，及时采取防范措施
9	基础管理： 　　审查继电保护及自动化试验报告，建立健全本专业技术资料、台账、档案，以便查阅
10	培训工作： 　　配合人力资源部、培训中心组织本专业的技术培训，推广和应用继电保护及自动装置新技术，切实提高继保人员的专业技术水平
11	其他工作： 　　完成领导交办的其他工作

续表

岗位任职条件	
学历要求	大专及以上学历
专业要求	电力系统自动化等相关专业
职业资格	高级工及以上职业资格，助理级及以上专业技术职称
工作经验	5年及以上相关业务岗位工作经验
知识技能	熟悉本岗位的工作职责及相关的规程制度、政策法规；熟悉电网结构及运行特点；了解电力生产过程；有一定的语言、文字表达能力；熟练使用计算机

附录 2-3　　　　　　×× 电力公司岗位竞聘方案

关于生产、服务和一般管理人员工作岗位竞聘通知

公司各部室：

根据国家电网科 〔2008〕1366 号《关于印发〈国家电网公司供电企业岗位分类标准〉和〈国家电网公司供电企业劳动定员标准〉的通知》文件精神，公司结合开发区电力能源供应体系的特殊性及区域内输电、配电、售电等各个环节已经制定了《×× 电力公司定员标准（试行）》、《×× 电力公司岗位工作标准（试行）》、《×× 电力公司薪酬改革方案》，遵循"因事设岗、以岗定编、以岗定责、按岗定薪、按岗选员、择优上岗"的原则，为推行竞聘上岗，建立内部流动机制，激发和盘活企业人力资源，提高岗位配置的合理性，优化职工队伍的结构，促进岗位工作职责的落实，提升岗位工作质量，做到"人适其岗、人尽其才"，现将公司生产、服务和一般管理人员工作岗位竞聘程序及有关办法通知如下：

一、公司成立岗位竞聘工作领导小组

组　　长：李××

副组长：刘××、杜××、王××、张××

成　　员：李××、张××、张××、吴××、李××、肖××

二、竞聘程序

1. 公司各部门生产、服务和一般管理人员根据《×× 电力公司定员标准（试行）》和《×× 电力公司岗位工作标准（试行）》中岗位职数、任职条件、工作内容与要求、责任与权力的内容，填写"岗位竞聘申请表"，由部门统一报送人力资源部汇总，对人员学历、职称、专业技术等级资格进行审查后公示申报岗位人员名单。（截至 200× 年 × 月 × 日）

2. 公司正式在编职工，男年满 56 周岁，女工人年满 46 周岁的职工可不参加生产岗位竞聘活动，在竞聘结束后遵照公司统筹安排的生产岗位工作。

3. 公司正式在编职工，男年满 56 周岁，女干部年满 51 周岁的职工可不参加服务和一般管理人员岗位竞聘活动，在竞聘结束后遵照公司统筹安排的服务和一般管理人员岗位工作。

4. 公司依据岗位任职条件组织开展竞聘工作。（截至 200×年×月×日）

5. 公司对生产、服务和一般管理人员工作岗位竞聘成功人员予以聘任，聘期 4 年，并兑现岗位工资待遇。（自 200×年×月×日起）

6. 此次落聘待岗人员由公司结合本人能力、条件及公司岗位空缺情况，组织 3 个月的岗前专业学习培训，落聘待岗期间只发生活费 1000 元/月。公司根据培训学习考核成绩给予安排适当岗位工作，并协商岗位工资待遇，岗位工资待遇不超过岗位标准工资待遇的 80%。

7. 此次不参加公司岗位竞聘人员，可向公司申请停薪留职，公司每月只发基本工资、国家规定的有关福利待遇和按现职职工标准足额上缴社会保险和公积金，包括如下："本人技能工资＋岗位工资＋工企工资＋副食补贴＋住房补贴＋洗理费＋洗衣费＋独子费＋交通费＋饭补＋入区补贴＋教育津贴＋路补－住房公积金（建行）－养老保险－医疗保险－失业保险－住房公积金（农行）"，以上待遇与国家或××市有关政策变化及时进行相应的调整。

三、竞聘办法

1. 岗位竞聘结合岗位工作特点采用"技术、技能笔试、上机考核、岗位测评"相结合的方式进行。

2. 竞聘生产、服务和一般管理岗位人员统一参加公司组织的岗位技术、技能笔试，岗位工作任职条件涉及计算机应用操作的还须参加上机考核。岗位技术、技能试题和计算机应用操作试题均为本岗位与电力生产应知应会的基本知识。

3. 根据岗位职数，岗位技术、技能笔试和上机考核成绩由公司经理（权重 10%）、本部门分管经理（权重 30%）、本部门正、副职（权重 60%）依据竞岗人本人情况，对照所竞聘的工作岗位任职条件作出综合测评。公司将依据笔试、考核、测评综合成绩择优实施岗位聘任工作。

四、绩效考核

公司对聘任的各岗位人员绩效考核依据公司"岗位工作绩效考核标准",自200×年×月起执行。

附:

1. ××电力公司岗位竞聘申请表
2. ××电力公司岗位竞聘时间表

人力资源部××年××月××日

附1　　　　　　　　　　××电力公司岗位竞聘申请表

姓名		年龄		性别		原始学历及专业	
现工作部门			岗位名称			现有学历及专业	
拟竞聘部门	1.		竞聘岗位			职称	
	2.		竞聘岗位			专业技术等级	
本人从岗经历	岗位名称			年　月~		年　月	
	岗位名称			年　月~		年　月	
	岗位名称			年　月~		年　月	
	岗位名称			年　月~		年　月	
	岗位名称			年　月~		年　月	
人力资源部审查意见： 　　　　　　　　　　　　　　　　签　字： 　　　　　　　　　　　　　　　　日　期：							
岗位竞聘成绩：							
竞聘工作小组聘任意见： 　　　　　　　　　　　　　　小组成员签字： 　　　　　　　　　　　　　　　　日　期：							

注　1."职称"栏内请注明本人已经取得的职称（如高级工程师、工程师、助理工程师、技术员等）。

2."专业技术等级"栏内请注明本人已经取得的专业技术等级资格（如电工技师、高级电工、中级电工、初级电工等）。

3."拟竞聘部门"及"竞聘岗位"栏内可根据本人意向按序选择2个部门或岗位申报。

附 2　　　　　　　　××电力公司岗位竞聘时间表

服务岗位人员：

部门	竞聘岗位	竞聘时间	地点	竞聘形式
用电部	用电监察	200×年2月	公司三楼大会议室	笔试、上机
	用电业扩	200×年2月	公司三楼大会议室	笔试
	合同管理	200×年2月	公司三楼大会议室	笔试、上机
客服中心	营业班长、营业员	200×年2月	公司三楼大会议室	笔试、上机
	电费班长、电费员	200×年2月	公司三楼大会议室	笔试、上机
	系统管理员	200×年2月	公司三楼大会议室	笔试、上机
	坐席代表	200×年2月	公司三楼大会议室	笔试、上机

一般管理岗位人员：

部门	竞聘岗位	竞聘时间	地　点	竞聘形式
经理办公室	文秘、文书	200×年3月	公司三楼大会议室	笔试、上机
	档案管理	200×年3月	公司三楼大会议室	笔试
	质量管理	200×年3月	公司三楼大会议室	笔试
	办公自动化	200×年3月	公司三楼大会议室	笔试、上机
党群工作部	组织、宣传干事	200×年3月	公司三楼大会议室	笔试
人力资源部	薪酬绩效、社险综合、培训规划	200×年3月	公司三楼大会议室	笔试、上机
计划财务部	出纳、会计、资产管理、电费核算、成本管理、资金核算、综合管理	200×年3月	公司三楼大会议室	笔试、上机
安全监察部	设备安全管理	200×年3月	公司三楼大会议室	笔试
	人身安全管理	200×年3月	公司三楼大会议室	笔试
生产技术部	设备管理、技术管理	200×年3月	公司三楼大会议室	笔试
工程部生产技术部	工程管理	200×年3月	公司三楼大会议室	笔试
	技经管理	200×年3月	公司三楼大会议室	笔试

续表

部门	竞聘岗位	竞聘时间	地 点	竞聘形式
后勤保障部	车辆管理	200×年3月	公司三楼大会议室	笔试
	后勤采购	200×年3月	公司三楼大会议室	笔试
	后勤修缮	200×年3月	公司三楼大会议室	笔试
	专职司机	200×年3月	公司三楼大会议室	笔试

生产岗位人员：

部门	竞聘岗位	竞聘时间	地 点	竞聘形式
调度室	调度班长、主值、副值	200×年4月	公司三楼大会议室	笔试
	远动班长、远动工、通讯工	200×年4月	公司三楼大会议室	笔试
	调度方式班长、方式工	200×年4月	公司三楼大会议室	笔试
	调度班长、主值、副值	200×年4月	公司三楼大会议室	笔试
	远动班长、远动工、通讯工	200×年4月	公司三楼大会议室	笔试
	调度方式班长、方式工	200×年4月	公司三楼大会议室	笔试
	调度班长、主值、副值	200×年4月	公司三楼大会议室	笔试
	远动班长、远动工、通讯工	200×年4月	公司三楼大会议室	笔试
	调度方式班长、方式工	200×年4月	公司三楼大会议室	笔试
供电部	110kV站站长、主值、副值	200×年4月	公司三楼大会议室	笔试
	基地站站长、主值、副值	200×年4月	公司三楼大会议室	笔试
	继电保护班长、保护工	200×年4月	公司三楼大会议室	笔试
	直流班长、直流维护工	200×年4月	公司三楼大会议室	笔试
	110kV站站长、主值、副值	200×年4月	公司三楼大会议室	笔试
	基地站站长、主值、副值	200×年4月	公司三楼大会议室	笔试
	变电检修班长、检修工	200×年4月	公司三楼大会议室	笔试
	高压试验班长、试验工	200×年4月	公司三楼大会议室	笔试
	110kV站站长、主值、副值	200×年4月	公司三楼大会议室	笔试
	基地站站长、主值、副值	200×年4月	公司三楼大会议室	笔试
	电缆班长、电缆工	200×年4月	公司三楼大会议室	笔试
	线路班长、线路工	200×年4月	公司三楼大会议室	笔试
	设备材料管理员	200×年4月	公司三楼大会议室	笔试
调度供电	综合管理员	200×年4月	公司三楼大会议室	笔试、上机
	专职司机	200×年4月	公司三楼大会议室	笔试
客服	计量班长、计量工、负控工	200×年4月	公司三楼大会议室	笔试
	表库管理员	200×年4月	公司三楼大会议室	笔试

第三章
殊途同归

电网企业大力开展创一流同业对标活动，推动绩效管理在电网企业的落地实施。其核心目的都在于对工作绩效的持续改进，有效促进电网企业战略目标的达成，因此，创一流同业对标与绩效管理可谓是异曲同工、殊途同归……

本章阐述了电网企业开展的创一流同业对标工作进展情况及发展方向，指出其根本目的在于改进绩效。由于电网企业开展的创一流同业对标工作还处于摸索阶段，还有许多不完善的地方，最为突出的表现就是未能与企业发展战略及促进战略达成所需要采取的行动充分联系起来，而绩效管理恰恰有效地弥补了这方面的不足，通过战略目标的层层分解及绩效改进的持续推动，有效地将战略转化为行动。同时，创一流同业对标工作的开展，又为绩效改进提供了靶标，进一步明确了改进的方向，二者可谓相互补充、相得益彰。更重要的是，绩效管理不仅需要关注业绩的外在表现，更要关注业绩的内在达成因素，通过外在的绩效改进以及内在的员工能力提升，内外兼修，确保绩效管理发挥其最大的效用。

现代人力资源管理有两个基本的功能，即保证企业员工"做正确的事"和"正确地做事"。"做正确的事"要求企业具有明晰的战略，为员工提供努力的方向；"正确地做事"要求企业具有良好的运行系统，以此规范员工的行为。战略与运行系统的匹配能力往往决定了企业竞争力的强弱。那么，如何保证战略与运行系统相匹配呢？笔者认为，通过绩效的持续改进，制度流程的不断纠偏，首先保证员工能够"正确地做事"，进而保证企业"做正确的事"。

绩效是指那些经过评价的工作行为、表现及其结果。换句话说，绩效就是在数量、质量、效率、成本等方面的工作任务完成情况。当然，这里所说的工作任务完成情况是在努力方向正确的前提下评价的，如努力方向发生了偏差，那只会南辕北辙，造成"高效率的浪费"。因此，绩效改进就是要求企业不断发现前进道路上的偏差并及时纠正，不断发现员工工作中存在的差距与不足并持续改善，以此保证员工能够"正确地做事"及企业在"做正确的事"。

有关电网企业近年来在全系统内大力推行创一流同业对标工作，取得了一定的经济效益和社会效益。同时，有些电网企业也大力推动绩效管理在电网企业的落地实施。不论是创一流同业对标，还是推进绩效管理，其核心目的都在于对工作绩效的持续改进，有效促进电网企业战略目标的达成。因此，创一流同业对标与绩效管理可谓是异曲同工、殊途同归。

第一节　同业对标：寻找运营的标杆

标杆管理被称为 21 世纪三大管理工具之首。"杆"是参照物，"标"是达到或超越参照物的标准，"标杆"是一个值得模仿的榜样，可以是人、模式、方法、流程或是某一个具体标准。"标杆管理"就是通过模仿和创新来达到或超越标杆水平的管理方法和途径。标杆管理之所以被称为 21 世纪三大管理工具之首,是因为它能够将管理中的所有因素有效地结合在一起,使纷杂的内容形成体系。

自 2005 年开始,以电网"安全、质量、效益"为重点,国家电网公司就开展创一流同业对标工作出台了相应的指导意见和管理办法(试行),从安全生产、资产经营、电网运行、市场营销、供电质量、设备管理、人力资源、信息系统和基建管理 9 类共 79 项指标在区域公司、省电力公司和地市供电企业之间进行了对标,初步建立了对标指标体系。一时间,各网省公司从上到下掀起了学先进、找差距、抓管理、争上游的热潮,同业对标在国家电网公司系统内热火朝天地展开:建立同业对标管理体系,构建对标常态工作机制;完善指标体系,开展业务诊断;梳理管理流程,查找管理漏洞;树立标杆企业,总结典型经验,实施绩效改进。2006 年,国家电网公司通过开展创一流同业对标,进一步找出了公司业务管理中的薄弱环节,强化了基础管理工作,公司集约化管理和专业化运营水平明显增强,主要经济效益指标稳步提高,在公司系统形成了学先进、找差距、争创一流业绩的良好氛围。

案例 3-1 湖南省电力公司 2006 年创一流同业对标工作情况

2006 年,在国家电网公司和公司党组的正确领导下,湖南省电力公司以科学发展观为指导,认真贯彻落实"三抓一创"工作思路,以指标对标为先导,以管理对标为核心,以提升绩效为目标,完善对标工作机制,努力促进管理创新,激发了各单位抓管理、谋发展、全面建设"一强三优"现代公司的积极性,公司集约化管理和专业化运营水平明显增强,主要经济效益指标稳步提高。

(1)抓管理落实:加强了规程、规范的学习,加强了与国家电网公司归口部门及兄弟省公司同行的沟通和联系，认真研究分析了 2005 年指标管理存在的一些差错，纠正了一些指标统计中存在的差错，还原了一些重要指标的真实性。

（2）抓体系建设：加强了同业对标体系的建设，出台了包括"对标管理与考核办法"、"经典经验管理办法"等多项管理制度，完善对标体系。同时，通过开展"工作联络会"、"月度指标报送的分析与跟踪制度"、"各级同业对标系统及网站建设"、"同业对标知识培训"、"典型经验推广与应用"等工作，促进了同业对标队伍建设与常态工作机制的形成，有关工作得到了国家电网工作的肯定。

（3）抓执行力建设：加大了对指标真实性的核查力度。2006 年，在供电和输变电可靠性的核查上，共组织了 7 次核查，其中省公司集中组织了 2 次，国网公司组织了 1 次。另外，在线损指标、综合电压合格率等单项指标上，公司也进行了多次的核查，其他部室也对分管指标进行了认真的核查。指标的真实性得到了进一步的提升。

（4）抓均衡发展：强调了公司各部室对标工作的均衡发展。2006 年 5 月，公司推广应用了新的同业对标指标管理系统，坚持了月度、半年度和年度的指标评价与对标工作。与此同时，水电、财务、调度、农电、工会、基建等部室也积极开展创一流同业对标工作，通过树立标杆、推行典型经验，有力地促进了公司整体管理水平的提高。

那么什么是创一流同业对标呢？同业对标就是用指标评价企业、用业绩考核企业，主要从安全管理、资产经营、营销服务、电网运行、人力资源五类指标进行评价。通过不断与先进指标对照，用切实的数据来对企业各项指标进行评价，寻找、确认、跟踪从而超越自己的竞争目标，努力在管理上实现新的突破，在指标上达到新的水平，在发展上取得新的业绩。国家电网公司在创一流同业对标工作中，要求各职能部门和基层单位的一把手作为同业对标工作的第一责任人，每位员工都积极参与到这项工作中来,切实把同业对标变成广大员工的自觉行动。认真对照同业对标实施方案,在对比中找出差距,寻找工作中的不足,有针对性地进行整改,全面提升自身的素质。通过同业对标工作,迅速掀起单位之间比指标、找差距、学先进、争上游的热潮。同时,公司将认真落实考核制度,对同业对标工作闭环过程进行考核,重点是看对标过程中所采取的改进措施、看关键绩效指标是否有提高,对比上年度和同行兄弟单位,全面提高公司的综合实力。

案例3-2 国家电网公司的同业对标实践

开展同业对标,必须解决3个问题:对什么进行评价、如何评价、如何改进。经过学习、摸索和研究,国家电网公司生产技术部制定出一套创一流同业对标实施细则,提出了"确定一个目标,建立两个数据库,建设三个体系、开展四种分析、建立五项制度"的总体架构。

(1)"确定一个目标"即紧紧围绕公司"一强三优"发展目标,全面开展创一流同业对标工作,将公司的发展目标细化落实到各项业务管理工作中。

(2)"建立两个数据库"即建立指标数据库和最佳实践库,为优化各项业务流程、客观评价企业、树立各类标杆提供条件,为开展科学的管理评价提供依据,为公司各项业务开展学习交流和实施最佳实践、不断创造新的业绩搭建了平台。

(3)"建设三个体系"即建设创一流同业对标指标体系、评价体系、管理控制体系。

指标体系是基础,为现状分析,梳理、优化和完善各项业务流程提供条件。指标体系按企业类型目前已经建立了区域电网公司、省电力公司、地区供电企业、超高压输变电公司、超高压管理处五类。指标体系按内容则分为基本信息和安全管理、资产经营、营销服务、电网运行、人力资源和电网建设六类评价指标。按照过程控制原则，将结果性指标与过程性指标相对应，形成由若干个单项指标逐渐逐层构成的树状指标体系。

评价体系则是运用"标杆管理"理论和统计学方法，依据各类业务特点，本着突出"安全、质量、效益"指标和公司工作重点、难点及区分指标可比性的原则，确定不同指标在评价中的权重，并按从叶到根的顺序对同业对标指标数据进行分析排序，反映公司系统各单位在综合管理和各业务管理水平上的差异，使各企业明确差距、确立标杆；从管理手段、管理方法、技术标准等方面查找产生指标数据差距的原因，并制定有效措施加以改进。

管理控制体系为对标工作的规范有效运转提供制度保证，主要内容包含"开展四种分析"和"建立五项制度"。

（4）"开展四种分析"即开展指标的差异性、阶段性、典型性、综合性分析。对指标产生差异的原因，影响因素和程度，变化趋势和规律，业务流程的梳理和优化，管理手段和方法的科学性、有效性及针对性等作出诊断分析，制定完善的改进提高措施并加以实施。

（5）"建立五项制度"即建立过程控制制度、经验交流制度、对标评估制度、信息发布制度和信息投送制度。将创一流同业对标工作制度化、程序化，完善涉及公司各项业务的过程控制手段和方法，使同业对标工作科学有效、协调有序、互动闭环地运转，全面搭建电网企业管理平台。

"抓典型、树标杆"是2005年国家电网公司创一流同业对标的工作重点。总结典型经验，提炼并推广最佳实践案例，是提升企业管理水平的重要手段，也是创一流同业对标生命力的所在。2005年5月26日，国家电网公司召开了2005年创一流同业对标工作会议，对2004年度创一流同业对标指标数据进行了评价，确定了综合管理和专业管理标杆单位。国家电网公司对24个省电力公司2004年度的指标数据进行了分析和评价，评出了江苏、山东、福建3个综合管理标杆单位和安全管理、资产经营、营销服务、电网运行、人力资源、电网建设6类业务管理标杆单位，并发布了145个同业对标典型经验。

通过"抓典型、树标杆"，对过程到终端的树状指标体系进行层层对比评价，不但使各省公司清楚地看到了自己综合管理水平在系统内的位置和差距，更清晰地看到了在每一类指标体系中产生差距和问题的环节，找到了产生差距的根源，明确了改进目标和方向，使制定的改进措施更具有针对性和可操作性。

资料来源：李令开《标杆管理在国家电网公司的应用》

不可否认的是，电网企业推广的同业对标工作取得了不小的成绩。主要表现在：

（1）通过抓同业对标组织体系、制度体系和队伍建设，同业对标管理水平有了明显的进步。

（2）通过对标分析、流程改善，各部门、各单位逐步从相对粗放的管理方式开始向精细化管理转变，运用量化的指标数据控制和管理业务工作，进一步提高了专业管理的针对性和有效性，精细化管理不断加强。

（3）通过整理和发布创一流同业对标典型经验，在专业之间和班组之间创建标杆，推广典型经验，构建了公司管理创新平台。

（4）通过开展重要指标的真实性核查，提升了指标的可信度，夯实了公司经营与管理的基础。

通过同业对标工作的开展，很多电网企业的成本得以降低、服务标准得以提升、技术水平得以提高。

标杆管理作为一种最实用的管理工具，在美国很多公司中已经相当普及，尤其像波音公司这样的高技术含量的大型公司，在日常管理与技术管理方面离开标杆管理几乎是不能想象的，一架大型飞机上百万的零部件，只要有一个不匹配，就可能造成机毁人亡。甚至美国军方也通过标杆管理来提升作战能力，如 F16 的加油时间就由原来的 45 分钟降到实施标杆管理之后的 28 分钟。我国对标杆管理这种管理科学研究的不足，是我国各行业的整体技术水平落后、员工职业素质难以提升的一个根本原因。

　　一般而言，标杆管理存在着四种模式：① 企业战略对标：向企业所在行业的产业链、内部价值链对标，寻找缺失环节或弱项，进行完善或调整。又分为"企业发展战略"、"经营战略"和"业务战略"的对标管理体系。② 项目标杆管理：针对某一核心短板指标进行对标完善。可分为"同业对标"、"竞争性模仿"或跨行业的"突破式标杆管理"体系。③ 岗位标杆管理：针对具体工作岗位的工作标准提升，将指标层层分解到具体的工作行为中，形成真正的精细化管理、规范化管理。可分为"岗位对标"与"岗位创标"的管理体系。④ 企业创标文化：调整企业管理机制，使全员实施岗位标杆管理，形成不断创造更高标准的工作氛围。可分为"创标机制"和"创标文化"建设和实施管理体系。

　　对照以上标准，电网企业的创一流同业对标应属项目标杆管理范畴，既未能充分向上发展将标杆管理上升到战略、文化层面，也未能充分向下发展与岗位、行动相结合，因此，电网企业的创一流同业对标运作模式还有待进一步完善、发展。

　　具体到标杆管理的实施，一般可分为四个阶段：① 对标（或立标）：选择业内外最佳的标杆，并以此为基准进行自身的改善。② 达标：经过改善达到标杆水平。③ 超标：对标超越，分析与尝试超越标杆水平的方法。④ 创标：形成新的，更高一级、更有效的标准或模式。以此来看，标杆管理的真正意义远远不是"同业对标"这么简单，其灵魂在于"对标准的不断完善"。

　　通常认为由于企业与标杆企业客观条件不同，从而对实施对标管理止步不前时，并没有认真思考企业真正需要对标的可能只是一部分管理模块，而不是全方位的模仿。企业只要是发现标杆企业某些指标更优于企业自身的时候，实际上"立标"工作就已经开始了。例如：谁的客户满意度最高？为什么？以及电网运营企业专业的非计划停运率、城市供电可靠率、电网用电负荷率等所有可量化的数据指标，都可以作为企业实施标杆管理工作的开始。分析一个更优的"标"，必然要分析要达到这种标准所需的方法与措施，以及客观的资源条件需求，这也就是同业对标管理实践中的核心工作。那么下一步就是如何补充资源和如何将更优的措施移植到本企业了，也就是上述四个阶段中的"达标"工作阶段。标杆管理精神之一是要求不断地寻找短板，对于电网企业这样庞大的企业集团来讲，因其具有天然的内部对标资源优势，通过同业业绩指标的"对照"，便可以很快找出本企业的短板指标。当实施同业对标管理，并将所有的指标都提高到平均水平以上的时候，企业是否能有更进一步的提升呢？这就是"超标"和"创标"阶段，从而使标杆管理真正成为企业日常的管理工具。在这个阶段，企业必须形成一种文化氛围，而不是像同业对标那样，针对某一问题组成个对标工作小组就可以完成的，没有哪个领导或是哪个部门有这样大的能力。"创标"工作必须全岗位参与，集思广益，在这里提出一种"创标文化"，也是企业的一种主题文化建设。只有在标杆管理的高级阶段，企业才真正形成了"超越自我、追求卓越"。

案例3-3 同业对标管理实践

山东电力集团公司在国家电网公司的指标体系基础上，增加了特有的指标体系，制定了变电运行、变电检修、线路运检、地区调度、客户服务5个车间层面的对标指标体系，以及变电操作、线路运检、继电保护、绝缘监督和调度等10个班组层面的对标指标体系，将对标深入到基层，细化到个人。山东电力集团公司还提出了"二维对标"的理念，即不仅比指标，而且还要比取得指标所付出的成本，在考核指标完成的同时，考核投入产出比，强化以经济效益为中心的思想，防止铺张浪费，杜绝形式主义和表面文章。山东电力集团公司还积极开展了与澳大利亚越网公司对标工作。

经过多次协商和谈判，与越网公司明确了工作调查、培训、学习、总结等各阶段任务，并成立对标项目组赴澳大利亚越网公司挂职工作，确保年内力争10月底完成与越网公司的对标试点任务，促进中国电力企业管理与国际的接轨。

福建省电力有限公司确立以公司总部，基层单位福州、厦门和三明电业局为试点单位，先行开展外部同业对标。试点单位与新加坡能源电网公司签订了标杆合作谅解备忘录，确定了标杆合作意向，为该公司系统内开展国际经验学习和交流搭建平台。福建省电力有限公司确定了年度内部标杆项目及标杆试点单位外部标杆项目各5项，福州电业局以济南供电公司为标杆，开展全面对标。福建电力公司还加强了与世界知名的埃森哲管理咨询公司的合作，通过开展业绩指标和最佳业务实践的同业对标分析和业务现状管理诊断，借鉴国际先进电力企业最佳实践，提出了公司整体绩效改进的方向和实施规划。

资料来源：李令开《标杆管理在国家电网公司的应用》

尽管电网企业通过同业对标取得了很大的成绩，但总体而言，仍存在着一些不足。通过对某省电力公司同业对标工作开展情况的研究，笔者发现了如下的一些问题。

1. 专业工作发展不平衡

通过综合评价分析，一些单位在同业对标及专业工作上发展极不平衡：① 专业的纵向不平衡，如资产经营水平差距较大。② 单位内部专业发展不平衡，如人力资源指标相对先进，而其他专业指标则较为落后。

2. 同业对标工作出现形式主义迹象

同业对标工作出现形式主义迹象的主要表现是：① 领导重视不够。一些单位的主要领导或部门领导对待创一流同业对标工作认识不够，没有把同业对标工作与"三抓一创"的工作思路紧密联系，没有把同业对标当成"认识自身差距，改进管理水平"的科学手段和方法来抓，只注重对标结果，不关注与指标控制相关的过程管理。② 学习研究不够。对指标定义与统计方法学习研究不够，把指标收集、统计与报送分析当做一种负担，有应付思想。③ 专业工作结合不够。把指标进行简单的责任分解，指标的好坏变成了各级同业对标专责人的事，不能通过指标分析促进管理流程的改进。

3. 不能正确对待对标中暴露出的问题

不能正确对待对标中暴露出的问题，其主要表现是：① 不能正确对待专业指标落后的事实，不从自身找原因，总怀疑别人的数据不真实。② 不能正确对自身定位，把问题归结于电网或地区基础不行。对标的结果既反映了企业工作努力的水平，又反映了电网整体的状况和负荷水平等因素，虽然也受到指标体系不完整、统计过程有差异等因素的影响，但分析是建立在量化的基础上，评价是建立在科学的统计规律上，只要指标真实，总体上是客观、公正的。③ 不能认真分析专业管理过程中存在的问题，把对标排名落后简单地归结于指标统计工作或同业对标管理工作没有抓好。

4. 标杆的示范作用发挥不够

开展同业对标是电网企业自我加压的一种工作机制，目的是树立标杆，通过对标比较发现自身的差距，向最强的竞争对手学习，通过实施最佳实践，实现企业的卓越。指标先进的一些单位，比较注重排名，愿意当标杆，却不愿意总结工作经验，不主动提炼和推荐典型经验。指标落后的单位，不积极查找自身的差距并主动向标杆学习，也不能很好地挖掘自身的优势，标杆的示范作用没有很好地发挥。

尽管电网企业推行创一流同业对标还存在着这样或那样的问题，但这些问题只是企业改革征途上的阵痛，需要我们有一定的毅力及耐心来克服这些前进道路上的困难。但同时，企业也不能被这些成绩绊住前进的脚步，而应该对创一流同业对标工作进行深入的思考，发掘标杆管理的本质特征，进一步认识标杆管理的内在规律，从而加快电网企业从

"对标"向"创标"转化的步伐。例如，要研究电力企业推行同业对标的真正目的是什么？什么是最终的效果？从表层意义上来讲，要通过统计部门将所有单位的具体经营指标、技术指标排序，找出最优，列出所有不同指标的标杆单位。再通过标杆分析，将最优企业的方法推而广之，让所有企业都掌握最优管理模式与方法，以达到整体提升的目的。但是这里面有一些具体的问题，例如，什么指标更重要？企业之间客观条件不同的时候，如何实施同业对标？实际上，很多电网企业都过于关注对标管理实施的本身，而不清楚标杆管理实施的真正意义。

总之，电网企业应该清楚地认识到，创一流同业对标只不过是企业腾飞的一个开始，万里长征才刚刚开始，任重而道远。在今后的标杆管理过程中，电网企业应注意将信息管理、计划管理、知识管理、流程管理、绩效管理等各种工具以标杆管理为链条有效地结合起来，将标杆管理转化成有效的日常管理工具，形成良性的发展循环，达到企业各方面的精益和各项工作标准的不断优化。

第二节　绩效管理：改进的力量

随着国家宏观调控力度的逐步加大，以及一大批发电项目的相继投产，电力供应将趋于平衡甚至供大于求，电网建设与电力市场开拓刻不容缓，特别是受电价政策的影响，电网经营形势不容乐观。伴随着电力体制改革的不断深入，电网企业推行高绩效管理，强化目标计划落实能力，提升精细化管理水平，不断改善员工和组织的绩效以建设成为高绩效组织，呈现日益突出的重要性和迫切性。

自20世纪90年代全系统开展3项制度改革以来，电网企业虽然取得了一些成绩，但企业用人制度、薪酬管理、绩效管理等方面还存在一定的问题,"大锅饭"和"平均主义"依然困扰着各级电网企业。这些问题将严重影响员工的工作积极性、降低员工对企业的满意度,从而影响组织绩效。

为了提高适应环境变化的能力,实现国家电网公司"一强三优"现代公司的战略发展目标,各级电网企业已经开始了在绩效管理方面的尝试,并制定了一些绩效考核制度,如《绩效管理办法》《变电检修管理所日常工作考核办法》、《台区综合管理考核办法(试行稿)》、《岗位绩效工资考核实施细则》等。但是,这些制度本身只是针对单一方面进行考核,而且制度之间缺乏有效接口,难以进行统一;同时,制度本身的可操作性也存在一定问题。

一、电网企业在绩效管理方面存在的主要问题

绩效评估和绩效管理是两个完全不同的概念。绩效评估通常也称为业绩考评或绩效考核,是针对企业中每个员工所承担的工作,应用各种科学的定性和定量的方法,对员工行为的实际效果及其对企业的贡献或价值进行考核和评价。因此,绩效评估是对企业综合绩效目标达成情况的评价和衡量,是将组织在一定周期内的产出结果和最初制定的绩效标准进行比较的重要手段。而绩效管理是确保雇员的工作活动以及工作产出与组织的战略目标保持一致的过程。一个完整的绩效管理过程应当包括绩效目标计划、绩效沟通、绩效评估和绩效反馈四个重要的环节。由此可见,绩效评估仅仅是绩效管理的一个环节而已,它包括对组织的绩效评估和对雇员个体的绩效评估两种形式。绩效管理着眼于通过提高员工的绩效进而提升组织的绩效,而且重视员工个体的绩效改进。绩效管理的精髓是持续性改进。如果在实施绩效管理时,把绩效评估看成是绩效管理的全部,就会导致企业过分关注对结果的考核和衡量,而忽略了驱使结果达成的重要因素,忽略了绩效改进,进而忽略了产生高绩效的

原动力。绩效管理与绩效考核的区别见表 3 - 1。

表 3 - 1　　　　　　　　　绩效管理和绩效考核的区别

名称	过程的完整性	性质归属	侧重点	出现的阶段
绩效管理	一个完整的绩效管理过程	管理程序	注重过程中的信息沟通与绩效提高，强调事先沟通与承诺	管理活动的全过程
绩效考核	管理过程中的局部环节和手段	人事管理程序	判断和评估，强调事后的评价，注重结果	特定的时期

对照以上定义，不难发现电网企业目前实施的绩效管理只能称为绩效考核，并不是完整意义上的绩效管理。友泰咨询电力行业研究中心的项目组通过广泛的调查研究，认为电网企业在绩效管理方面主要存在以下几个主要问题。

1. 绩效管理理念存在偏差

电网企业大多数管理者在绩效管理理念方面都存在一定的偏差，把绩效管理与绩效考核等同起来，导致很多员工认为绩效考核无非是找出员工的错误加以惩罚，也就是挑毛病。员工对此非常反感，不理解不接纳绩效管理，最终导致绩效考核不了了之。可见，这种绩效管理方式将焦点集中在容易犯错的员工上，管理者大部分时间花在治病救人上，而忽视了绩效优秀的员工，影响了员工士气，最终不能达到提高电网企业绩效的目的。

2. 绩效指标与战略目标脱节

绩效指标是绩效管理体系的重要组成部分，是绩效评估的前提和基础。通过绩效指标可以引导组织和员工的行为，以什么样的指标去考核员工就会带来什么样的行为。通过设定合理、科学的绩效指标，可以有效衡量组织和个体的绩效水平。电网企业目前制定的绩效指标经常出现两个问题：组织层面的绩效评估指标和组织战略脱节；个体层面的绩效评估指标和岗位的战略职责脱节。例如，在一些绩效评估方案中，罗列了许多非关键绩效指标，如出勤情况、廉政建设情况等。

3. 绩效管理过程不完整，缺失沟通环节

绩效管理的精髓是持续性改进。如果在实施绩效管理时，把绩效评估看成是绩效管理的全部，就会导致企业过分关注对结果的考核和衡量，而忽略了驱使结果达成的重要因素，忽略了绩效改进，进而忽略了产生高绩效的原动力。电网企业现行的绩效管理主要关注绩效评估这一环节，主要对错误进行惩罚，希望通过惩罚强化标准，从而达到希望的绩效。但是，由于主管人员与员工之间缺乏就指标标准的沟通，员工不知道该达到什么样的水平；由于缺乏对过程的辅导和及时反馈，员工对了解自己的绩效状况处于被动状态，无法及时发现问题并纠错；由于缺少必要的绩效反馈，员工对绩效考评结果的认可程度大大降低；由于缺少对问题的分析，员工不知道业绩不佳的原因，不能很好地加以总结并提出改进措施，不利于形成持续改善的机制。

4. 绩效评估结果的应用单一

绩效评估结果作为组织行为和员工行为是否符合组织战略的预警器，应该被"建设性"地使用。例如，通过绩效评估结果找出绩效改进的问题点；与组织的其他人力资源管理相关政策相结合，如根据员工的绩效评估结果制定员工的个性化能力提升方案等。电网企业目前进行的绩效评估最主要的目的是用于作薪酬方面的决策，即主要作为奖金发放的依据。虽然奖金可能激励员工在新一周期提升绩效，但是员工业绩不佳的原因可能是多方面的，如技能不足、知识欠缺，单靠奖金激励难以实现绩效提升。

5. 绩效评估重结果、轻过程

电网企业对绩效评估的结果给予了高度的重视，投入了很大精力进行绩效结果的评估。绩效结果无疑是重要的，因为"如果服务工作没有

取得理想的结果，那么完整的执行程序只是浪费时间和金钱而已"。但是，绩效达成的过程同样重要，在绩效指标的设计上，过程指标属于前置指标，而结果指标属于滞后指标。由于过程是结果的"因"，因此"好的过程"将有助于产生"好的结果"。

总而言之，电网企业在绩效管理方面还存在着许多不足，这就要求各级电网企业逐步建立完整的绩效管理体系，强化绩效计划、辅导、反馈环节，重视主管人员与员工的沟通，强调上下级沟通在绩效管理实施过程中的重要性；重改进、轻考核，强调绩效改进在绩效管理中的重要性，构建持续改进机制；要求主管人员多指导、少指责，及时提供反馈和所必需的帮助，协助员工完成绩效；同时，加强对绩效评估结果的运用，通过对绩效评估结果进行分析，找出问题，将评估结果与工资调整、奖金发放、人力资源开发、组织结构调整、流程再造、人员配置方面相结合，发挥绩效评估的积极作用。

二、电网企业构建绩效管理体系依据的理论模型

针对电网企业绩效管理工作的现状，笔者结合以往的咨询实践经验，提出了适合电网企业构建战略导向绩效管理要求的高绩效管理（HPM）模型（见图 3 - 1），为电网企业绩效管理体系的建立提供了理论依据。

高绩效管理模型包括两个循环和一个基础平台。两个循环是战略管理循环（SM）和绩效管理循环（PM）。战略管理循环包括 4 个基本过程：确定组织的使命和战略定位；制定组织的战略发展目标；制定战略实施计划并进行预算；进行战略评估。绩效管理循环包括 4 个基本的步骤：绩效计划；绩效辅导；绩效评估；绩效反馈。其中，战略管理循环主要针对组织层面，绩效管理循环主要针对个体层面。流程是高绩效管理模型的基础平台。

高绩效管理模型有以下 3 个特点。

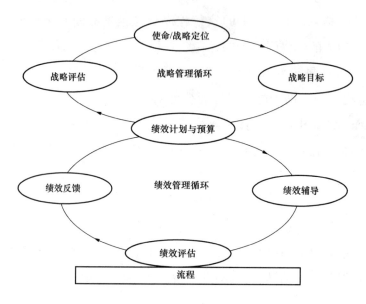

图 3-1　高绩效管理模型

1. 关注战略管理与绩效管理的有机结合

战略管理为绩效管理提供方向和目标，绩效管理是联结战略管理与运营管理的桥梁，是企业战略能够落地实施的有效保障。因此，要建立更好的绩效管理系统，组织首先需要搞清楚绩效管理系统的总体规划和预期达到的结果，即组织首先需要确定自身的战略目标。

2. 关注组织绩效与个人绩效的有机结合

高绩效组织就是用相同或更少的资源生产或提供较高质量的所要求的产品或服务的一组雇员。在高绩效组织中，"雇员的生产率和质量逐日逐年不断提高，从而完成组织赋予他们的使命"。因此，高绩效的组织必然由高绩效的员工组成。

高绩效管理模型的核心概念在于通过员工附加价值的增进及组织预期行为的完成，增进员工的努力程度，改善员工努力的结果，进一步提升组织整体绩效，达成组织目标。因此，创造高绩效的组织要着眼于培养高绩效的员工，而员工的绩效提升除了与技能、能力、态度有关之外，和系统、结构和流程也有很大关系。

3. 关注绩效评估与绩效改进的有机结合

绩效管理的精髓是持续性改进。"质量管理之父"戴明认为，"员工的绩效有问题，80%的原因来自系统设计"。因此，通过建立以绩效合同监控系统、绩效沟通支撑系统和绩效审核改进系统构成的三位一体的绩效改进体系，充分利用绩效评估结果的预警作用，达成绩效改善的目的。

三、电网企业构建绩效管理体系的总体思路

根据电网企业的高绩效管理模型，结合电网企业的绩效管理现状，提出了构建高绩效管理系统的四项指导原则：结果导向、注重业绩的原则；自主管理、注重发展的原则；全员参与、逐级负责的原则；公正、公开的原则。在这四项原则的指导下，同时充分考虑绩效管理在电网企业的落地实施，指出绩效管理成功实施的关键在于"转变观念、系统优化、加强沟通、上下一致、持续改进"，从而确定了电网企业绩效管理改革的总体思路。

1. 理念为先，转变观念，强化共同价值观的形成

绩效管理的变革首先是观念的变革，观念不转变，绩效管理就失去了存在的土壤。在绩效管理系统运行时，电网企业常常会遇到以下一些问题和困难。

（1）员工理解、接受绩效管理需要一个过程。"我每天按计划、照程序、听安排或者凭感觉，认真工作就行了，干吗非要费劲来考评绩效呢？"甚至仍有部分员工思想观念受传统体制桎梏，在观念里一时还很难接受业绩与薪酬相结合的机制，对推行绩效管理存有疑虑和抵触情绪，认为企业领导在搞"花架子"，走过场。

（2）部分管理人员缺乏相应的绩效管理知识，对绩效管理工具和方

法的应用不够熟练。对如何推行绩效管理、怎样实现预期日的认识不清，以至于想做好但不知道如何去做。

（3）绩效评估受到人为因素干扰。管理人员尤其是具体负责评估工作的各级人员还存在着畏难情绪，怕得罪人，当"好好先生"，认为大家都在同一个屋檐下工作、生活，何必那么较真，反正报酬、绩效工资是公家的，多发、少发跟自己没有关系，也就睁一只眼、闭一只眼，有效的奖惩、激励制度还不能得到切实有效的实施。

上述问题的表现，主要是观念上的问题，传统的管理方法已经深深地嵌入员工的意识里，因此，建设高绩效企业要以改善心智模式为切入点，通过观念的转变来带动认知的提高和行为的转变。

推行绩效管理从表面上看是为了促进员工创造性张力的进一步发挥，有效降低情绪张力对工作积极性的影响，但绩效管理只是一种管理方法，是推动企业前进的一种手段而已，其推行的真正目的是为了企业的发展。如果不能理解这一点，就事论事，那就很容易受眼前条条框框的制约，失去创业与工作的激情；相反，如果能够站在全局的角度，树立个人即是系统，个人的行为影响团队力量发挥的观念，慢慢地摒弃局部、个体因素的制约，改善心智模式，树立共同愿景，团队的凝聚力和战斗力将会得到极大地发挥。

2. 从"考核中心型"绩效管理到"改进中心型"绩效管理

绩效管理的根本目的是提高组织绩效，而并不是考核。考核只是为了更好地提高绩效所采用的一种手段，如果把考核当成了目的，为了考核而考核，则不仅不会提高企业的绩效，反而可能会给企业带来巨大的杀伤力。研究表明，重考核、轻改进是大多数企业实施绩效管理失败的原因所在。因此，电网企业要将绩效管理的关注点从考核转向改进。

建立企业绩效改进机制并非一日之功，绩效改进不仅仅是一种行为，更是一个包括三大系统的一个完整体系。这套体系贯穿着三条主线：一是绩效合同监控系统，通过战略目标的分解构建动态指标库，筛选出对企业战略达成具有重要意义和推动作用的关键业绩指标，形成以绩效合同为载体、以支撑战略实现的关键业绩指标和重要工作任务为内容的绩效计划，作为员工工作的努力方向及评估依据。二是绩效沟通支撑系统，通过绩效辅导、绩效面谈、绩效反馈等多种形式使沟通贯穿于绩效管理的各个环节，形成时时沟通、时时改进的局面，而不是一两次例行公事式的沟通。三是绩效审核改进系统，通过定期召开绩效改进会议，审核、总结上一绩效周期各部门或员工的绩效完成情况，分析未完成目标的原因，在此基础上找出存在的问题，提出改进措施，形成本绩效周期的工作重点及目标，并分析本期各项工作计划及存在的行动障碍。

　　电网企业通过构建自上而下的绩效合同监控系统、自下而上的绩效审核改进系统及随时运行的绩效沟通支撑系统，最终形成了三位一体的绩效改进体系，如图3－2所示。

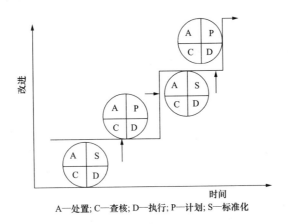

A—处置；C—查核；D—执行；P—计划；S—标准化

图3－2　通过业绩审核建立持续改进机制

　　为了保证绩效改进机制的有效运转，电网企业应成立以一把手为核心的绩效管理委员会。绩效管理委员会是企业绩效管理工作的最高决策和管理机构，也是绩效改进的最高推进机构，其成员包括企业全部高层管理人员。绩效管理委员会的职责在于对绩效合约的审批、绩效评估结果的审批，主持召开绩效改进会议，同时提出绩效改进计划。

3. 通过绩效评估激发群体活力

绩效评估是高绩效管理的一个重要环节，也是广大员工十分关注的一个焦点。因此，绩效评估一定要坚持"以事实为依据，对事不对人"的原则，着眼于未来改进，谨慎进行绩效评估。在绩效评估的实施过程中，有三个方面需要注意：

（1）评估链条环环相扣。绩效管理委员会依据各部门（下属单位）绩效目标责任书完成情况进行评估，部门根据员工绩效目标责任书完成情况并结合本部门评估结果，对本部门员工进行评估。对于基层单位而言，还应将绩效评估延伸至一线班组，形成一个职责分明、逐级负责的完整的绩效评估链。同时，进行绩效评估时不但要关注个人绩效，更要关注组织绩效。以某供电公司为例，在这根链条上，供电公司高层领导接受省电力公司的绩效评估，副总师的评估结果与其协管部门的绩效评估结果挂钩，部门绩效评估结果与本部门员工个人绩效评估结果挂钩，直接影响本部门每一个人，凸显出团队业绩的"源头"作用。

（2）评估方法简单有效。评估方法的选择直接影响着绩效评估的效果，并引导着员工的价值取向。对于电网企业而言，笔者推荐使用比值计分法及等级评价法。对于可量化的关键业绩指标如安全周期个数、售电量、电费回收率、综合线损率、售电均价、供电可靠率、电压合格率、电网建设投资完成额、内部利润等，建议采取比值计分法。用数字评价数字，更显客观公正。对于不可量化的关键业绩指标和重要工作任务，如机构改革、户户通电工程完成情况等，建议采取等级评价法（见案例3－4）。用一个相对客观合理的等级来评定工作完成的效果如何，将最大限度地消除绩效评估的误差。

案例3-4　等级评价法

根据指标目标的达成情况，将指标完成情况分为优秀、良好、一般、需改进、不良五个等级，并参照打分标准确定各项指标得分。

优秀：10分，该项工作绩效大大超越常规标准要求，通常具有下列表现：在规定的时间之前完成任务，并且完成任务的数量、质量显著超出规定的标准，得到来自客户的高度评价，带来预期外的较大收益。

良好：8分，该项工作绩效超出常规标准要求，通常具有下列表现：严格按照规定的时间要求完成任务，在数量、质量上超出明显规定的标准，获得客户的满意，超过预期目标。

一般：6分，该项工作绩效达到常规标准要求，通常具有下列表现：基本上达到规定的时间、数量、质量等工作标准，没有客户不满意，达到预期目标。

需改进：4分，该项工作绩效基本达到常规标准要求，通常具有下列表现，偶有小的疏漏，有时在时间、数量、质量上达不到规定的工作标准，偶尔有客户的投诉，并没有给企业造成较大的不良影响。

不良：2分，该项工作绩效显著低于正常工作标准的要求，通常具有下列表现：工作中出现较大的失误，或在时间、数量、质量上与规定的工作标准相距甚远，经常有投诉发生，造成较大的损失或不良影响。

（3）评估结果作为绩效改进的依据。作为高绩效管理系统的重要组成部分，绩效评估是为了找出差距及不足，作为改进的依据，使绩效评估成为激发员工活力的重要途径，而不能把绩效评估当成惩罚员工的手段。

4. 加强沟通，上下一致

良好的沟通是绩效管理成功的关键，通过定期的绩效沟通，有助于员工真正明白、理解绩效管理的重要性和必要性，监控各部门及员工的绩效完成情况，及时了解绩效完成信息，同时为各部门及员工提供信息反馈机制，实现上下互动。日常沟通主要有三种形式：

（1）绩效辅导。绩效辅导是上级结合部门/员工绩效目标责任书，对部门/员工绩效目标责任书进行业绩质询、辅导、修正，并提供相应的帮助的过程。通过绩效辅导可以使上级及时了解员工的工作进展情况，并有针对性地提供相应的辅导和资源，以帮助员工达成绩效目标，同时对不合理的业绩目标及时进行修正；可以使员工及时得到自己工作绩效的反馈信息，以便不断地提高技能、改进绩效。

（2）绩效面谈。绩效面谈是上级通过面对面的沟通使下级了解自己的绩效水平，并制定下一阶段绩效改进计划的一种正式的绩效沟通方式。为保证绩效管理健康有序运行，及时改进和提升绩效，一般要求各级管理者和员工定期进行绩效面谈，营造良好的沟通氛围，建立良好的绩效沟通平台。

（3）绩效反馈。绩效反馈是在绩效评估结束后，上级就部门/员工的业绩表现、评估结果等内容与部门负责人/员工进行反馈的过程。使员工清楚上级对自己工作绩效的看法，共同分析原因，制定改进计划；确定下一绩效管理周期的绩效目标/要求。

四、电网企业绩效管理的实施推进

无法实施或实施力度不够，再好的方案也只能成为昂贵的花瓶。因此，笔者建议电网企业在推行绩效管理之初应召开专题会议，与外部专家一起充分讨论实施过程中存在困难，可能出现的问题，明确各级管理人员在绩效管理实施过程中所要承担的责任，制定出绩效管理在电网企业成功落地实施的推进方案。一般而言，电网企业若要成功推行绩效管理，既要关注硬性措施，又要注意软性措施，而且，软、硬两种措施都要坚持不懈地予以落实。硬性措施指通过自上而下的强制力，如文件、制度等的推行提供刚性约束；软性措施指通过平等的沟通、和谐的人际关系和激发员工内心的改善愿望提供柔性约束。

1. 管理层的强势是推行绩效管理的首要条件

"绩效管理是一把手工程"。推行绩效管理关键是要扭转员工观念，而员工一般都会有一定的习惯和工作方式，再加上员工对绩效管理的理解和认可需要一个过程，要把员工纳入到绩效管理体系中，不是短时期内能够做到的。只有管理层对绩效管理的真正理解、认可和投入必要的时间、精力参与实施，率先垂范，绩效管理才能够获得强大的动力，得到顺利推行。

2. 努力营造公平、公正、公开的环境

一项有效的制度能否顺利推行，实现预期的目的，在很大程度上取决于该项制度是否合理以及在推行过程中能否做到公平、公正、公开。

（1）评估标准要公平合理。例如，在某电业局中，有局领导、中层干部、一般管理人员和一线员工四个层次，每一个层次的人员受自身利益的拘束，有不同的心智模式。企业在设计评估标准时，要进一步细化和刚性化，正视差别，区分层次，做到有的放矢。

（2）评估人员要公正客观。评估人员的公正性是绩效评估过程中最难把握的问题。评估人员的不公正会严重挫伤员工的积极性，对工作起到反作用。采取 KPI 的考评方法，每一项评估内容都非常具体，做了哪些工作，效果怎么样，一目了然，能从较大程度上避免个人因素的干扰。

（3）评估过程要公开透明。在评估过程中允许发表不同的看法，澄清一些误会，发现问题，对症下药；评估结束后，评估者广泛听取各方面的意见，客观地分析评价这种评估方法的效果，共同查找效果不佳的原因，为下一次的评估积累经验。同时，对评估者也要采取必要的监督措施，使整个评估过程"阳光"操作。

3. 培养管理人员成为优秀的"绩效教练"

企业的中层和基层管理者是绩效改进的中坚力量，他们对员工的离职率、流动率和工作满意度有着重大的影响，对员工的日常行为和工作态度更是影响颇深。一个冷漠的管理者所得到的只是下属在低层次需求上的物质利益驱动，难以得到下属在工作上全身心的忘我投入。"防人之口胜于防川"只会让员工选择闭上嘴巴，即使知道绩效不佳的症结所在，也不愿意将真实的情况告诉自己的领导，绩效改进的星星之火就这样被扼杀了。因此，各级管理者不仅是员工的上级领导，更要成为员工的"绩效教练"，帮助员工提高能力，改善绩效。

4. 配套措施的及时跟进

通过制度讲解、角色演练等方式开展实施前的培训，提高员工对绩效管理理念及方法的认知程度；加大绩效管理的宣传力度，利用多种形式宣传高绩效文化，如召开研讨会、撰写新闻稿件、张贴宣传画等，在潜移默化中使绩效管理的理念深入人心；编制《绩效管理操作手册》、《绩效目标责任书编写操作手册》、《绩效改进会议操作手册》等实战手册，使员工对本单位的绩效管理体系有全方位的了解和认识，促使各级员工熟悉绩效管理的流程，并明确自己的角色和在绩效管理实施中的职责。

5. 持之以恒，形成良好的绩效习惯，最终形成绩效改进文化

绩效管理重在改进，贵在坚持。绩效管理不是一蹴而就的，更不是立竿见影的。在刚刚开始绩效管理的时候，往往很难一下子看出成效。对于大多数员工来说，绩效管理只是一项额外的附加工作，所以他们往往一开始对绩效管理并不感兴趣，或者并不是从内心里支持绩效改进计划的实施。这是因为，一方面，他们的业务比较繁忙；另一方面，绩效管理往往会挑战他们原有的工作习惯和思维模式，需要他们承担更多的责任。这时，需要电网企业的高层管理者必须有一定的恒心和毅力，承担起自己的责任。例如，某电业局在刚刚开始实施绩效管理时，大多数

人根本不理解，甚至有一部分持反对意见。但在局领导的坚持下，该电业局的绩效管理工作已初见成效，得到了省电力公司的肯定。绩效改进在该电业局已逐渐形成了一种工作习惯，提高了企业执行力，增强了企业的整体管理水平。

第三节 能力测评：发现员工优势

影响一个人工作业绩的因素是多方面的，既包括知识、技能层面，还包括一个人的态度、思维模式等层面的因素，而且态度往往是影响业绩更深层、更核心的要素。一个人如果不具备知识和技能，但具有积极学习的态度，那么这些知识和技能一定能够习得，只是不同的人因为资质不同习得的速度可能有快有慢。这也就是我们常说的一个人应该既要"like to do"，又必须"able to do"，只有两方面都具备了，才能有高绩效，如图3-3所示。

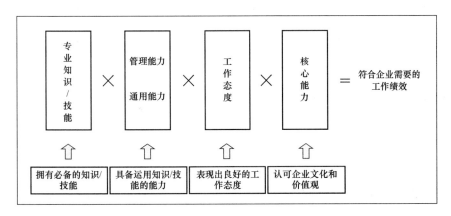

图3-3 高绩效的来源

胜任能力就是将圆满完成工作所需要具备的知识、技能、态度和个人特质等用行为方式描述出来。这些行为应是可指导的、可观察的、可衡量的，而且是对个人发展和企业成功极其重要的。胜任能力是从西方发展而来的一个概念，英文为"competency"，与我们通常所说的"能力"有所区别。这个能力更多地指知识和技能，如"积极进取"按照过去的理解可能认为不应该属于能力之列，但按照胜任能力的定义，却是核心要素之一。

一般而言，胜任能力由核心能力、通用能力、管理能力、专业知识/技能及工作态度组成。核心能力是企业价值观和企业文化的反映，是每个员工都应该具备的能力素质，如敬业精神、诚信正直等；通用能力指所有员工都可能需要的素质和技能，但重要程度和精通程度有所不同，如应变能力、执行能力、细致能力等；管理能力指企业中高层管理者应该具备的素质和技能，如任务分配能力、计划组织能力；专业知识/技能指员工因岗位职责和类别的不同而所需具备和掌握的独特的知识和技能，如财务知识与技能、人力资源知识与技能等；工作态度反映了员工对工作的认知程度和付出的努力程度，如责任心、主动性等。

员工胜任能力与其工作绩效之间有相当程度的关联性（见图3-4）。绩效不仅受到个人行为的影响，还受到其他若干因素的影响，如组织架构、企业内部可提供资源、领导者风格等，但是，员工胜任能力是其产生高工作绩效的必要条件之一。因此，通过提升员工能力素质，能够提高员工工作绩效，从而促进组织目标的达成。

传统的绩效管理仅仅包括对业绩的考核，可能还会有部分对工作态度的考察，但一个完整的绩效管理在业绩考核外，还应该包括胜任能力考核，包括态度、知识、专业技能等，也就是既考核一个人的业绩目标达成情况，又考察其能力发展目标达成情况。业绩目标与能力发展目标设置协调一致、相互促进，保证企业业绩长久持续地实现，员工个人能力不断提高。

可以从三个层面来看建立胜任能力体系的作用和意义：① 从企业人

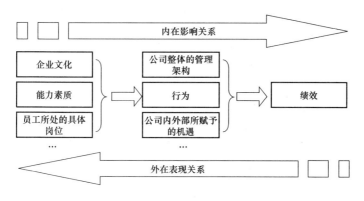

图 3 - 4　员工胜任能力与其工作绩效关系

力资源管理角度来看：通过能力盘点可以了解不同专业序列❶人才总体现状，实施有针对性的员工培养和发展计划；建立专业发展道路，改变单一行政发展路径的现状，对专业人才实施有效激励；在企业内规范岗位管理，明确序列内不同层级岗位的胜任能力要求。② 从直线管理者角度来看：掌握专业化的能力评估工具；对有关薪酬、人员提升、人员配置等问题与员工进行有效的沟通；了解团队建设的状况，帮助员工提升专业能力。③ 从员工角度来看：通过能力体系明确任职能力要求，了解自身能力的优势与不足，以各种方式提升个人专业能力；了解并实践在企业中的职业发展路径。

那么胜任能力与岗位职责有什么样的关系呢？每一个岗位都有岗位说明书，胜任能力与岗位职责具有密切关系，岗位职责告诉我们"做什么"，胜任能力则告诉我们"怎么做"。岗位职责的不同决定了应具备的胜任能力的不同，这种不同可能是能力结构的不同，也可能是同一能力所要求程度的不同。

胜任能力模型以一条条行为描述表现，这些行为是可以观察、可以

---

❶ 专业序列：将工作职责相关联、专业资质要求相同或相近的岗位组合为一个专业序列，如生产技术、营销、财务、人力资源序列等，每个专业序列都具有其独特的胜任能力结构组合和描述。

衡量的，因此，采用看被评估人在这些行为上是否表现、表现频率高低的方式进行评估。用这样一个评估方法的前提是评估人对被评估人应该有较长时间的了解，至少3个月以上的了解，通过日常工作中的接触和观察，在经过思考后可以对这些行为描述作出判断。

对行为表现频率的评分方式，大家可能会提出难以区分，因为对人的能力评估非常复杂，不可能是完全精确的，而只能尽可能客观；同时，胜任能力评估最重要的目的在于通过对所有行为要点的相对系统评价，找到一个人的能力短板，然后通过上下级的有效沟通找到能力提高的方法。对两个被评估人，如果在一项行为上没有明显的行为例证证明一个人比另一个更突出或更弱，那么完全可以给两个人打一样的分值。

能力的提高相对来说是一个渐进的过程，一般对能力评估的周期是半年到一年一次，不同专业序列评估时间可能有所不同，多数放在自然年末。在每一次能力评估后，上下级对能力评估结果进行沟通，对能力现状达成共识，确定能力发展提高的重点和提高目标，到下一次评估时根据评估结果来看个人能力提高发展的情况。

至于评估方式，有两种方式可以选择：① 根据360度测评的思想以及被测评人的工作关系，抽样选取评议人。从上级、下级、客户、被评议者本人和同事中选择具体的评议人，但无须面面俱到。测评内容与指标权重随岗位工作内容及企业工作重点变化而变化。② 采用员工自评——上级评估（有的专业序列在上级评估外可以引入同事评估）——部门内部评议小组审核上级评估结果——对达到高能力层级人员聘请公司内外部专业人士，组成专家评审委员会进行复评的方式。在上级、同事评估中，以上级评估为主。专家评审的目的与引入多方评估一样，是为了加强能力评估的客观公正性，但专家评审更高的准确性也依赖于专家更多地了解被评估者的日常行为表现，而不仅仅是简短的面试。不论采用哪种方式，个人自评的主要目的在于了解岗位胜任能力要求，而不作为评估结果的参考依据。

目前大部分电网企业尚未建立员工胜任能力模型，现将胜任能力测评的方法列示如下，以供参考。

（1）根据企业战略目标要求，确定为实现企业战略目标员工应当具备的能力、态度，将这些能力、态度按专业序列、岗位有机地组合在一起，并建立相应的指标库，如表3－2所示。

表3－2 员工胜任能力指标库示例

要素名称：沟通协调能力

要素定义：在与企业内外人员打交道时，能否有效协调各方面的关系，说服他人接受正确的观念与方法，在相互理解的基础上达成合作，促使双方的需要都能得到相对的满足

等级	说　　明	评分
S	沟通协调能力极强，在与内外人员工作交往的过程中，能够迅速而准确地了解对方的需求以及自己同他人之间在观点和思想等方面所存在的差异，并且能够以事实和原则为依据，通过恰当的方式准确地传达自己的想法，说服他人接受自己的意见，以双赢的方式艺术性地圆满地解决问题	
A	沟通协调能力较强，在与内外人员工作交往的过程中，能够较快地了解对方的需求及自己同他人之间在观点和思想等方面所存在的差异，并且能够以较为恰当的方式传达自己的想法，通过与他人的协商使自己的意见能够为对方所接受，使问题得到较为圆满的解决	
B	沟通协调能力尚可，在与内外人员工作交往的过程中，能够了解对方的需求以及自己同他人之间在观点和思想等方面所存在的差异，并且能够阐述自己的意见与他人进行协商，从而使问题得到基本解决	
C	沟通协调能力不足，在与内外人员工作交往的过程中，有时不能很快地了解对方的需求以及自己同他人之间在观点和思想等方面所存在的差异，在阐述自己的意见与他人进行协商时缺乏招数，结果导致问题得不到圆满解决	
D	沟通协调能力很差，在与内外人员工作交往的过程中，常常误解对方的意思以及自己同他人之间在观点、思想、意见等方面所存在的差异，往往不能清晰、正确地阐述自己的意见，在与他人进行沟通和协商时存在明显的障碍，结果导致问题往往得不到解决	

（2）根据企业绩效管理委员会要求，从指标库中选取相应指标构建胜任能力测评表，见表3-3。根据被评议人行为表现，对照指标等级对被评价人进行评议。

表3-3　　　　　　　　　　胜任能力测评表示例

被评价人姓名		部门		岗位	
评价时间	年　月　日至　年　月　日				
序号	指标		权重	得分	
1	判断决策能力		20%		
2	沟通协作能力		10%		
3	培育下属能力		20%		
4	任务分配能力		10%		
5	团队协作能力		10%		
6	责任感		10%		
7	敬业精神		20%		
加权平均得分					

对被评价人建议：

与被评价人的关系：□上级 □下级 □客户 □同事 □自评

评价人（签字）：
年　月　日

（3）根据员工胜任能力测评结果，绘制员工胜任能力分析图（见图3-5），便于更加全面地了解每一位员工的能力、态度测评情况。

在能力评估后，上下级之间需要就评估结果有效沟通，达成关于能力状况的共识和提高发展的具体行动计划。

员工胜任能力评估结果用途非常广泛，不仅可作为员工培养发展及能力提升的依据，还可用于招聘与选拔、薪酬激励及对现有人员的调整，使具备不同能力的人做与之相适应岗位的工作，达到人岗匹配的目的，如图3-6所示。

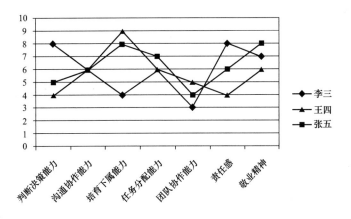

图 3 – 5 员工胜任能力分析图示例

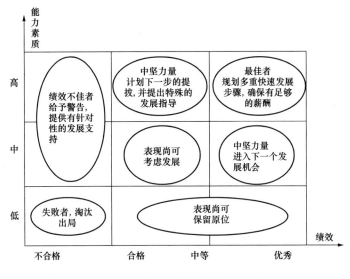

图 3 – 6 绩效评估结果综合运用

小结

本章阐述了电网企业开展的创一流同业对标工作进展情况及发展方向，指出创一流同业对标的根本目的在于改进绩效，这与绩效管理的出发点不谋而合。由于电网企业开展的创一流同业对标工作还处于摸索阶段，还有许多不完善的地方，最为突出的表现就是未能与企业发展战略及促进战略达成所需要采取的行动充分联系起来，而绩效管理恰恰有效地弥补了这方面的不足，通过战略目标的层层分解及绩效改进的持续推动，有效地将战略转化为行动。同时，创一流同业对标工作的开展，又为绩效改进提供了靶标，进一步明确了改进的方向，二者可谓相互补充、相得益彰。在此，需要着重提醒一下电网企业的人力资源工作者，绩效管理不仅需要关注业绩的外在表现，更要关注业绩的内在达成因素，通过外在的绩效改进以及内在的员工能力提升，内外兼修，确保绩效管理发挥其最大的效用。

附录 3 - 1 绩效目标责任书样本

××电业局部门月度绩效目标责任书样本

部门名称	生产技术部	主任	彭××	分管领导	何××	目标期限	2007 年 5 月
关键业绩指标							
序号	KPI 名称	权重	目 标 要 求				
指标 1	综合电压合格率	10%	达到××省电力公司要求（暂未下）				
指标 2	用户供电可靠率	10%	完成××省电力公司下达的供电可靠率指标 RS3 达到 99.837%（国家电网公司暂下给××省电力公司的指标）				
指标 3	线损率	5%	达到 4.7%				
重要工作任务							
序号	内 容	权重	工作任务的标准及要求				
任务 1	运行准备	10%	月底前完成 500kV 变电站现场运行规程初稿审查，变电站各种标示牌，一、二次设备双重编号牌及设备巡视牌符合要求；上墙图表安装完毕，差错不超过 3 处				
任务 2	达标投产	10%	月底前完成 220kV××、××变电站及×× Ⅱ 线的缺陷消除工作，达标投产资料整理齐全，无遗漏。完成复查准备工作				
任务 3	劳动竞赛	5%	月底前完成变电运行及输电线路的竞赛准备，不发生推诿现象				
任务 4	基建协调工作	10%	按工程计划适时完成××变无人值班改造相关设备跟踪验收、投运，质量符合要求；完成 500kV 变电工程相关配套工程的接入准备工作				
任务 5	××变可控电抗器工程	10%	月底前完成现场安装调试、验收、设备试运行，3 个月内不发生因质量或安装问题导致的事故				
任务 6	专业培训	10%	月底前组织一次变电检修现场观摩培训活动，举办一期继电保护知识培训班，举办一期线路防雷知识培训班，培训人数达到 80 人·次，培训资料齐全，培训人员合格率不低于 80%				

序号	内 容	权重	工作任务的标准及要求
任务7	项目计划	5%	月底前下达2007年生产大修更改计划；完成生产性大修技改3年滚动计划的编制上报，不发生差错
任务8	制度建设	5%	月底前报审网络与信息安全管理办法、网络系统运行规程；10日前完成修编继电保护相关管理制度，具有可操作性，与局相关制度无冲突
任务9	输电线路综合整治工作	5%	月底前基层单位实施方案全部上报，对各单位计划完成情况进行现场核查，核查记录详细，核查结束后一个工作日内完成核查报告的撰写、上报
任务10	绩效管理	5%	月底前完成部门、员工绩效合约的修订，绩效合约格式符合要求，部门绩效合约指标、标准不明确处不超过3处；月底前开展绩效辅导次数不低于2次，辅导记录详细
部门主任签字			年 月 日
绩效管理委员会意见			年 月 日

××电业局员工月度绩效目标责任书样本

岗位名称	农网线损管理	姓名	颜××	所属部门	农电工作部	目标期限	2007年5月

关键指标

序号	指标名称	权重	目 标 要 求
指标1	农网综合线损指标理论计算	30%	5月30日前根据局下达给各单位的农网线损指标，督促指导一个供电所进行线损指标理论计算工作
指标2	高损线路、台区降损项目	15%	5月15日前配合局纪检监察部完成农村供电所高损线路、台区的降损项目审定
指标3	线损管理	20%	5月20日前完成对××公司××供电所的线损管理抽查工作，并提出整改意见，确保安全

续表

序号	指标名称	权重	目　标　要　求
指标4	线损跟班稽查方案	15%	5月25日前督促各基层单位完成跟班稽查方案制定、上报、审核工作
指标5	农网供电网络图	10%	5月30日前完成农网供电网络图编制部分前期工作
指标6	电工进网作业证	5%	配合局行协进行电工进网作业证培训的前期准备工作
指标7	绩效管理	5%	5月9日前完成本人绩效合约的修订，格式符合要求，指标、标准不明确地方不多于3处；5月31日前上交个人业绩记录及证明，上交个人绩效评估表
员工签字			年　　月　　日
部门领导意见			年　　月　　日

××电业局绩效改进会议制度

为确保全局绩效管理的有效实施，根据《××电业局绩效管理制度》的规定，建立局三级绩效会议制度，即局绩效改进会议、基层单位（局机关部室）绩效改进会议、班（站）组绩效改进会议。

第一条　会议性质

绩效改进会议是绩效管理中的重要会议，既是上期绩效的总结，又是下期绩效目标的制定；既是绩效的沟通过程，又是绩效的诊断和提高过程。

第二条　会议目的和职责

1. 局绩效改进会议

（1）根据企业战略和年度经营目标，研究、制定企业年度绩效计划，审定各部室、基层单位的年度、季度绩效计划；

（2）对各部室、基层单位的绩效计划完成情况进行评估；

（3）针对各部室、基层单位在绩效实施过程中所遇到的问题与障碍，分析其原因，并提出相应的解决办法；

（4）协调各部室、基层单位之间在计划、进度、人员、设备上的冲突和矛盾；

（5）增加各部室、基层单位的团结合作，提供一个公开、公正、平等、民主的质询与辩解平台，有效进行绩效沟通。

2. 基层单位（局机关部室）绩效改进会议

基层单位（局机关部室）的绩效改进会议每月至少召开一次，其主要职责是：

（1）制定部室、基层单位年度、季度绩效计划；

（2）审定部室员工个人绩效计划或基层单位班（站）组年度、季度、月度绩效计划；

（3）进行部室、基层单位绩效计划自评，评估部室员工或班（站）组绩效计划完成情况；

（4）对部室员工、基层单位班（站）组的绩效实施进行监控与辅导，增强部室、基层单位内部团结，提供一个公开、公正、平等、民主的质询与辩解平台，有效进行绩效沟通。

3. 班（站）组绩效改进会议

班（站）组绩效改进会议每月至少召开一次，其主要职责详见各单位绩效沟通制度。

第三条 会议召开时间

（1）局年度绩效改进会议时间一般在 1 月 20 日前召开。

（2）局季度绩效改进会议一般在 1 月、4 月、7 月和 10 月中旬的第一个周五、周六召开，会期两天，其中，第四季度和年度绩效改进会议在一起召开。

（3）局绩效改进会议具体时间、地点按每次下发的会议通知执行。

（4）基层单位（局机关部室）、班（站）组绩效改进会议每月至少召开一次，召开时间由各单位根据局绩效改进会议的时间自行确定。

第四条 会议主持

（1）全局绩效改进会议一般由局长主持；局长无法主持会议时，由其指定其他副局长代为主持。

（2）基层单位（局机关部室）、班（站）组绩效会议主持由各单位确定。

第五条 与会人员

1. 参加局绩效改进会议的人员

（1）局机关部室副主任以上人员，原则上不许缺席；

（2）局机关部室主任因故缺席，须指定本部门人员代为参加并履行

117

会议程序；

（3）局绩效管理办公室人员；

（4）基层单位负责人等其他人员按会议通知可参加或列席。

2. 参加基层单位（局机关部室）、班（站）组绩效会议的人员

基层单位（局机关部室）、班（站）组绩效会议参会人员由各单位自行确定。

第六条 局绩效改进会议的准备

1. 绩效管理办公室

会议通知应在会议召开5日前下发；

会议召开3日前，将各部门上期绩效完成及自评分情况、本期绩效计划分发至局绩效管理办公室。

2. 绩效管理委员会成员

会议召开前3日，对各部门上期绩效完成情况进行评估，并将评估结果及评语转发至绩效管理办公室。

3. 各部室

部室主任或委托本部门其他人员进行绩效汇报；

汇报材料：部室上期绩效合约完成情况，关键指标的重要说明，上期绩效的详细分析及自评；

部门本期绩效合约；

在年度绩效改进会议上，部室内员工年度绩效评估为 S、C、D 的说明材料。

第七条 会议程序

（1）上期绩效目标达成情况总结分析及本期绩效合约汇报；在年度绩效改进会议上，对本部门年度绩效等级为 S 的员工的业绩进行说明。

（2）部门汇报。按以下顺序进行：办公室、发展建设部、人力资源部（培训中心）、生产技术部、安全监察部、农电工作部、财务部、营销部、营销稽查部、审计部、纪检监察部、思想政治工作部（新闻中

心）、离退休工作部、工会、行协。

（3）汇报时间限制在会议通知规定的时间之内。汇报采取计算机投影方式，均按照部门绩效合约的思路和顺序进行汇报，显性业绩、待改进事项为主要汇报内容，基本职能无显著特色或提升的原则上不汇报。

（4）与会人员进行质询，汇报人（或相关责任人）必须对此作出合理、真实的解释说明。质询、答辩时间不超过5分钟。

（5）会议主持在听取汇报、质询及辩解后，应作出必要的指示或裁决。

（6）绩效管理委员会成员对各部门上季度绩效合约进行总体打分。

（7）各部门结合质询情况，对本季度绩效合约初稿进行修订后，部门主任代表本部门与绩效管理委员会签订部门本期绩效合约。

第八条　会议纪要

（1）绩效改进会议完成后，绩效管理办公室发布书面会议纪要，主要包括各部门上季度绩效评估结果、绩效目标的完成情况、存在的问题及改进措施，本季度绩效计划安排和布置的工作任务、会议精神或决议等。

（2）各部门将此会议纪要作为本季度工作的指导性文件予以执行，并在会议召开5个工作日内召开部门绩效改进会议安排布置落实。

第九条　其他

（1）绩效改进会议的决策权属于会议主持的职责，会议主持必须对每一议题有明确决定。

（2）在会议主持作出决策之前，所有与会人员对他人（不论职务高低）的汇报、发言均享有质询权。汇报人、发言人对所有质询必须作出合理的、真实的解释，也可指定部门内相关负责人作出解释。

（3）在会议中凡被会议主持决定负责执行某项工作的人，即为该项工作的授权人。若因困难无法完成所定目标时，应立即反馈，并提出寻求支持的具体要求或应采取的补救措施。被授权人若有失职，应自己负担其失职责任。

（4）本制度由绩效管理办公室制定、修改和解释，由绩效管理委员会批准。

（5）本制度自发布之日起实施。

附录 3－3 胜任能力测评流程（供参考）

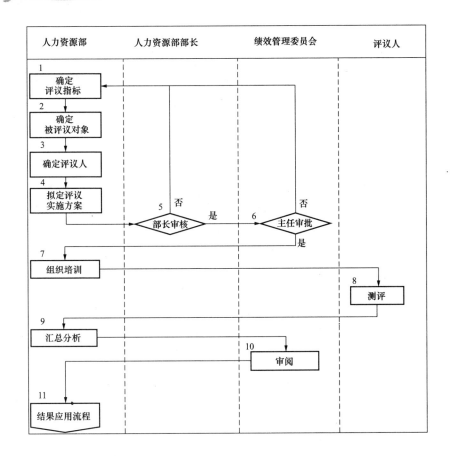

主要环节说明：

（1）确定评议指标。根据绩效管理委员会要求，确定评议的重点内容与核心目的，从能力指标库和态度指标库选择恰当的评议指标。

（2）确定被评议对象。根据绩效管理委员会要求，确定此次评议的被评议人。

（3）确定评议人。根据与被评议人的工作联系，选取评议人，人数控制在 10～30 人。

（4）拟定评议实施方案。对此次评议的方式方法、时间、地点等作出安排，拟定评议实施方案。

（5）方案审核。人力资源部部长对实施方案进行审核，确认前面各步骤的工作是否恰当，能否满足评议的要求和目的。

（6）方案批准。绩效管理委员会主任对实施方案进行最后审定，确认可以符合企业实际情况并能够有效达成评议目的，必要时给出修订指导。

（7）组织培训。人力资源部组织对评议人进行相关专题培训，内容包括评议方案说明、评议指标的含义解释、评议中常见的问题及对策等。

（8）测评。评议人按照计划的方式方法、时间、地点等对被评议人进行测评。

（9）汇总分析。人力资源部工作人员对评议结果进行汇总分析。

（10）审阅。由绩效管理委员会成员对分析结果进行审阅。

（11）结果应用。作为员工培训、人才选拔的依据。

第四章

路在脚下

　　随着电力体制改革的不断深入，电网企业正在摆脱旧体制的桎梏，在机制、体制和经营方式上逐步向现代化、新型化管理体制迈进。同时随着各电力企业"一流班组"建设的深入，改革也赋予了班组建设新的任务、新的内涵和新的使命。班组是组成企业重要的基础单位，是企业生存和发展的基础。因此，班组的建设管理工作关系着企业经营战略的顺利实施及企业发展战略目标的顺利实现，其管理水平、工作优劣直接影响着电力企业的整体状况。目前，电力体制改革、机制创新、争创国际一流企业的宏伟目标大局已定，面对新一轮发展的机遇和挑战，班组建设如何适应电力改革的需要，如何围绕企业中心任务因时制宜调整新航向，这是需要及时应对的重要课题。

　　本章通过电网企业班组管理模式的探讨，提出以班组绩效管理为框架的现代班组管理模式，阐述班组绩效管理的思路和方法，将工作数量和工作质量进行有机融合，为电网企业班组建设指出可供借鉴的方式方法。同时，本章还论述了电网企业如何开展班组文化建设，将班组管理与班组文化结合起来，激发班组的活力，促进班组健康、有序的发展。

根据国务院颁发的《关于加强工业企业管理若干问题的决定》和中华全国总工会、国家经委《关于加强工业企业班组建设的意见》的精神，1991年能源部水利电力工会全委会颁布了《电力企业班组建设规定》（以下简称规定）。规定指出班组建设实行以行政为主，党、政、工、团分工负责，齐抓共管的组织领导体制，班组的主要工作有：① 贯彻"安全第一，预防为主"的方针，认真执行安全规程，做到安全、文明生产。② 树立"质量第一"的思想，做好质量管理的基础工作，把好质量关。③ 强化班组管理，严格执行生产工作标准，岗位责任具体明确，认真做好原始记录、凭证、台账、报表和信息反馈工作，实行定置管理物品摆放有序，经常开展技术培训活动，积极推行现代化管理的方法和手段。④ 组织职工广泛开展技术革新、合理化建议活动，组织劳动竞赛。⑤ 开展增产节约、增收节支活动，加强物资、费用、劳动定额管理，搞好班组经济核算。⑥ 加强思想政治工作，实行民主管理，关心职工生活，做好计划生育工作。规定要求班组做好以下基础工作：① 贯彻执行各项制度、标准，并有明确的检查考核办法，实现管理工作制度化、标准化。② 做好各种定额执行情况的统计、分析，加强班组经济核算。③ 加强计量管理，严格按照计量法规采集数据，正确使用、妥善保管各种计量仪器仪表和度量衡器具，定期检验，确保计量准确可靠。④ 加强信息管理，做好各种原始记录、统计报表、台账的填写、保管和传递，及时准确地向有关部门提供所需的资料和数据。⑤ 搞好岗位培训工作，经常开展技术问答、事故预想、反事故演习、岗位练兵等。不断提高本班组职工的技术、业务水平。

随着电力体制改革的不断深入，电网企业正在摆脱旧体制的桎梏，在机制、体制和经营方式上逐步向现代化、新型化管理体制迈进。同时，随着各电力企业"一流班组"建设的深入，改革也赋予了班组建设新的任务、新的内涵和新的使命。班组是组成企业重要的基础单位，是企业生存和发展的基础，企业的一切工作最终都要通过班组去落实，企业的各项任务都要依靠班组去完成。班组是企业三级管理中最基础的一级管理组织，担负着电力企业生产的基本活动过程，是企业各项工作的落脚点。因此，班组的建设管理工作关系着企业经营战略的顺利实施及企业发展战略目标的顺利实现，在电力企业生产中起着基础性的作用，其管理水平、工作优劣直接影响着电力企业的整体状况。目前，电力体制改革、机制创新、争创国际一流企业的宏伟目标大局已定，面对新一轮发展的机遇和挑战，班组建设如何去适应电力改革的需要，如何围绕企业中心任务因时制宜地调整新航向，这是需要我们及时应对的重要课题。

案例 4 – 1　甘肃省电力公司五项措施推进班组建设

今年以来，甘肃省电力公司按照"减负增责"的原则，积极开展班组建设及相关试点工作，在取得初步成效的基础上，近日，公司又出台了五项针对性措施，以加快推进班组建设。

一是建立了信息反馈机制。充分发挥和调动基层单位的积极主动性，及时汇报对试点班组的检查督导情况；班组建设办公室开辟"班组建设情况"专刊，传播好经验、交流好做法，在总结经验的同时，实现对个性与共性问题的深度认识和纠偏。二是明晰工作责任体系。明确班组建设办公室是班组建设的牵头部门，各职能部门是班组建设工作的责任主体，对工作中发现的问题和建议，要求由班组建设办公室负责统筹研究，各职能部门配合解决，做到分工合作、协同推进。三是增大跨区学习力度。对内，进一步加强试点班组长培训工作，将专业抽调考、口袋书和人资部门转业培训工作结合起来，形成联动培训体系；对外，积极组织试点班组长到国电集团、青岛海尔集团学习 6S、OEC 等管理方法，借鉴先进，实现突破。四是积极推进局部试点。按照"先行试点，逐步推开"的原则，各专业部室完成所管专业班组的管理体系、记录台账和作业流程、规章制度梳理整合工作；公共管理部室完成班组管理公用部分梳理整合。在调研基础上，加紧完善修订《班组建设管理规范》和《班组建设管理评价标准》，确定单位及班组实施试点。五是完善健全常态机制。按照科学化、规范化、层次化、责权利一体化的原则，初步形成公司班组建设常态管理机制。

资料来源：中国电力在线

第一节　班组管理：激发一线员工的活力

企业的发展，靠的是先进的生产力；企业的生存，靠的是凝聚力。班组是企业的细胞，班组建设是企业各项工作的基础和落脚点，是企业改革、创新、发展的重要保证。加强班组建设，就是要激活细胞，增强细胞的生命力，一切从基础工作做起。

对于任何一个企业而言，经济效益的产生都来自于生产力的付出，而一个企业生产力最直接的管理则来自于班组。效益是企业一切工作的落脚点，必然也是班组工作的着眼点。因此，班组建设的好坏将直接关系到企业的经济效益。加强班组建设，就是提高职工的效益意识，在班组中建立起绩效管理与改进机制，将企业的发展战略落实到班组，通过班组贯彻到每一位员工，充分发挥员工的主动性、能动性和创造性，提高企业的凝聚力、向心力和战斗力，只有这样才能使企业创造出更高更好的经济效益。

电网企业加强班组建设，一方面需要各级管理者提高对班组建设的思想认识，正确认识班组建设工作在企业管理中的位置，把抓班组建设作为企业一项重要的管理工作来看待，加强组织和领导，坚持不懈地开展下去，建立班组建设的常态机制。企业各管理部门不能简单地认为班组建设工作是主管部门的事，而淡化本部门在班组建设工作中的职责和任务，应找准自己的位置，全力配合和支持主管部门抓好班组建设工作。各基层单位作为班组的直接管理者，更要突出班组建设工作，只有形成齐抓共管、分级负责的机制，才能保证班组建设工作的成效。另一方面也需要每个员工拥有积极的心态，树立关心班组建设就是维护自身利益的强烈意识。因为只有班组建设搞好了，企业的基础才能稳固，基础稳固了企业才能发展，企业发展了员工的收益才能不断提高。同时，班组还是企业孕育、发现、培养各类人才的摇篮，是每个员工锻炼成长、展示才华、实现人生价值的舞台。只有领导和员工的思想认识统一了，两方面的积极性才会同时调动起来，抓好班组建设的决心和信心才会树立起来，班组建设所面临的困难和问题才有可能得到解决。

一、以安全管理为框架的传统班组管理模式

安全是企业生产永恒的主题。班组是企业的作业层，是安全生产的直接承受者，只有班组的安全工作做好了，才能避免和防止生产事故，才能保证企业的效益稳步提高。

在传统的班组管理模式中，安全管理成为班组建设中的核心与重点，忽视了班组建设是为了更好地提高企业的经济效益和社会效益这一中心任务。在这里需要强调一点，明确班组建设的中心任务并非不重视安全管理，而是要求电网企业管理者在继续狠抓安全管理的同时，也要关注如何提高员工的工作能力，调动员工的工作积极性，进而提高企业的效益。在传统的班组管理模式中，电网企业的安全管理工作应注意以下几点问题。

1. 加强班组安全教育活动，增强安全教育的有效性

班组安全教育活动包括安全思想教育、安全技术教育、安全规章制度教育等，通过安全思想政治工作教育，使员工牢固树立"安全第一，预防为主"的思想，并将这些理念融入制度建设之中，将其具体化，以进一步落实到班组，落实到员工的生产和生活中去，形成员工的自觉行

为。从职工的仪容仪表、日常行为、作业标准等方面进行明确的规范，制定并推广操作性、实用性强的安全行为标准，抓好人的行为规范和良好习惯养成。因此，班组应增强安全教育的有效性，决不能以应付的心态去"完成"安全教育任务。安全教育不能教条地死记硬背，也不应该仅仅局限于所谓的"安全条规"，要让员工认识到危险因素分析与安全预控措施之间的内在联系，要着重培养员工判断与应对各种危险境况的能力。安全活动不能流于形式，要扎扎实实地搞好安全活动记录，让记录真正体现活动内容，让活动真正具有针对性，起到一定的启发和教育作用。员工知道得越多，所犯的错误就应该会越少，安全防护意识、操作的准确性等方面也都会相应提高。

2. 强调班组安全细节管理，倡导"细节决定成败"的理念

安全是融入生产中的每一个细节中的，稍有疏忽大意便会失之千里，悔恨不已。因此，在落实安全规程和措施时要精益求精，不折不扣，以小见大，以细论大，防微杜渐。例如，严格执行"两票三制"，认真落实三项措施，做好班组作业危险点分析，制定具有针对性、可操作的安全措施，加强安全防范和预控工作；班组在生产中对安全工作要做到勤检查、细检查，使每个操作环节，每一次交接班都符合安全生产的规范要求，抓好反习惯性违章工作，制定预防习惯性违章的实施细则；班组成员在生产过程中要努力做到不忽视每一处疑点，不放过每一个隐患，及时准确地发现问题，把事故苗头消灭在萌芽状态；对班组工作中出现的未遂和异常，要坚持"三不放过"的原则，及时组织分析并吸取教训，制订防范措施，落实责任人，限期完成整改措施。这样才能养成良好的安全习惯，安全水平就会得到更有效的保障。

3. 完善班组的安全管理组织体系，建立班组安全生产机制

强化班组的安全管理组织体系，形成明确的分工，相互协作，从而达到规范和约束班组成员行为的目的。班组安全管理组织体系的成员包括：①班长是班组的安全第一负责人，负责全局。②设立班长级的安全员，赋予安全员班长级别的权力，让安全员从配角变成主角，改变过去跑龙套的角色，切实认真负起责任。③设立班组作业（区域）安全负责人。班组安全负责人由一些技术好、责任心强的人员承担，在平常的工作中有表率作用，在具体的生产实践中可规范并约束其他人员的不良行为。班组如形成由班组作业（区域）安全负责人、安全员、班长形成的三级安全管理体系，可以及时、有效地纠正班组在日常生产实践中的不良行为，并极大提高安全管理的权威和效力。

建立和形成一个好的安全生产机制，是班组安全管理的保证。班组要按岗位安全职责，分解细化企业年度安全目标，制定实现目标的实施措施。对每一个工作岗位的工作内容、要求、职责要标准化、规范化、制度化，使每个员工都清楚自己的岗位该做什么、该怎么做、要达到什么标准。通过班组与部门签订安全目标责任书，班长与班员签订安全责任书，落实岗位安全和生产责任，使安全生产规章制度和安全操作规程得到贯彻，保障各项安全工作的正常开展，实现"个人保班组，班组保部门"的目标。做到组织、思想、责任、措施四到位，真正形成一个有效的安全生产机制，把安全生产真正落实到每一个人、每个工作岗位中去。

4. 建立安全质量标准，强化基层、基础"双基"工作

安全质量标准化工作是国家安全生产监督管理局在总结和提升煤矿安全管理经验的基础上提出来的。安全质量标准化，就是将标准化工作引入和延伸到安全工作中来，它是企业全部标准化工作中最重要的组成部分。安全质量标准化包括五个方面，分别为安全管理标准化、安全技术标准化、安全装备标准化、环境安全标准化和安全作业标准化。建立安全质量标准，积极推进班组安全质量标准化工作，通过培训教育，使员工掌握标准、执行标准、依标作业，规范班组的作业行为，有效强化班组安全管理。

5. 加强和落实班组的安全检查工作

根据季节特点和本单位班组的安全情况，每年进行几次安全大检查，坚持安全生产的自检、互检和抽查制度，对查出的事故隐患和具体习惯性违章给予处理。坚持安全例会制度及每周安全日活动和有针对性的故障分析会，定期进行事故预想和反事故演习等。除了春季或秋季季节性专项检查之外，还要结合本班组实际开展每天上岗之前的职工自检、交接班检查、周末检查等，通过安全检查及时发现设备隐患和不安全情况，使物品的不安全因素得到消除，人的不安全行为得到纠正，达到及时消除事故隐患的目的。不断总结经验吸取教训，增强职工的安全意识与自我保护能力，并提高事故处理能力和安全总体水平。

二、以绩效管理为框架的现代班组管理模式

近年来，电力企业通过双达标、创一流、ISO9000 质量认证等活动，不断强化班组建设，全面夯实企业管理的基石，班组员工的精神面貌、站容站貌、规范管理、人员素质等均得到了明显提升，为企业实现可持续发展奠定了基础。从目前的情况来看，电网企业的经营管理逐步由粗放式管理向精细化管理转变，班组建设工作的中心也逐渐转变为提高班组的管理水平，向管理要效益。由于班组一方面要完成生产经营工作任务，另一方面要通过加强管理来完成各类经济、技术指标，具有管理和执行的双重性，因此，班组建设的中心任务就是在完成生产经营任务的基础上，提高工作质量和降低消耗。

目前班组管理仍处于不断完善、不断探索阶段，与创一流同业对标的更高要求还有一定的差距，有待于在实践中不断改进、摸索，才能符合新的形势发展要求。因此，为进一步提升班组管理水平，提高一线生产员工技术水平，有必要建立科学合理的班组绩效管理体系，围绕加强和提高班组的管理水平，指导和帮助班组解决工作中存在问题，例如，

班组在实际生产中该干什么——明确上级下达的任务、量、质、期的要求；怎么干——制定详细、周密的作业方案、三项措施等；在哪干——场地安排、现场施工作业环境、设备状况等；谁来干——合理的选择和搭配，人员、设备的最佳组合；何时干——工作程序的安排、起始时间等；作业实施——安全监督、进度控制、质量控制、意外事件处理等，有效激励一线生产员工努力提高绩效，确保电网企业生产经营目标的实现。

（一）班组绩效管理目的及原则

通过建立班组绩效管理体系，帮助员工提升自身能力，提高工作效率，激励员工多劳、干好，获得物质和精神上的回报，提高员工积极性，从而实现企业与员工的共同发展。

一般而言，班组绩效管理应遵循以下原则：

（1）公平公开：工作计分标准对班员公开，严格按照计分标准统计工作数量；

（2）客观公正：根据相关工作记录确定工作数量和质量；

（3）科学合理：充分考虑工作难易程度的差别以及不同员工工作质量水平；

（4）自主管理：班组内工作绩效记录统计由班组成员共同承担。

（二）班员的绩效管理

一线员工工作内容单一、工作比较具体、分工比较明确，对于一线员工的绩效管理，通过对员工工作数量、工作总体水平的衡量确定员工绩效奖励工资。因此，对班员工作绩效进行评估时，既要考虑工作数量，又要考虑工作质量。对工作数量的评估，可以采取"工时工分"评估法，这一方法能够激励一线基层员工从事高技能、高风险和高责任工作的积极性。工作数量的评估如图4－1所示。

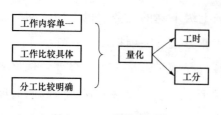

图 4-1 工作数量评估

其中，工作数量用于衡量员工相对工作量的大小，确定员工应得绩效奖励工资；绩效合同衡量员工工作总体水平，确定员工实得绩效奖励工资。班员绩效管理如图 4-2 所示。

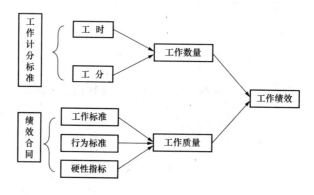

图 4-2 班员绩效管理

1. 工作数量确定方法

根据班组工作特点及班员分工情况来确定衡量工作数量的办法。通常而言，衡量员工的工作数量有两种方法：工时和工分。工时是对实际出勤的时数或实际工作用时进行计分，其适用范围为：工作发生频率相对固定，各时段之间（如一个工作日）工作量大小相等，工作时间可以有效衡量工作量大小。工分是根据其完成某项工作项目的重要、复杂程度和承担责任风险的不同进行记分，其适用范围为：工作发生具有随机性，各时段之间工作量差别很大，工作时间难以衡量工作量大小。

2. 工作数量确定步骤

（1）确定计分方法：根据班组工作特点，选取适合班组特点的计分方法。

（2）确定计分标准：对于实行工时制的班组，确定基本计分单位，如以工作日为基本单位；对于实行工分制的班组，明确每项工作内各等级相对分值，形成工作定额表，通常按项目整体计分。

（3）工作数量记录：日常工作中，以工作日志的形式对员工的工作数量予以记录，必须包含的项为工作内容（含等级）、工作参与人员、工作时间；对于参与角色有明显区别、特殊工作情况予以记录。

（4）工作数量统计：月底根据工作日志统计每位人员的工作数量。

班员绩效管理流程如图4-3所示。

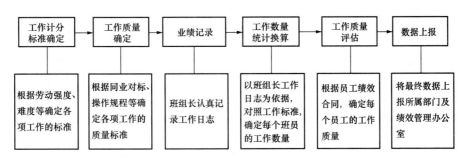

图4-3 班员绩效管理流程

3. 工作定额表

对于实行工分制的班组，需要编制工作定额表，工作定额表对班组内各项工作相对价值进行区分、衡量，其确定的分值是不同工作进行比较的依据。工作定额表中应将班组的主要工作包含在内，对于有难易程度区分的工作，还需进一步划分等级，以便公平衡量员工创造的价值。表4-1和表4-2分别为线路巡视班工作定额表、变电站工作定额表。

表4-1 线路巡视班工作定额表

工 作 内 容	等级	定额标准	备 注
巡线	一类线	4分/公里	根据班组分担线路的情况确定线路难易等级
	二类线	3分/公里	

续表

工 作 内 容	等级	定额标准	备 注
砍青扫障	50 棵以下	20 分/处	不雇用外用工，独立砍树
	50～100 棵	30 分/处	
	参与砍青	10 分/处	
资料管理	—	2 分/次	
消缺	大修	24 分/天	
	抢修	32 分/天	
	零修	16 分/天	
上级指令性任务或其他突发工作	—	分值待定	

表 4－2　　　　　　　　变电站工作定额表

工 作 内 容	等 级	标 准	备 注
倒闸操作	不使用操作票操作	10 分/次	
	10 项以下	18 分/次	
	10 项（含 10 项）以上 30 项以下	36 分/次	
	30 项(含 30 项)以上	72 分/次	
办理工作许可证	一种票	16 分/份	
	二种票	8 分/份	
事故处理	—	18 分/次	
值班	—	40 分/人·天	
上级指令性任务或其他突发工作	—	分值待定	

4. 工作数量计算方法

实行工时制的班组：根据实际工作时间确定工时，若两个及以上人员同时参与的工作，则各自按实际工作时数计算工时，对于辅助人员，可按实际工作时间的一定百分比例计算工时，此类班组主要有调度班。

实行工分制的班组：对照工作定额表确定参与人员的分值，若两个及以上人员同时参与的项目，则所有参与人员平均分配该项目的分值；

对于辅助人员，不参与分配项目分值，而按辅助工作的标准确定分值，此类班组主要有线路运行班、变电检修班、变电站、计量班、抄表收费班、带电检修班、电力 110 班。

5. 工作质量衡量

通过对工作质量进行衡量以区分员工之间"干好干坏"，对工作质量的约定，通常包含时间、成本、质量几个方面的目标要求。

一般通过制定绩效合同，对员工承担工作的质量、成本、时间方面的标准进行约定，衡量员工总体工作水平。虽然并未针对每项工作逐一制定目标要求，但由于员工工作项目相对单一，且工作数量较大的工作，其工作标准在合约中所占权重较大，因此，总体而言，绩效合同能够总体衡量员工工作总体水平。班员绩效合同如表 4 - 3 所示。

表 4 - 3　　　　　　　　班员绩效合同示例

班组名称	线路检修班	任职者		班组长	李××	目标合约期	2006 年 12 月
关键业绩指标							
序号	KPI 名称（单位）	权重		目　标　要　求			
指标 1	人身安全	20%		控制未遂和异常，不发生人身轻伤及以上事故			
指标 2	设备安全	20%		不发生人员责任障碍，不发生人员责任的电网、设备事故			
指标 3	作业规范化	15%		严格按照作业指导书执行，不发生省公司界定的严重违章违纪行为，工作票合格率 100%			
指标 4	重大缺陷消除率	10%		100%			
指标 5	事故消缺及事故抢修	5%		规定时间内到达抢修现场，按要求完成抢修处理，不发生返工			
日常重要工作							
序号	内　　容	权重		工作任务的标准及要求			
工作 1	培训及安全活动	10%		按时参加学习及安全活动，学习记录详细，对所学知识熟练掌握			
工作 2	事故处理记录及信息管理	5%		记录详细、规范、字迹工整，24 小时内录入系统			
工作 3	工器具管理	5%		符合"三十二字方针"要求			

续表

序号	内 容	权重	工作任务的标准及要求
工作4	劳动纪律	10%	不违反班组及电力局相关规定
班员签字			年　月　日
班组评估意见	需改进的工作环节： 需加强的知识技能和能力： 　　　　　　　　　　班组长签字　　年　月　日		

（三）班组长的绩效管理

班组长既是班组工作任务的分配者，也是某些具体工作的承担者，

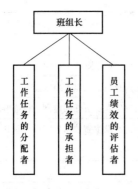

图4-4　班组长角色的特殊性

还是班组员工绩效的评估者，如图4-4所示。班组工作性质不同，班组长充当角色也有所差别，具体而言，主要有以下两类。

（1）对于班组人员分工不固定的班组：班组长是工作任务的分配者，班长业绩主要与班组业绩挂钩，副班长业绩与班组业绩、个人业绩挂钩，各占一定比例。此类班组主要有：变电检修班、带电检修班、电力110班。

（2）对于班组人员分工相对固定的班组：班组长与班员间工作差别不大，班组长业绩由个人业绩和班组业绩共同决定，各占一定比例；副班长业绩由班组业绩和个人业绩决定，班组业绩所占比例较班组长有所降低。此类班组主要有：线路运行班、变电站、抄表收费班、计量班。

（四）绩效实施与辅导

班组生产任务紧，且具有较大灵活性，在对班组的绩效管理过程中，需结合生产情况，采取多种形式进行辅导。

1. 辅导形式

班组长或工作负责人需根据员工的技能水平提供有针对性的辅导，一般而言，辅导形式主要有：

（1）具体指示型辅导：给予那些完成任务所需要知识技能比较缺乏的员工一些关于具体怎样完成任务的指示，然后一步步传授完成任务的技能，并跟踪员工的执行情况。

（2）方向引导型辅导：员工基本掌握完成任务的知识技能，但有的时候还会遇到一些特殊的情况无法处理，或者员工掌握了具体的操作方法，但需要班组长进行大的方向性的引导。

（3）鼓励型辅导：对于具有完善知识技能的人员，班组长的辅导不必介入到具体的细节，只需给予鼓励和适当的建议，使员工充分发挥自己的创造力。

2. 辅导类别

（1）现场作业指导：根据员工工作情况，适时给予辅导，帮助员工达成业绩。

（2）非正式绩效面谈：与员工进行单独面谈，了解员工业绩情况，帮助员工分析业绩不佳的原因，共同寻找解决办法。

（3）正式绩效辅导：充分利用各类班组会议，传达相关政策，传授相关知识，总体分析班组业绩情况。

（4）正式绩效面谈：在绩效评估结束后，班组长与员工进行一对一正式面谈。

3. 下属培养

班组长是基层管理人员，承担着培养下属的责任，班组长需结合班员特点实施有针对性的培训，并以此作为班组长晋升的依据。

（五）绩效评估结果运用

1. 月度绩效工资及年度奖发放的依据

根据绩效评估结果确定绩效工资系数（见表4-4），其中，月度绩效工资系数根据月度绩效合同评估得分确定；班组年度绩效工资系数由年度绩效合同得分和月度绩效合同得分共同确定，例如，班组年度综合得分=班组年度绩效合同得分×0.5+班组月度绩效合同得分平均分×0.5。员工个人年度绩效奖励工资系数由月度绩效合同得分平均分确定。

表4-4　　　　　　　　　　绩效工资系数的确定

绩效评估结果	S	A	B	C	D
绩效工资系数	1.2	1.1	1.0	0.5	0

2. 绩效改进的依据

班组长与班员针对未达到绩效目标/要求的项目共同分析原因，并制定改进计划和行动措施。

班组长为班员实施绩效改进计划提供指导、帮助以及必要的培训，并予以跟踪检查。

3. 基础薪级调整的依据

员工年度绩效与下一年度工资等级的升降挂钩，例如，员工岗位薪级调整每年进行一次，凡年度绩效等级为S者，升一薪；年度绩效等级为A、B者，薪级不变；年度绩效等级为C者，降一薪。

4. 职位调整的依据

本着不断优化班组人员结构的原则，根据年度绩效评估结果，对年度绩效为优秀的员工，可进行职位晋升或岗位轮换。对于年度绩效为差的员工，如为班组负责人，建议降职使用；如为一般员工，降一薪并调低岗位或待岗培训。

5. 人力开发的依据

根据人力资源部提供的绩效评估分析报告和员工绩效改进计划，人力资源部通过制定/调整培训计划、开发针对性的培训项目等措施，提高员工技能。

三、建立现代班组管理模式相关问题探讨

不论以安全管理为框架的传统班组管理模式还是以绩效管理为框架的现代班组管理模式，以下5个问题在班组建设中都应该予以关注，为班组管理水平的全面提升提供支持。

1. 提高班组长的素质是班组建设工作的关键

（1）班组长是班组生产管理的直接指挥和组织者，也是企业中最基层的负责人。他们与员工同处生产第一线，企业的规章制度、生产任务、员工考核、思想工作等要靠班组长来组织落实。班组长素质的高低直接影响生产任务的完成和工作质量的提高。班组长既是承上启下的桥梁，又是员工联系领导的纽带。充分认识班组长在企业生产中的重要性，对搞好班组管理起着至关重要的作用。实践证明，一位优秀的班组长，往往能够带出一个先进的集体。因此，发现、培养、选拔、使用班组长是企业经营战略的一个重要组成部分。要像培养干部一样建档造册；要舍得把优秀班长从生产岗位上换下来，送到院校进行短期"充电"；要建立一整套考核、选拔班组长的制度并与现行的其他制度相配套，给予较高的岗位津贴等政治、经济待遇；要定期对班组长的工作进行总结、讲评，优秀的给予重奖；对于不称职的坚决调换。

（2）班组长既是生产的直接组织者，同时又是生产的劳动者，因此班组长既应该是技术骨干，又应该是管理上的多面手。这就需要班组长具备一定的能力素质才能满足岗位的需要。① 自身素质要高。班组长必须具备一定的文化水平、政治觉悟，能够起到表率的带头作用，对新思

想、新技术能够及时地吸收和掌握。以高尚的风格来感染班组中的成员，这样才能在管理中得心应手。② 业务技术要精。班组长负责指挥作业，只有对自己岗位的业务，对所有班组内的各项业务技术过硬，下属才会服气。③ 管理水平要高。班组长不但要敢管，还要善管，不能当"老好人"，遇到矛盾回避，谁都不得罪，这样只能使班组管理失控。班组长要善于管理班组人员，充分调动每个人的工作热情，使职工和睦相处。

2. 建立培训长效机制，是加强班组建设工作、提高班组战斗力的有效手段

知识经济时代的到来、科学技术的迅猛发展，怎样使员工掌握新的科学技术来应对工作中的问题，已经成为电网企业首要面对和亟须解决的难题。以班组为单位的自主培训、学习是很有效的解决方案，班组长更能了解自己班组成员知识的欠缺所在，更能有针对性地进行对班组成员进行辅导；班组内部可以树立学习标兵，以比、学、赶、帮的形式来开展学习，以此来提高班组的战斗力，增强企业适应市场的能力。

班组的培训要结合班组工作性质和班组成员的特点"按单下药"，注重培训质量与效果。不要流于形式，为培训而培训，而要根据每个阶段的工作实际确定培训主题，保证培训取得实效。

针对目前培训中存在的由于培训工作的单调性和枯燥性影响培训效果的问题，可以考虑采用多种形式将培训工作搞得多样化、生动化，除了传统的技术问答、技术讲课、反事故演习外，还可以采用有奖问答、现场技能比武等多种培训形式。这样既增加大家的业务知识，又激发了大家学习的积极性。例如，针对每次设备大、小修可以对员工进行现场技术讲解，讲述一些平时看不到的内部构造及工作原理等，以提高大家的感性认识。

培训工作不是一朝一夕就能完成的事情，不能急于求成，一定要脚踏实地扎扎实实地做好每个培训环节，确保整个培训工作有条不紊循序渐进，使员工在长期的培训中不断提高业务水平，真正掌握所学知识，不断提高员工队伍的综合素质。

3. 发掘员工潜力，加强员工队伍建设

班组建设应突出人本管理的思想，发现员工的优势，利用员工的优势，发挥员工的潜能，让合适的人做合适的事，树立企业与员工共同发展的观念，创造有利于员工发展的环境，最大限度地调动员工的积极性和创造性，体现员工个人价值，从而促进班组各项工作全面发展。每个员工都有自己的价值观、世界观，决定着他们对事物的不同看法和不同做法。因此，可以根据员工不同的特性分配其不同的工作，使他们在分配的工作上最大限度地提高他们工作的能动性。

通过分年度、分专业开展各技术工种的技术比武活动，以此营造生产技术工人学业务的氛围，提高技术工人的操作技能。通过建立各级人才库，重奖生产技能人才，引导员工学技能、出成绩，不要盲目追求专业不对口的学历教育。同时，要组织各类技术人才参加知识更新，建立人才库人才的不断淘汰和更新机制。通过此项活动的开展，表明企业对生产技能型人才培养工作的重视。

在提高企业内部员工素质的同时，对部分专门人才可实行引进制度。例如，继电保护等技术较强的岗位因出现人才断层而一时又难以培养出来人才，对这类专门人才可在系统内外实行招聘，用环境、事业和适当的待遇吸引和留住人才。

4. 积极实施班组建设同业对标

在班组建设工作中，针对不同专业班组特点，对班组各项管理工作实施指标量化，认真总结班组在班务管理、安全管理、作业控制、现场培训、技术创新等方面的实践经验，形成班组建设同业对标指标数据体系。通过对先进班组经验材料和其他各项班组建设成果的总结、提炼，形成班组建设同业对标最佳实践数据库。通过定期的指标分析、对标实践，形成学先进、找差距、抓管理、创先进的良好班组建设氛围，增强班组间的学习和交流，有针对性地改进管理工作，推动班组建设工作的

全面提高。

5. 正确对待班组减负问题

正确对待班组减负的问题，首先要搞清楚班组负担沉重之所在。电网企业在几十年的发展过程中，不断规范企业管理，形成了大量的制度和记录。健全、有效的制度是管理的基础，但过多的制度则会成为班组的沉重负担。因此，对于班组制度要本着少而精的原则，结合班组工作实际且具有针对性、实用性和可操作性，充分体现人性化管理，让员工感到执行制度是对自己的关爱，从而保证制度能得到有效的执行是最关键的。记录一方面是生产经营过程的真实反映，另一方面是企业信息的基本来源，为统计和分析提供数据。因此，真实、准确的记录对电网企业管理有着重要作用。由于多年来缺乏统一的协调，各部门根据管理需要不断增加制度、记录种类和填写次数，但没有根据情况的变化进行调整，所以班组负担日益加重，疲于应付而闭门造车，因此班组减少不必要负担势在必行。

对于班组如何减负的问题不能一概而论，而是要针对实际情况，组织各部门进行讨论，确定其存在的必要性，对各类专业班组制度和记录作出统一的规定，然后根据情况的变化适时进行调整，让制度和记录切实发挥作用，让班组有更多的精力去从事管理和生产工作。

案例 4 –2　安徽宿州供电公司班组建设透析

班组是企业最小的单位，处在企业的最底层。班组有没有活力会直接影响到工区层，工区层每一项指标任务的完成情况又是企业某一项工作的"晴雨表"。企业领导层虽然不直接管理班组，但班组是否有出色的作为能检验出企业的执行力是否有效贯通，因而班组又是企业是否具有活力的"晴雨表"。

"近几年，我们也谈不上探索，但能深切地感到是创建学习型企业这把火把宿州供电公司班组的活力之火、潜能之火点燃起来了。"安徽宿州供电公司班组建设的负责人如是说。

现在这个公司在全国电力行业小有名气的班组有报修中心（"全国青年文明号"、"全国电力行业优秀班组"）、"95598"客户代表室（"全国三八红旗先进集体"、"全国巾帼文明岗"）、线路工区带电班（"全国电力系统优秀 QC 小组"、"全国优秀质量管理小组"）……小有名气的一线工人有张永（中央企业知识型先进职工）、姚欣年（全国"变电检修技术能手"、安徽省"五一"劳动奖状获得者）、施莉莉（国家电网公司"巾帼建功标兵"）、李德忠、李友忠、许启金、史先君（安徽电力公司首席技师）等。

一颗灿烂新星升起

2000 年，安徽宿州供电公司电力报修中心成立，负责宿州城电力抢修。电力抢修是供电企业形象的一个窗口，抢修既要优质快速，又要确保安全。这个班组以"青年文明号"和"青年安全示范岗"创建为载体，一年一个阶梯，到 2004 年，已进入"全国青年文明号"的行列。这个班组创新实行的"光明行"活动、供电服务进社区、学雷锋献爱心活动等成为点亮宿城文明的闪光点。公司领导经常在工作时间之外走进这个班组，了解他们的困难，及时发现他们的工作亮点，给予肯定。这种来自上级的隔层鼓励给班组以无穷的精神动力。班组成员们摒弃了不良思想，一心向上，努力工作。他们在饱满的工作精神状态中，积极认真地完成每一起抢修任务，从客户的褒扬里升华了自己的可贵品质，得到了一份美好的精神支撑，使自己的人生价值得到体现。

这个班组不断提升和推进管理，管理实行"亲情化"，行动实行"军事化"，班务实行"公开化"，工具管理实行"人性化"。在 2003、2004 年的两年时间里，这个班组共接待省、市政府和供电行业的参观团体 170 多个，班长马勇与上级领导在一起的镜头频频出现在当地的电视、报纸上；当地党报《拂晓报》大篇幅地报道这个班组的先进事迹和管理经验，市电视台也作了专题报道。一时间，班长马勇成了宿州城的明星人物；他和他的抢修班成为供电人的形象代表。

群星升起更夺目

明星会产生明星效应。马勇和他的报修中心在一花独放时，其他班组也在铆足劲儿地"孕育生长"，当达到能与其比高低时，就有人给领导提意见了：不能总让他们先进，我们班组也不错啊。2002～2004年，这个公司评选劳动模范和模范班组实行公开演讲。在公司演讲的三尺讲台上，各候选班组展示自己骄人的工作业绩。这个讲台既是争得班组集体荣誉的竞技场，又是凝聚班组、激活班组的誓师台。通过这一次次演讲，一颗颗新星璀璨跃出：

——"95598"客户代表室。这个班组在成立之初，班长王艳就设计了一套工作流程，被兄弟单位借鉴；她又提出了对待客户的"四不""五心"工作法，使供电服务超前、超值。"95598"运作一年时间，就成为一条文明的小溪，滋润着宿州城乡。2004年，宿州市妇联破例举荐这个班组；2005年，这个班组获得全国"三八红旗集体"的殊荣。班长王艳获"宿州市优秀党员"、"安徽电力公司十佳服务明星"等荣誉。

——线路工区带电作业班。班长许启金只有高中文化，他和工友通过开展QC活动，改进施工工具和线路巡视检修质量。到2006年该班组已连续7次获得省公司以上一等奖，其中获得全国QC一等奖一次，2004年许启金的带电班荣获了由国家科技部、全国总工会等四部委联合颁发的"全国优秀质量管理小组称号"。2005年和今年，工区的检修班、带电班分别获得"全国电力系统优秀QC小组"称号。这些荣誉使线路工人的内在素质和外在形象逐步改变，荣誉又不断激发员工的工作热情和创造激情，这个工区输电线路保护工作一直走在全省的前列。

——低压维护班。这个班组是宿州供电公司根据低压故障保修多的实际于2003年新成立的班组，班长汪劲松和班员每天扛着梯子，负重20多公斤穿行在宿州城的大街小巷，逐个检修开关箱、电表箱。工作中，他们发现开关箱和电表箱存在设计缺陷，对全市上万个电表箱进行改造，使其使用寿命由原来的 8 年提高到 20 年；他们还发现使用传统常规工具维修开关箱非常麻烦。为提高工效，减少检修停电时间，他们研制了加长的绝缘套筒悬具，可以不停电检修。这一项小发明不仅给公司带来了每年多供 180 万千瓦电量的经济效益，还带来了良好的社会效益。这个班组获"安徽省模范班组"称号。

另外，小有名气的班组还有营业大厅、姬村变电站、西二铺供电所等。

供电公司激活班组的手段有多种，有鲶鱼激活、载体激活、制度激活。

鲶鱼激活。这个公司首先是领导激活了报修中心。报修中心就像一条鲶鱼，一下激活了众多的班组。同一个企业需要树立榜样，需要制造差别。如果大家同在一个水平上就会自我满足，失去创新和赶超的动力。一个企业既要和谐发展，又要科学发展。科学发展不能停留在某个阶段，这就要不断地增加发展的动力。当报修中心这个班组成为宿州公司的"宠儿"时，其他班组在嫉妒，嫉妒是件好事，不嫉妒才是可悲的。嫉妒产生追赶的动力，于是该公司出现了群星灿烂的喜人景象。

载体激活。按照李开复博士"成功多元化"的理论：每个人在各自的岗位把工作做到优秀、做到最好就是成功。员工需要一份精神自慰和精神激励。这个公司每年都开展不同专业的技术比武、QC 成果发布，连续两年评选不同专业的"五个十"，即十名技术状元、十名首席技师、十名首席工程师、十名专业技术带头人、十佳班组长、十佳驾驶员等。

制度激活。让各专业、各工种的优秀员工名利双收已写入公司的文件，成为一项制度。如参加上级单位组织的比武、比赛获得前三名的，公司均给予奖励，并在评模评先上优先、晋级加薪上优先；是劳动模范的，在干部选拔上给予优先。

建设"一强三优"的现代公司，首先要有一支高素质的员工队伍。班组这一级稳固强健，企业才能稳步发展。

资料来源：中国电力新闻网

　　总而言之，进入新形势下的班组建设作为电网企业发展和创新的重要基础，将越来越显示其重要性和必要性。电网企业各级管理者通过不断探索班组建设的新模式，不断创新班组建设的新方法，将班组管理工作融入企业的生产、经营、文化建设等各项管理工作中，使班组管理成为促成企业目标实现的重要组成部分，使班组真正成为员工展示自我业绩、自我风采的舞台，成为实现自我发展、自我成才的大家庭。

第二节　班组文化：永葆革命的激情

　　企业文化建设离不开班组文化建设，离开了班组文化建设企业文化就成了空中楼阁，因为班组是企业组织结构中最基层的单位，是企业的"细胞"。所以，班组文化也可以说是企业的"细胞文化"。

　　企业文化是企业中的主文化，班组文化是企业中的一种次文化或亚文化。班组文化建设是企业文化建设的具体反映，是企业文化的细化，优秀的企业文化要靠优秀的班组文化来体现，优秀的班组文化也检验着优秀的企业文化。因此，班组文化实际上就是企业文化的系统化与现实化。在一个企业里如果没有形成充满生机活力的企业文化，在这个企业的班组里也就找不到充满生机活力的班组文化。

　　班组是企业的一部分，它的文化体现了企业的基本特征，是企业执行终端的企业文化。班组文化是团结凝聚班组全体成员的桥梁和纽带，是班组建设的核心内容。班组文化建设是创造和谐的工作环境及发扬团队精神的复杂系统工程，因此，班组文化建设要坚持以人为本的理念，有意识、有计划、有组织地提炼和强化。

　　班组文化是班组成员在长期工作实践中所形成的共同价值观和行为规范，是班组建设的宣言。具体来说，包括以下五个方面：

1. 班组文化是管理文化

班组文化是班组的管理之道，是班组成员创造的先进管理模式。班组是实现企业目的的具体经济组织，它把不同技术水平、不同文化程度、不同性格脾气、不同工作职责的人凝聚成一个共同工作、学习、生活的小群体，参与社会化大生产，为企业创造价值，产生精神财富，这个过程，也创造出了具有班组特点的文化。这种文化一经形成，就会成为支配班组成员思想和行为的精神力量，影响到班组管理的方式，成为班组兴衰的主要因素。我们常说，"有什么样的班组文化，就会有什么样的班组机制"，指的就是班组文化的管理功能。

2. 班组文化是品牌文化

班组文化是打造班组品牌的灵魂，没有优秀的班组文化作支撑，也就没有班组的凝聚力和竞争力。例如，作为上海市电力公司面向社会、服务大众的窗口，"95598"服务热线在保持"年终无休"工作状态的同时，鲜明地亮出了品牌服务的理念：依托一根有限的电话线，延伸无限的服务功能。"95598"服务热线大力强化细微服务、超值服务，微笑服务、亲情服务，向客户提供高效、优质的服务，这使"95598"服务热线声名在外。该热线曾先后荣获团中央授予的"青年文明号"、全国电力"用户满意明星服务班组"等光荣称号，还曾连续5次获得上海市"用户满意服务明星班组"。

3. 班组文化是经济文化

班组文化是关于班组管理的文化形态，班组作为企业生产创造和服务增值的单元，主要职能是经济活动。班组活动的一切因素都带有经济的意义，功利目的非常明显。班组文化是班组构成的重要因素，又像一只无形的"手"，把班组的人、财、物、产、供、销有序地组织起来，表现出经济文化的特色。

4. 班组文化是个性文化

班组文化是班组成员在长期生产实践中，在不同工作岗位上形成的一种班组管理风格，这种班组风格彰显了班组的文化个性。例如，有的班组专能打硬仗，专能啃硬骨头；有的班组善于学习，成为知识型班组；有的班组最能提合理化建议；有的班组最能搞小改小革；有的班组安全工作很到位；有的班组服务工作有声有色；等等。这些鲜明的特点成为许多班组的独特班组风格，也展示了班组文化的魅力。

5. 班组文化是人本文化

班组文化是企业文化的一部分，它改变了"见物不见人"的传统管理观念方法，以班组成员为对象，着眼于班组群体共同发展的管理。在实际工作中，班组重视员工价值的程度远远超过重视生产线价值的程度，通过日常细致的个体关怀，让班组成员感觉到自己的人格受到了尊重，个性得到了理解，积极性得到了保护，劳动成果得到了承认，以此让每一个班组成员在实现自我价值的过程中为班组作出尽量多的贡献。

案例4-3　楚雄市供电公司城区供电营业厅班组文化建设

刚性的制度，柔性的管理

楚雄市供电有限责任公司城区供电营业厅在创建学习型组织的过程中，以"为人民服务、树行业新风"为共同目标，健全完善行之有效的规章制度，形成了立体化的管理体系，使本班组规章制度具有系统性和独特性，促进了班组文化建设、团队精神的培育与规章制度的有机结合，做到凡事有制可查，有制可依，而不是东一榔头，西一斧头，待问题出现以后才着手补漏。有了好的目标、制度和行为规范，固然重要，但最关键的是在工作中如何去执行、落实。

营业厅所追求的是以班组为"家"的团队精神，因此，制度面前人人平等，这一直是营业厅的优势和传统。营业厅始终把班组文化建设贯穿于各项工作的始终，在这个团队里，看不到严格的上下级之分，能感受到的是一种乐乐融融的环境氛围。供电所负责人只是遵守规章制度的典范、工作中的表率和带头人。要下属做到的，负责人必须先做到；要农电工做到的，正式工必须先做到。这种平等协商、善于合作、"刚柔相济"的管理模式，促进了班组管理从"等级控制型"向"扁平化"管理的转变。在工作中把班组文化建设与经济工作紧密结合，把解决实际问题与解决思想问题相结合，运用考试、考察等形式提高教育效果，寓管理于服务。营业厅还集中全班组职工的智慧，向公司提出了安全考核比例、劳动合同的签订、工资问题、社会保险等方面的合理化建议，解决了职工的后顾之忧，保持了班组内部的团结和稳定。

实施人本管理，增强班组凝聚力

城区供电营业厅在满足职工的需要和调动他们的积极性的前提下，着眼于将满足职工自我实现与满足社会对企业的需要和要求结合在一起，着力创造和维护以人为本的班组文化。在工作中注重原则性与灵活性相结合，重点工作时间有规定，具体内容自行安排。同时，注重管理的质量和效果，农电工劳动报酬与本人的工作完成情况挂钩，实行严格考核。这样，不仅给窗口工作人员提出了更新更高的要求，而且留给了员工足够的自我发展、创造的空间和时间。

同时，着力为员工提供一种良好的工作环境，让每个人发挥特长。采取理论与实践相结合的方式，除了加强对员工的业务知识、安全知识、表计管理和技术规范的集中学习培训外，还采取以老带新的方法，把老师傅好的经验、做法、技术传承给青年职工。职工的培养方向根据他们的兴趣、爱好和特长而有所侧重，主要是线路技术、微机管理、班组管理和宣传等方面。在工作中也适当给青年员工加压，培养他们独立解决问题的能力，尽量不把困难和矛盾上交。实在解决不了的，由集体协商统一解决。青年职工从一开始的业务生疏到能独立处理问题，业务范围从单纯的抄表收费到了解客户、线路查巡和处理区域内的客户纠纷，用电管理和服务明显加强，促进了供电营业厅的服务职能从原来单纯的抄表收费转变为电网的维护和对客户的服务及开拓电力市场上。员工的技能素质提高了，在工作中自然得心应手。人人都成了能独挡一面的好手，推诿扯皮的情况也就少了，团队精神也就逐渐培育起来了。从而营造了良好的班组文化氛围。

资料来源：云电新闻网

一、 推进班组文化建设的必要性和迫切性

（1）强力推进企业文化建设，必须强力推进班组文化建设，要让企业文化建设在每个企业里落实，必须让企业文化在企业里的每个班组落实。万丈高楼平地起，班组建设是根基，企业的各级领导同志必须高度重视班组文化建设。

（2）班组是企业文化建设的主力军，在企业文化建设过程中，必须突出员工的主体地位，突出班组的组织作用，广泛发动全体员工一起参与；否则企业文化建设必然冷冷清清，死水一潭。

（3）班组是市场竞争的前哨阵地，班组成员都是市场竞争的尖兵，班组文化建设搞得好坏关系到尖兵强不强、前哨阵地坚固不坚固的问题。在海尔公司就是把公司的每个员工都看成是市场的主体，强调每个员工都是市场的创新者，因而在海尔的每个班组新设计、新技术、新专利、新建议层出不穷。

（4）建设和谐企业也要从和谐班组建设抓起，班组文化建设是建设和谐班组的灵魂。以人为本、以文化人的班组文化建设，是班组成员的强大"凝聚剂"，班组成员心贴心地在一起工作和学习，大家相互尊重、相互支持、相互关怀、相互学习、相互激励，携手并进，必然促进企业的和谐建设和发展。所以说，建设和谐企业也必须高度重视班组文化建设。

（5）企业文化的系统工程建设都要在班组落实。例如，建设制度文化，加强企业规范化建设；建设学习文化，搭建员工终生学习平台；建设创新文化，搞好企业自主创新；建设服务文化，打造服务品牌；建设

物质文化，搞好企业环境形象建设；建设安全文化，打造本质安全型企业；等等。这些都需要在班组文化建设中落实。

总而言之，是否建立了健康向上的班组文化，是检验企业文化建设水平与发展程度的重要标志。因此，在企业文化建设中应把班组文化建设作为一项重要任务来抓。

二、班组文化的构成要素

一般而言，班组文化主要包括班组精神、班组管理制度及风格、班组形象三个构成要素：

1. 班组精神

班组精神是一个班组精神风貌的展现，是班组优良传统、价值观念、道德规范、工作作风和生活态度的总和，是班组内部团结亲和的凝聚力和班组发展前进的驱动力。它具有指向、定势、规范、塑造的作用，是班组文化的核心。班组成员长期工作和生活在同一环境中，有的在一起工作和生活了十几年甚至几十年，相互联系比较紧密，思想感情易于交流共鸣，很容易形成共同的价值观、思维方式和工作作风并集中体现在班组精神上。这种班组精神就成为班组的一面旗帜。在班组内部班组精神能够增强班组成员的主人翁意识，发挥每个成员的积极性、创造性和主动性，形成"班组命运共同体"；对班组外部来讲，这种班组精神能够充分展示班组的良好形象，创造良好的班组信誉，赢得各级领导机关和兄弟车间、班组的信赖和赞扬。现在许多班组所展现的爱厂如家的主人翁精神，恪尽职守、干一行爱一行的敬业精神，开拓进取、争创一流的拼搏精神，都成为推动班组建设和发展的巨大动力。

2. 班组管理制度及风格

班组是整个企业管理工作的落脚点，企业管理制度的要求和工作任务等最终要落实到班组并予以实施。班组管理文化要通过班组制度、班组行为和班组工作成果等来体现。需要班组落实的管理制度少到几十种，多到几百种，怎样落实这些管理制度也成为许多班组长最头疼的一件事。现在不少班组长都在积极探索在班组实施以人为本的文化管理，把硬件管理和软件管理结合起来，统一起来，追求企业管理的最高境界，通过解决班组成员执行各项规章制度的自觉性和主动性，化各种规章制度为员工的良好习惯。

3. 班组形象

班组形象是班组文化建设的重要内容，能否培育和塑造良好的班组形象，是关系到这个班组能否具有良好的战斗作风和战斗力，是能否完成各项任务的"利剑"。班组形象包括班组的质量品牌形象、服务水平形象、班组环境形象、班组成员的员工形象以及完成各项生产任务、工作任务所表现出来勇于拼搏、事争一流的良好作风。塑造班组形象是班组建设中一项长期艰苦的复杂工程，要持之以恒地结合完成各项生产任务，进行培养和塑造。

三、班组文化的建设

建设班组文化包括如何建设及建设成什么样两方面的问题。如何建设班组文化，简单来说，主要包括内化以团队理念为核心的班组精神和固化以"四化"为标志的班组物质文化，内化与固化相辅相成，互为支撑，缺一不可。

1. 建设班组文化的方法

（1）内化以团队理念为核心的班组精神。一个班组就是一个团队。班组长作为班组的灵魂，是班组团队的引领者，是各种规章制度的执行者、管理措施的落实者，必须精神、物质两手抓，才能以文化人，以魂铸人，内化于心，引领众人。班组精神文明建设集中体现为一种团队精神，而团队精神必须做到群体认同。因此，要发动员工征集岗位精神和人生格言，提炼班组精神，形成进取向上、追求卓越为核心的班组团队理念，并通过"思想上互帮、作业上互控、技术上互教、生活上互助"营造"在一起共事是缘分、互相支持是情分、干出成绩是福分"的和谐"小家"氛围，从而把团队精神融入具体工作岗位之中，成为班组全体成员的共同行为导向。

（2）固化以"四化"为标志的班组物质文化。当然，班组团队精神不是抽象的，必须通过建设优秀的物质文化显示出来。有专家提出评价班组物质文化"四化"的标准是：① 文化环境学习化。以创建学习型班组为载体，通过开展学技练功、技术攻关、读书评书等活动，使班组职工工作学习化、学习工作化，引导职工感受学习的快乐，在班组着力营造学习、进取的文化环境。② 宣传阵地齐全化。班组有职工学习园地、宣传橱窗、阅报栏等齐全的宣传阵地，并坚持做到形式设计新颖，内容常换常新。③ 文化活动群体化。经常因地制宜地在班组开展职工群众喜闻乐见的文体活动。④ 班组管理民主化。提高班组民管会的质量，使班组内任务公平、班务公开、奖惩公正，职工心平气顺。

2. 建设班组文化应注意的问题

建设什么样的班组文化应该从各个班组的不同情况出发。有的班组可以突出"家文化"建设，把班组建成员工的"第二家园"，营造"家"的温馨，让员工工作生活在班组有"家"的感觉；有的班组可以突出"活力文化"建设，使班组充满生机活力，彻底改变以前班组那种死气沉沉的局面，激发班组成员蓬勃向上的热情；有的班组可以重点抓好"金牌文化"建设，事事争一流，无论完成什么艰巨任务，无论参加什么竞赛，都争第一、拿冠军。从普遍存在的问题和新形势的要求来看，不论建设何种班组文化，下面几个问题都应该引起普遍重视：

（1）积极创建班组学习文化。创建学习型班组，是促进学习、调动群体和个体学习积极性的有效载体。学习型班组是一个完善、系统的概念，它有着丰富的内涵。学习型班组是以人为本，可达到自我学习、自我价值实现的组织。在学习型班组中，员工能被学习氛围感染、感化、激励，体验工作的快乐、学习的幸福、生命的意义。身处学习型班组中的员工更有成就感、责任感，对企业和个人的未来也更有信心。创建学习型班组要注意引导员工，把实践作为学习的重要环节，创造条件让员工加强学习和实践，在不断实践中塑造自我。在方法上，一方面做到对学习与工作同样要求、同样规划、同样检查、同样考核；另一方面把工作过程、管理过程都变成学习过程，把学习与工作有机结合，使学习成为班组创新的动力。另外，创建学习型班组要以丰富多彩的活动为载体，结合企业实际开展各种形式的学习教育活动，让员工受到潜移默化的教育，从而达到深化学习的效果。

（2）关注员工情感，激发员工工作热情。员工的情感是一种亟待开发的人力资源。关注员工情感上的细微变化，以积极的态度、有力的措施加强对员工的情感管理。通过加强管理者和员工间的情感联系和沟通，满足员工的心理需求，形成和谐融洽的工作氛围，以此促进班组更好地形成良好的学习和工作氛围。

（3）认真建设班组的执行文化。在班组这个团队中，员工的执行力如何，是决定班组工作成效的一个很关键的问题。一个完美无缺的决定，如果执行不力，最终也会变得一败涂地。执而不行，行而不力，这是令许多班组长倍感头疼的问题。班组不管是执行上级的决策，还是班组长自己下达了什么指令，都必须号令如山，而不能令如戏言。正像军队中所说的那样，军令如山，服从命令是军人的天职。服从命令是执行力的具体表现。

（4）积极开展班组文化活动。开展班组文化活动是建设班组文化不可缺少的一项。丰富多彩、小型多样的班组文化娱乐活动既可以丰富班组成员的业余生活，加强班组成员之间的感情联系，又可以陶冶班组成员的思想情操，营造健康向上的文化氛围。例如，针对班组文化水平的不断提高，知识型员工越来越多，班组文化活动的档次和水平也应不断提高：建立图书角，购买各种图书资料，供大家学习阅读；举办读书演讲活动、书法绘画活动、摄影展览活动、班组成员乒乓球比赛、五人足球赛、羽毛球赛、班与班之间的对抗赛等，丰富员工的物质文化生活，增强员工的凝聚力、向心力。

四、推进班组文化建设应注意的问题

目前，部分电网企业都已把推进班组文化建设作为搞好企业文化建设的一个重要措施，不仅做到有组织、有计划、有专人、有安排、有步骤地推进班组文化建设，而且还有重点地抓好班组长的培训，有的还在少数班组进行了试点。这些工作都是很可取的，但要切实搞好班组文化建设，还要注意以下几个问题：

（1）切莫上下一般粗，把班组的次文化当成企业的主文化来抓。抓班组文化建设不能等同于抓企业全面文化建设，不能同企业全面文化建设一样，同一个策划方案、同一个计划安排、同一个方法模式，应该各有侧重。例如，一些企业理念的提炼和确立，一些制度规范的总结和制定，一些企业形象的设计等，可以征求班组员工的意见，以求得认同和支持，但不能都拿到班组，让班组去提炼和确立、去总结和制定，更不能让班组员工动脑筋，花时间去设计，而应千方百计减轻班组的压力和负担。对于班组来说，主要是要结合班组所担负的任务，践行企业的理念，执行企业的制度和规范。企业文化的侧评和考核，主要调查了解班组成员对企业理念、企业价值观的认同程度，不需要让员工去死背硬记具体的企业文化知识，一字不落的解释具体理念含义。

（2）注意班组文化建设的个性发展，引导班组建设独具特色的班组文化。不同班组，应有不同的班组文化特点，不能一个企业一个车间的几十个班组或上百个班组的班组文化都是一个模式，应允许百花齐放，倡导百花齐放。班组之间可以互相学习、互相借鉴，但不以互相模仿、互相照抄。班组的人员组成不一样，担负的任务不一样，班组文化建设的模式肯定不一样。这就要求班组长们要注意在"不一样"上探索和发展，各级领导机关要重视总结和推广这些"不一样"的典型和经验，引导班组文化在"不一样"上争芳斗艳。

（3）注意引导班组文化建设与时俱进，不断创新发展。班组是企业这个大舰队中的一艘艘小快艇，灵活、快捷是班组发展的一个优势。要引导班组在班组文化建设上适应时代的发展，不断创新和发展，不能三五年过去了，班组文化还是一成不变老样子。

（4）要切实抓好班组长的培训，不断提高班组长的文化素质。班组长是企业文化建设的骨干，是班组文化建设的主角。班组长文化素质的高低直接影响着班组文化建设。推进班组文化建设，要下工夫、花气力抓好班组长的培训。只有班组长懂班组文化，才能搞好班组文化建设，切不可等闲视之。

小结

本章通过电网企业班组管理模式的探讨，提出了以班组绩效管理为框架的现代班组管理模式，阐述了班组绩效管理的思路和方法，将工作数量和工作质量进行了有机融合，为电网企业班组建设指出了可供借鉴的方式方法。同时，本章还论述了电网企业如何开展班组文化建设，将班组管理与班组文化结合起来，激发班组的活力，促进班组健康、有序地发展。

附录 4 - 1　某省电力企业班组建设管理办法

××省电力企业班组管理办法

1　总则

1.1　班组是企业的细胞，是企业直接组织职工完成电力生产建设任务和各项工作的基本单位，是两个文明建设的第一线。进一步加强班组建设，搞好班组科学管理，对增强企业活力，全面提高企业素质，建设一支有理想、有道德、有文化、有纪律的职工队伍，创建社会主义一流电力企业和一流省公司具有十分重要的意义。为此，根据上级有关规定，结合省公司的实际情况，特制定本办法。

1.2　班组建设的指导思想是：组织广大职工，高举邓小平理论伟大旗帜，认真贯彻省公司"发展、改革、管理、效益"八字方针，全面落实安全管理、文明生产、专业管理、基础管理、精神文明建设各项责任目标，出色地完成生产建设、工作任务和经济技术指标，为争创一流省公司打下坚实的基础。

2　班组建设的管理原则

2.1　全省电力企业班组建设实行归口管理、规范化运作。具体办法是在省公司这个层面上，由行政出面领导，审查批准省公司班组建设长远规划和年度计划，解决班组建设所需的经费以及工作中遇到的重大问题和困难。省电力工会归口管理，负责组织开展班组建设活动，具体工作由电力工会生产部负责。各基层单位的班组建设工作应根据单位的实际情况，确定管理体制。但不管哪个部门负责抓，都必须加强与电力工会的联系，及时通报情况。

2.2　省公司班组建设管理工作应与省公司有关部门和职能处室配合进行，并围绕抓管理、保安全、创效益，积极探索不同时期、不同阶段班组建设的具体形式和内容。在班组建设的检查和专业技术比赛活动中，电力工会生产部应和相关处室共同协商，统筹安排，依章办事。

2.3　班组建设实行分层次管理

2.3.1　省公司负责制定班组建设的总体规划和考核标准，并结合实际工作情况，制定有关政策；调查了解班组建设情况，总结经验，表彰、推广班组建设的先进典型；督促基层单位抓好创一流班站工作。

2.3.2　基层厂、局（含公司，下同）是本单位班组建设的主要领导者，要按照原电力部颁发的《电力企业班组建设规定》要求，继续抓好班组的安全管理、文明生产、专业管理、基础管理、精神文明建设等5个方面的基础管理工作，做好班组定级、升级的动态考核工作，并组织开展创一流班组活动。

2.3.3　车间（县局）是班组建设的直接领导者，对班组建设负有全面领导和全部工作的职责，是车间（县局）各项工作的重要组成部分。要按照上级的要求积极主动地开展班组建设的日常工作。班组建设工作的好坏要作为车间（县局）党、政、工领导工作业绩进行考核。

2.3.4　班组是搞好班组建设的主体。班组建设工作实行班长负责、班委会民主管理相结合的管理体制。班组成员要在班组长的带领下，按照企业的生产、经营目标，安全、文明、优质、高效地完成各项工作任务，不断提高全班人员的思想政治素质和岗位专业技术素质，争创一流班组。

2.4　为了加强对班组建设的组织领导，各基层企业要按照实际工作需要建立和健全以行政和工会领导为主的班组建设领导小组，至少要配备一名热心班组建设、懂生产、懂业务，具有实践工作经验的专职人员，负责班组建设的管理工作，使班组建设真正有人抓、有人管，从严务实开展工作。

2.5　为了做好班组长培养和选拔工作，全面提高班组长的素质，行政部门在选拔和任免班组长之前，应征求同级工会领导意见，以利于班组长的选拔和配备。

3　班组建设的定级办法

3.1　基层企业班组建设的定级和升级共分 5 个等级，即不合格班组、合格班组、先进班组、优秀班组、一流班组。

3.2　各单位要按照部颁［1991］739 号文件精神和近年来部颁安全文明生产达标和创一流企业的有关要求和经济技术考核指标，根据本单位生产和工作的实际情况具体制定或修订班组建设考核实施细则。

3.3　基层班组建设的定级、升级动态考核评审的程序是：每半年由厂（局）组织考核一次，每年年底进行总结评比。定级、升级和动态考核由班组自查评分，向车间提出申请，所在车间组织验收，班组建设主管部门考证，厂（局）审定批准，发给相应等级的证书或牌子。在动态考核中，凡发现不具备等级条件的班组应取消原来所定等级称号、降低等级直至取消一切等级称号，下次申报只能重新从合格班组起进行定级。各厂（局）基层班组的定级、升级动态考核情况，每年年底向省电力工会生产部作出书面总结汇报，并寄送报表。

3.4　班组建设必须与奖金挂钩，坚持标准，从严要求，严格考核，奖罚分明。奖惩金额应拉开档次，挂钩比例由各单位根据具体情况自行确定。

3.5　省公司根据班组建设情况，原则上每两年组织一次全系统班组建设经验交流会或研讨会，总结成绩，交流经验，推介典型，把班组建设工作不断推向新的水平。

4　班组建设的表彰奖励

4.1　各单位每年年底评选的先进班组、优秀班组由本单位进行表彰奖励。

4.2　一流班组由基层单位严格按标准组织创建、评选和推荐。每年12 月 1 日～12 月 5 日由基层单位向省公司提出一流班组的申报材料，由电力工会生产部组织有关处室人员对申报班组进行复查、考核和确认。符合条件的一流班（站）由省公司、省电力工会在每年年初的全省电力工作会议暨职代会上进行表彰奖励。

5 班组长的培训

5.1 搞好班组建设关键要有一个好班长，基层单位要大力加强对班组长的培训工作。省公司要求厂（局）每年要举办学习班对班组长分期分批进行轮训，不断提高班组长的素质和管理才能。

5.2 省电力工会、教育处等有关处室要组织有关部门编写好班组长培训教材，利用省电力技校和培训中心的有利条件，分期、分批、分专业逐步对基层班组长轮训一次。在当前要特别做好火电厂高温高压机组、水电厂单机容量10万千瓦及以上大机组、基建修造企业的主力班组长和供电企业220千伏及以上变电站站长的培训工作。经过培训、考核和考试，对考试合格者发给合格证书，逐步实行班组长通过省级培训持证上岗制度；对不合格的班组长要实行淘汰制度。

6 班组建设考核必备的资料和记录

6.1 生产班组应根据实际工作需要和上级专业技术管理部门的要求和有关规定，具备必要的工艺标准、现场规程、制度、设备台账、图纸资料和安全生产、经营管理必不可少的原始资料、数据和有关记录。

6.2 为了减轻班组长的工作负担，班组应有以下基本记录：

6.2.1 班组长工作日志。

6.2.2 安全活动、事故分析记录。

6.2.3 班务活动记录。

6.2.4 岗位专业技术培训记录。

6.3 班组记录要求字迹清楚、整洁，内容翔实、实事求是，反对弄虚作假。

7 附则

7.1 本办法的解释权属××省电力公司。

7.2 本办法自发文之日起执行。

7.3 创一流班组考核标准见附录。

附录 4-2　　××电业局企业标准

班组建设管理

1　范围

本标准规定了班组建设工作的管理职能、管理内容与要求、检查与考核。

本标准适用于本局班组建设管理。

2　引用标准

下列标准所包含的条文通过在本标准中引用而构成为本标准条文。

原能源部颁《电力企业班组建设规定》。

G 省电力公司颁《发供电企业班组升级考核标准》、《G 省电力系统企业一流班组考核标准以及有关规定》和《F 电业局"九五"期间班组建设规划》。

3　管理职能

3.1　班组建设工作实行以行政为主，党、政、工分工负责、齐抓共管的组织领导体制。

3.2　局班组建设工作的权力机构是局班组建设工作领导小组，由党委书记任组长，主管生产的副局长、工会主席任副组长。成员由工会主席、总工、工会生产专干及有关部室领导组成。领导小组负责审定全局年度班组建设工作安排意见；审定班组升级考核结果；决定表彰处罚等事宜。

3.3　局班组建设工作的综合管理部门为工会，由一名专责人负责全局班组建设工作的日常管理。

3.4　基层单位设立班组建设工作领导小组，行政主要领导任组长，指定一名专（兼）职人员负责本单位的班组建设工作。

3.5　班组设一名班组长，按需要可设技术负责人和副班组长，建立由工会、党、团小组长参加的班委会，实行班组长负责和班组民主管理相结合的体制。

4 管理内容与要求

4.1 班组建设工作管理流程图

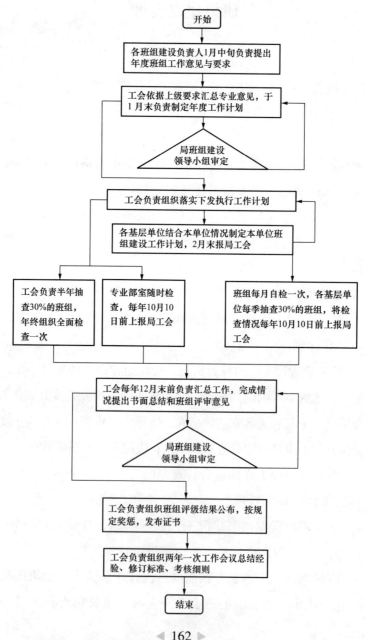

开始

各班组建设负责人1月中旬负责提出年度班组工作意见与要求

工会依据上级要求汇总专业意见，于1月末负责制定年度工作计划

局班组建设领导小组审定

工会负责组织落实下发执行工作计划

各基层单位结合本单位情况制定本单位班组建设工作计划，2月末报局工会

工会负责半年抽查30%的班组，年终组织全面检查一次

专业部室随时检查，每年10月10日前上报局工会

班组每月自检一次，各基层单位每季抽查30%的班组，将检查情况每年10月10日前上报局工会

工会每年12月末前负责汇总工作，完成情况提出书面总结和班组评审意见

局班组建设领导小组审定

工会负责组织班组评级结果公布，按规定奖惩，发布证书

工会负责组织两年一次工作会议总结经验、修订标准、考核细则

结束

4.2　班组建设工作的基本任务

4.2.1　以强化现场管理为重点，努力提高班组人员的技术素质，全面完成各项生产工作任务。

4.2.2　班组的主要工作

4.2.2.1　贯彻"安全第一、预防为主"的方针，认真执行安全规程，做到安全、文明生产。

4.2.2.2　不断提高班组管理水平，组织职工广泛开展 QC 小组活动、技术革新活动、合理化建议活动，积极推广现代化管理的方法和手段。

4.2.2.3　严格执行各种技术管理、工作标准及各项规章制度。岗位责任明确，并与经济责任制挂钩，做到奖惩分明。

4.2.2.4　加强思想政治工作，实行民主管理，关心职工生活。

4.3　班组建设工作管理程序及要求

4.3.1　局班组建设负责人员根据上级和本专业工作的要求，每年1月15日前提出年度专业班组建设工作的建议和要求，交工会汇总。

4.3.2　工会根据各专业职能部室对专业班组建设工作的意见、要求，每年1月30日前拟定局年度班组建设工作计划，经局班组建设工作领导小组审定后下发执行。

4.3.3　基层单位依据年度班组建设工作计划，结合本单位工作实际，制定本单位的班组建设工作计划，每年2月末前交局工会备案。

4.3.4　专业职能部室应结合日常专业工作，经常深入班组，按照本专业要求进行具体帮助指导。

4.3.5　对全局班组建设工作情况每半年定期分析一次，由工会牵头组织各专业职能部门，在各专业分析的基础上形成综合分析报告，经局班组建设工作领导小组审定后下发基层单位。

4.4　班组等级划分与评审

4.4.1　班组等级的划分

4.4.1.1 一流班组

4.4.1.2 一级（优秀）班组。

4.4.1.3 二级（先进）班组。

4.4.1.4 三级（合格）班组。

4.4.1.5 不合格班组。

4.4.2 班组等级的评审，依据局颁《企业一流班组考核标准》、《班组达标升级考核办法与考核细则》的规定执行。

4.4.3 班组建设工作检查考核要求

4.4.3.1 班组每月进行一次自检；基层单位每季度抽查所属班组的30%，将检查情况于每年10月10日前报工会。

4.4.3.2 局工会每半年组织抽查30%的单位班组建设工作情况。

4.4.3.3 专业职能部门在深入班组帮助指导的同时，随时进行班组建设工作检查，每年10月10日前将检查情况报局工会。

4.4.3.4 各级领导可以根据工作需要随时到班组检查工作。

4.4.4 工会每年12月末汇总班组检查情况及年度班组建设工作计划完成情况，据此提出书面总结和班组升级评审意见，报局班组建设领导小组进行评审。

4.4.5 局班组建设领导小组评审结果于次年1月份公布。并对一流班组、一、二级班组进行表彰奖励，对一、二、三级班组颁发等级证书。

4.4.6 班组等级评定实行动态管理，对已定级的班组每年复查一次，根据复查结果重新定级，凡不具备条件者，取消等级称号和奖励指标，按规定惩罚，对不合格班组限期整改。

4.4.7 每两年召开一次局班组建设工作会议，总结经验，不断提高班组建设工作水平。

5 检查与考核

本标准具体检查与考核按《通用考核管理规定》和局《经济责任制考核办法》执行。

第五章
执行之路

国际著名企业 ABB 公司的名誉董事长卫尼维克说过，"成功是 5% 战略 + 95% 执行"。战略与执行就好比是理论与实践的关系，理论给予实践方向性指导，而实践可以用来检验和修正理论，一个具有持续竞争力的企业一定是一个战略与执行完美结合的企业。企业制定战略并不复杂，无非是对宏观经济、行业及竞争对手情况加以分析，结合 SWOT 工具的运用，基本上就可以简单规划出企业 3~5 年的发展目标。但目前的难题是这样的：战略制定了，如何去执行？

执行力应该包括两个层面：一是个人层面，就是员工把想干的事干成功的能力；二是企业层面，就是企业将长期战略一步步落到实处的能力。这两个层面相互依托，缺一不可。我们在关注企业整体执行力提升的同时，也不能忽视员工个人执行力的提升。

企业高效执行力不仅需要激励机制、制度、流程等硬性措施作为其保障，更需要理念与文化这些软性措施的变革。执行归根结底是要由人来完成，因此，顺应人性、以人为本是企业获取高效执行力的源泉。通过人际关系的改善、真诚关爱员工、帮助员工提高能力，增强团队的凝聚力，进而提升组织的执行力，最终形成高效执行的企业文化。

　　国际著名企业 ABB 公司的名誉董事长卫尼维克说过"成功是 5% 战略 +95% 执行"。战略与执行就好比是理论与实践的关系,理论给予实践方向性指导,而实践可以用来检验和修正理论,一个具有持续竞争力的企业一定是一个战略与执行完美结合的企业。企业制定战略并不复杂,无非是对宏观经济、行业及竞争对手情况加以分析,结合 SWOT 工具的运用,基本上就可以简单规划出企业 3～5 年的发展目标。但目前的现状是这样的:战略制定了,如何去执行?

　　从根本上讲,电网企业作为一个组织,当然也是以赢利作为其存在的基础及发展的动力。当企业的经营战略无法实现或业绩不佳影响了企业的赢利水平时,企业管理者往往百思不得其解:我们的战略目标已经很明确了,为什么就无法执行呢?我们的办事效率为什么总是提高不了?我们的经营出现了哪些问题?有什么好的方法解决这些问题吗?诸如此类的问题曾经困扰着许多电网企业的管理者,他们急切地想知道答案在哪里。这时执行力出现了,"山重水复疑无路,柳暗花明又一村",众多的电网企业管理者仿佛顿时大彻大悟,原来都是执行力惹的祸。于是,"提高执行力,增强综合竞争力"伴随着源源不断的电流迅速在电网企业伸展开来,大有"忽如一夜春风来,千树万树梨花开"之势。"我们的干部和员工执行力太差"成为众多电网企业管理者的口头禅。言下之意,我的决策水平很高,战略很清楚,但是,我手下的人工作能力太差,所以我们的业绩总是搞不上去。

　　情况真的是这样吗?回答当然是否定的。仔细分析一下我们就会发现,仅仅将执行力差归结为干部和员工工作不积极、懒惰是没有道理的。委托代理理论早就告诉我们,如果没有合理的制度设计和一定的制约手段引导,那么这几乎是一种必然会出现的现象,毕竟员工不会像机器人或没有脑子的人一样,领导让干什么就干什么。

　　那么什么是执行力呢?笔者认为执行力包括两个层面:① 个人层面,就是员工把想干的事干成功的能力;② 企业层面,就是企业将长期战略一步步落到实处的能力。这两个层面相互依托，缺一不可。执行最终是要由每一位员工来具体承担的，员工的工作能力及工作态度最终影响着执行的效果。因此，我们在关注企业整体执行力提升的同时，也不能忽视员工个人执行力的提升。

事实证明，任何一个企业的成功都不是偶然的事情，它是企业"战略＋执行力＋机遇"的结果。执行力是企业成功的一个必要条件，企业的成功离不开好的执行力，当企业的战略方向已经或基本确定，这时候执行力就变得最为关键。对于一个企业而言，执行力的强弱将直接影响到企业自身的发展速度、发展质量、发展规模、赢利能力及工作效率等至关重要的因素。如果说执行力的最高境界是一切都在管理者的掌控之中的话，那么，要达到这种境界，就需要借助于科学的、高效的、规范的管理系统——以战略为导向的绩效管理系统。如果没有这样一个管理系统作为"执行力"运营的基础，或者撇开管理系统来谈执行力，那么企业管理的执行力就会成为无源之水，无本之木。

绩效管理系统提升企业执行力不是一蹴而就的事情，更不是立竿见影的事情。打个比方，企业执行力就像一个沉重的飞轮，要让这个飞轮高速地旋转起来需要不断地施加外力，一圈、二圈、三圈……直至这个飞轮能够依靠自身的能量持续地旋转起来。当这个飞轮能够自动的旋转时，绩效管理就转化为了企业的绩效文化，根植于每一位员工的心中，"从群众中来又回到群众中去"，形成自我发展、自我约束的良性循环，从而铸就了企业的高效执行力。

笔者认为，推动高效执行力飞轮旋转的外力包括两个方面：一方面是需要有具体的制度、流程和规范来搭建绩效管理的平台；另一方面需要高层领导的理性认识和各级主管的大力配合及自身管理能力的提高以确保其落地实施。正如管理是科学与艺术的结合体一样，推动高效执行力的飞轮也要从制度层面及人本层面进行探讨。通过三位一体的绩效管理平台搭建及各级管理者管理水平的提升形成推动飞轮旋转的原动力，最终形成以绩效计划传递目标、以绩效沟通掌控过程、以绩效评估发现优势、以绩效审核持续改善、以制度流程及时纠偏、以人本管理有效促成的高效执行力运营管理模式。

第一节 制度约束：高效执行力的基础

提升企业整体执行力，光靠领导的不断催促、责骂，以及大规模的培训、教育是远远不够的，企业必须努力建立起促进执行力自发运行的一整套系统，确保企业人人都在做正确的事，同时人人都在正确地做事。这套系统贯穿着四条主线：① 绩效合同监控系统，以绩效计划作为员工工作的努力方向及评估依据；② 绩效沟通支撑系统，通过绩效辅导、绩效面谈、绩效反馈等多种形式使沟通贯穿于绩效管理的各个环节，形成"时时沟通"和"双向沟通"的局面，而不是一两次例行公事式的沟通；③ 绩效审核改进系统，通过定期召开绩效审核会议，审核、总结上一绩效周期各部门或员工的绩效完成情况，分析未完成目标的原因，在此基础上找出存在的问题，提出改进措施，形成本绩效周期的工作重点及目标，并分析本期各项工作计划及存在的行动障碍；④ 制度流程纠偏系统，通过制度的约束以及流程的标准化对员工行为进行有效的规范，将改进的成果以制度或标准的形式予以落实，并逐渐形成员工的工作习惯，从而保证员工的行为符合企业的要求。

通过自上而下的"绩效合同监控系统"、自下而上的"绩效审核改进系统"、随时运行的"绩效沟通支撑系统"及规范行为的"制度流程纠偏系统"最终构成了高效执行力的基础。

1. 绩效计划的引导作用

绩效计划来源于企业竞争战略，绩效计划的制定必须以支撑战略的有效达成为目的，通过企业竞争战略的分解，明确战略达成的关键成功要素，制定出关键业绩指标，确定具体行动方案并协调、配置相关支持资源。战略与绩效计划的有机结合如图 5-1 所示。

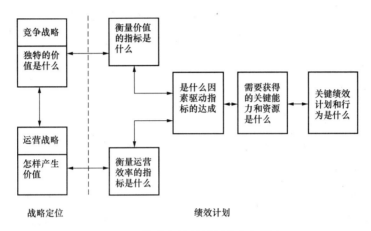

图 5-1　战略与绩效计划的有机结合

以绩效合同为载体，以支撑战略实现的关键业绩指标和重要工作任务为内容制定绩效计划，为各部门及员工指引努力方向，最终达成企业的战略目标。绩效合同是员工与上级就考核期内要完成的工作及实现的目标达成共识后形成的契约。绩效合同体现了员工对企业的价值及贡献，为员工未来一段时间的工作确立相应的目标和标准。

关键业绩指标主要来自于企业发展战略和年度经营计划的分解，属于结果性指标。重要工作任务主要来自于部门、岗位职责以及为达成关键业绩指标所必须采取的措施、步骤，属于过程性目标。通过战略目标的分解构建动态指标库，筛选出对企业战略达成具有重要意义和推动作用的关键业绩指标，引导各部门及员工向更高的目标迈进。

一般而言，关键业绩指标选取应遵循以下几个原则：① 目标导向原则。绩效计划的选择和目标的确定应与企业发展战略和年度经营目标相一致。② 突出重点原则。绩效合同应突出履行部门目标和岗位职责的重点、难点和薄弱点，选择与岗位关联度较大、要求结合较紧密的关键业绩指标与重要工作任务。③ 切实可行原则。所制定的指标应当是员工本人可控的，且指标的结果统计易于操作。

2. 绩效沟通的支撑作用

一项调查表明，企业内存在的问题有70%是由于沟通不力造成的，而70%的问题也可以由沟通得到解决。良好的沟通是高效执行力产生的关键，通过定期的绩效沟通，监控各部门及员工的绩效完成情况，及时了解绩效完成信息，同时为各部门及员工提供信息反馈机制，实现上下互动。

一般而言，绩效沟通的内容主要由下述问题构成：① 各项工作的进展状况如何？② 员工和团队是否在达成目标和绩效标准的正确轨道上运行？③ 如果有偏离目标的趋势，应采取何种行动来扭转这种局面？④ 员工哪些方面的工作做得比较好？⑤ 员工在工作中遇到了哪些方面的困难或者障碍？⑥ 面对当前的状况，要对工作目标以及达成目标的行动作出哪些调整？⑦ 管理人员可以采取哪些行动来支持员工达成绩效目标？

笔者认为绩效沟通主要由绩效辅导、绩效面谈及绩效反馈构成，其中，绩效辅导属于非正式沟通，绩效面谈和绩效反馈属于正式沟通。在进行绩效辅导时应注意以下六点：① 绩效辅导是事前和事中的控制，所以必须是经常性的行为；② 对不同的员工，实施有针对性的指导；③ 选择恰当的时机实施绩效辅导；④ 上级要以担任教练员的角色来帮助下属改善工作中的绩效；⑤ 上级应该把精力放在完成关键绩效指标所需能力的指导上；⑥ 上级应该经常去了解下级的绩效完成情况。绩效辅导流程如图5-2所示。

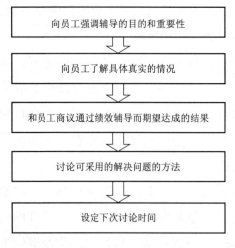

图5-2 绩效辅导流程

在进行绩效辅导之前，要注

意对员工工作绩效信息的收集与记录，从而为绩效评价提供事实和依据、对员工改进绩效提供事实依据以及发现不良绩效以及优秀绩效产生的原因。绩效信息的收集与记录常常运用以下 3 种方法：① 观察法。管理人员对员工的日常工作表现以及关键绩效事件进行观察并加以记录。② 工作记录法。日常工作记录中获得与员工的工作业绩有关的数据，如电费回收额、消缺数量等。③ 反馈法。无法直接观察，同时也缺乏日常工作记录时，内部员工和外部客户的信息反馈是一种重要的绩效信息来源。

绩效面谈是上级通过面对面的沟通使下级了解自己的绩效水平，并制定下一阶段绩效改进计划的一种正式的绩效沟通方式。绩效面谈主要包括四个方面的内容：谈工作业绩、谈行为表现、谈改进措施、谈新的目标。在绩效面谈之前管理者一定要进行充分的准备，这样才能在绩效面谈的过程中做到有的放矢，保证绩效面谈取得良好的效果。因此，在绩效面谈之前管理者一定要对下述问题进行深入的思考：你如何解释这次讨论的目的？这次讨论要达到的目标是什么？你如何鼓励员工参与这次讨论？这次讨论，员工可能提出的问题是什么？哪些是员工的突出优点，你如何表扬？哪些是员工存在的问题，你怎样提出？对于员工存在的问题，你的具体建议是什么？下一步的行动方案是什么？在绩效面谈的实施过程中，首先要让下属放松，开始时阐明目的，双向沟通过程，不单方主导。其次给出一个总体性、概括性的评价，并分别讨论每一绩效维度，先让员工自己评价，然后表明你的看法。再次共同查找绩效问题的原因，由多个到集中，并制定行动计划以纠正绩效问题。最后要注意以乐观主义的基调结束谈话并及时提供后期的跟踪或报告。绩效面谈流程如图 5 - 3 所示。

3. 绩效改进的推动作用

绩效改进是循序渐进的过程，自始至终贯穿于每一位员工的日常工作之中，通过提升员工的技能、改善工作的流程，增强企业的执行力，进而提高组织的绩效。绩效改进大致可划分为日常改进和集中改进。日常改进

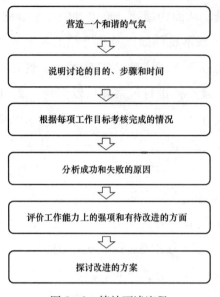

营造一个和谐的气氛

⬇

说明讨论的目的、步骤和时间

⬇

根据每项工作目标考核完成的情况

⬇

分析成功和失败的原因

⬇

评价工作能力上的强项和有待改进的方面

⬇

探讨改进的方案

图 5 - 3　绩效面谈流程

主要依据日常工作中存在的不足及绩效评估的结果，发现工作中存在的差距，制定改进计划。集中改进的主要形式是定期召开的绩效改进会议，通过上一绩效周期各部门或员工的绩效完成情况的审核、总结，分析未完成目标的原因，在此基础上找出存在的问题，提出改进措施，形成本绩效周期的工作重点及目标，并分析本期各项工作计划及存在的行动障碍。

改进可进一步区分为"改善"（Kaizen）和"创新"（Innovation）。所谓改善，是由于持续不断的努力，所产生的诸多的小步伐改进，而逐次累积而成。所谓创新则是借助大笔资源投资于新技术或设备，而产生戏剧性的变化的改进。有相当多的企业管理者执迷于"创新"，他们既没有耐心，也忽视了改善能长期带给公司的利益。不论任何场合，以金钱作为主要的评估因素时，创新便是昂贵的；相反，改善则是强调要以员工的努力、士气、沟通、训练、团队、参与及自律来达成目标。这些都是一种常识性和低成本的改进方式。

持续改进机制中的职能划分如图 5 - 4 所示。

制定绩效改进计划是持续改进机制中的重要一环。所谓绩效改进计划就是采取一系列具体行动来改进下属的绩效，主要包括改进什么、谁来改进、何时改进及需要谁协助四个基本问题。一般而言，制定绩效改进计划首先分析下属的绩效考核结果，找出绩效不佳的原因，选择绩效改进的重点项目；其次制定绩效改进项目的具体步骤，确定绩效改进方案的执行者和完成的时间标准；再次研讨改进方案需要的指导和协作；最后形成书面的绩效改进计划，见表 5 - 1。

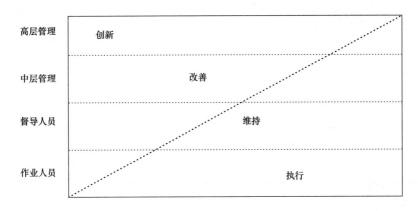

图 5－4　持续改进机制中的职能划分

表 5－1　　　　　　　　　　绩效改进计划示例

员工姓名	张明	直接主管	李盛华	时间	6月1日
需改进的项目：提高员工满意度					
改进的步骤和内容			执行者	完成时间	需要的协助
1. 设计员工访谈提纲			张明	6月5日前	电力局办公室主
2. 设计员工调查问卷			张明	6月7日前	任提供信息
3. 到××电力局对员工访谈、调研			李盛华 张明	6月9日前	电力局领导、办
4. 到××电力局对员工访谈、调研			李盛华 张明	6月10日前	公室主任
5. 选择员工代表，和人力资源部主任座谈			张明	6月15日	人力资源部主任
6. 整理员工满意度分析报告			张明	6月20日前	
7. 制定提高员工满意度的措施			李盛华 张明	6月30日前	人力资源部全体成员
8. 回访员工对措施的看法			李盛华 张明	6月30日前	局领导、办公室主任
9. 提交员工思想动态报告			张明	8月10日前	
10. 评估所制定的各种措施			李盛华 张明	8月25日前	电力局领导及电业局人力资源部主任

4. 制度流程的规范作用

高效执行力不仅来源于绩效管理的强力推动，还依赖于制度与流程的约束保障，三者缺一不可（见图 5－5）。高效执行力流程保障的重点在于流程的优化及标准化，而优化的前提是对现有流程的梳理并进行标准化，因为标准化是高效组织行为的重要特征。业务流程优化的核心思想是减少非增值活动，减少等待时间、重复工作、协调工作量，从而提高增值活动效率。

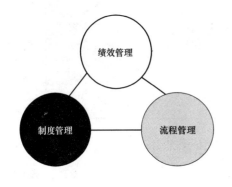

绩效管理	制度和流程管理
重点在于跟进和改善	重点在于监督和纠偏
目的在于改善绩效	目的在于改变工作习惯
定期回顾和审核	随时检查、督导和奖惩
非刚性的（关注产出）	刚性的（关注规则）
强调对战略的适应	不断优化和固化
绩效管理、制度管理和流程管理相互依托，互为支撑，共同形成了高效执行力的运营基础	

图 5-5　高效执行力的基础

企业的管理流程和业务流程是现代企业规范化管理的产物，流程的标准化和优化的基础工作是企业发展战略设置、组织结构设计、职能分解、职位设置、职位分析等，只有基础工作完善后设置的运作流程才是通畅的、高效的。因此，有效的运作流程应该包括岗位责任、权限配置、信息传递通道、业务流程、决策机制等，也就是规范化的内部运作机制。

流程优化主要依据以下思想和原则：① 实现从传统面向职能管理转变为面向流程管理，将业务的审核与决策点定位于业务流程执行的地方，缩短信息沟通的渠道和时间，从而提高对客户和市场的反应速度。② 强调业务流程中每一个环节上的活动尽可能实现最大化增值，尽可能减少无效的或不增值的活动，如去掉不必要的审核等。并从整体流程全局最优（而不是局部最优）的目标设计和优化流程中的各项活动。③ 要求业务流程之间尽量实现单点接触，这不仅有利于流程通畅、责任明确，而且有利于提高内、外部客户的满意度。在此，我们要注意，流程优化结束后要及时进行标准化，形成"标准化——优化"的往复循环，保证员工行为的同步性及一致性。

高效执行力的制度保障的重点在于两个方面：一是制度的建立和健全，二是制度的严格执行。电网企业出台了数目众多的制度、规范，但在实际执行中却往往偏离了制定制度的初衷。在此，总结出制度保障比较容易出现的五大陷阱，以供电网企业管理者借鉴。

陷阱一：管理制度不严谨，没有经过认真的论证就仓促出台，经常性地朝令夕改，让员工无所适从，导致了即使有好的制度、规定出台时也得不到有效的执行。战国时秦国的商鞅变法就是针对管理者因为经常改变政策而失信于民的一种方法。解决这种问题可以从正反两个方面入手：一是选其首恶，找一个能够引起他人警觉的人，杀鸡骇猴；二是树立正面的典型，通过范例告诉大家公司的意图，通常的做法是大力鼓励表彰先进等，以期改变执行者的意识。

陷阱二：制度本身不合理，缺少针对性和可行性。文学大师郭沫若有句话：吃狗肉是为了长人肉，而不是为了长狗肉。这句话用到制度建设中来也很有讽刺意味。经常看到有些企业把西方的所谓先进管理制度全盘照搬，生搬硬套，结果导致了水土不服。什么是最好的？适合自己的才是最好的。因此，制定制度时必须要考虑制度的针对性和可行性。

陷阱三：制度制订的出发点存在误区。例如，有些电网企业企图通过各种报表的填写来约束员工的行为，或通过各种考核制度企图达到改善企业执行力的目的，但往往是事与愿违。企业每下一个制度就是给执行者头上戴了一个紧箍，也进一步增加了执行者内心的逆反心理。最后导致员工敷衍了事，使企业的规定流于形式。因此，企业在设计相关的制度和规定时一定要本着这样一个原则，即所有的制度和规定都是为了帮助员工更好地工作，是提供方便而不是为了约束，是为了规范其行为而不是一种负担。

陷阱四：在执行的过程中，流程过于烦琐，不合理。有研究显示，处理一个文件只需要 7 分钟，但耽搁在中间环节的时间能多达 4 天。有时一件事需要各个部门进行审批，导致具体执行人员失去耐心而影响了执行的最终效果。不要妄想客户会理解我们内部程序的烦琐，他们只关心从打电话投诉到具体执行完成需要多长时间。因此，缩短非必要部门的中间审批环节，提高作业效率，进行科学的流程再造是制度得以有效贯彻执行的必要措施。

陷阱五：缺少科学的监督考核机制。这里面有两种情况：一是没人监督，二是监督的方法不对。前者是只要做了，做的好与坏没人管；或者是有些事没有明确规定该哪些部门去做，职责不明确，所以无法考核。常见的如企业中的管理真空或者管理重叠问题，导致有事情的时候没人负责。后者是监督或考核的机制不合理。1997 年，美国安然公司为了保证员工不断进步，采用了一套绩效评估程序：对同层次的员工进行横向比较，按绩效将员工分为五个等级，这些级别将决定员工的奖金和命运。但是，事与愿违，这套系统实际上形成了个体重于团队的企业文化。有位老员工说：原因很简单，如果我和某人是竞争对手的话，我为什么要去帮他呢？到后来，这种压力拉动型的绩效评估机制也就逐步转化为一种拉帮结派的官僚系统。有些经理开始捏造问题、篡改记录，赶走那些自己看不顺眼的员工。公司的衰败也就不可避免了。

第二节　人本管理：高效执行力的源泉

哈佛商学院教授拉姆·查兰指出："领导者培养'执行力'的目的在于为组织提供一个良好的示范，从而使组织形成一种执行文化，进而促使各级管理者的执行水平得到改善。"拉姆·查兰将执行文化分为软件和硬件两个方面。所谓硬件，包括企业的组织结构、激励机制、权力的分配以及企业的内部交流系统。软件则包括价值观、信念以及行为规范。软硬件相结合才能产生具有生命力的执行文化。因此，一个企业组织运行效率的高低，除了与其组织架构的设置是否合理、有无完善的规章制度、是否存在有效的激励机制有关之外，还与这个企业的理念体系及文化建设密切有关。组织架构、规章制度和激励机制是有形的一面，理念与文化是无形的一面，而且理念和文化关系到组织成员的工作态度问题，对企业运行效率的高低影响也许更大一些。从这个意义上来说，执行的源泉来自于企业的文化，而这个文化就是我们常说的"以人为本"。只有企业真正做到以人为本，实行人本管理，才能建立起企业的高效执行力。但现实情况是什么呢？我们的许多管理者并未真正了解什么是以人为本，于是以人为本的"本"就有了不同的含义。

不同的企业管理者由于受自身背景、成长环境、意识形态等因素的影响，在潜意识中都对以人为本的"本"作出了自己的定义，将"本"解读为成本、资本或是根本。如果是成本，企业会把员工看成包袱，少拿工资多干活成为他们孜孜不倦追求的目标；如果是资本，企业会把员工与土地、厂房、设备等一样当做赚钱的工具；如果是根本，企业则会把企业利益与员工利益有机地结合起来，通过提高员工的满意度来提高员工绩效，从而获得企业收益的最大化。钢铁大王卡耐基说过：如果把我的全部厂房、设备、成品、设计图纸、技术资料在一夜之间全部毁掉，但只要把人留下，五年之内我就会卷土重来，重建一个钢铁帝国。因此，电网企业管理者要正确理解以人为本的含义，并将其运用到管理实践中来，而不仅仅是停留在口头上的一句口号。能否在管理实践中真正贯彻以人为本的理念，恰恰是我们是否能够真正提高企业执行力的关键所在。笔者认为，以人为本就是要发现员工的优势，利用员工的优势，发挥员工的潜能，保证员工的利益，进而保证组织的利益。试想一个对企业没有任何满意感的员工怎么能够发挥出他的潜能来提高执行力、追求卓越的绩效呢？当然，提高组织绩效，增强企业执行力，需要我们的各级管理者具备一定的管理能力，掌握一定的管理艺术，因为管理者的成长边界决定了其管理边界，管理者的管理边界决定了下属的成长边界。图5-6所示为高效执行力的完美轨迹。

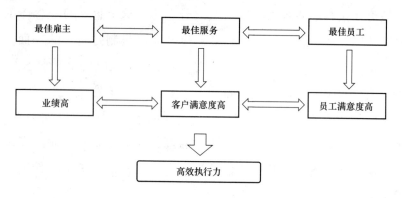

图5-6 高效执行力的完美轨迹

1. 发现员工的优势

去过庙里的人都知道，一进庙门，首先是弥勒佛，笑脸迎客，而在他的北面，则是黑脸的韦陀。但相传在很久以前，他们并不在同一个庙里，而是分别掌管不同的庙。弥勒佛热情快乐，所以来的人非常多，但他什么都不在乎，丢三落四，没有好好地管理账务，所以依然入不敷出。韦陀虽然管账是一把好手，但成天阴着个脸，太过严肃，弄得人越来越少，最后香火断绝。佛祖在查香火的时候发现了这个问题，就将他们俩放在同一个庙里，由弥勒佛负责公关，笑迎八方客，于是香火大旺；韦陀铁面无私，锱铢必较，则让他负责财务，严格把关。在两人的分工合作中，庙里一派欣欣向荣的景象。从这个小故事中我们不难看出，"人才各有所宜，用得其宜，则才著；用非其宜，则才晦"。

执行的首要问题，实际上是人的问题，因为只有选择最合适的，才是最优秀的。即使一个企业有世界上最好的理念和策略，但是如果没有合适的人去发展、去实现，这些理念和策略恐怕也只能"光开花，不结果"。柯林斯在《从优秀到卓越》一书中特别提到，要找"训练有素"的人，也就是将合适的人请上去，不合适的人请下来，充分发挥每个员工的才能，变"要我去做"为"我要去做"。从这个角度来说，选拔一个人比培养一个人更重要。

美国著名的社会科学家乔治·盖洛普博士认为，优势（关系＋期望＋表扬/奖励）＝人均效益；优势＝目标＋技能＋知识＋才干/天赋。优势的核心是才干，是一个人所展现的自发而持久的并能产生效益的思维、感觉和行为模式；是贯穿其一生且无法传授、培训或强求的主题；所体现的是人的为人之本，而不是人的后天知识。因此，各级管理人员应注意发现员工的优势所在，让"兔子"去跑，不教"猪"唱歌，做到人岗匹配，人尽其才。

那么各级管理人员如何才能发现员工的优势呢？有这样几种方法可以借鉴：① 建立能力模型并对员工进行 360 度评估。② 深度访谈。③ 关键事件调查。④ 绩效审核和绩效沟通，找出优点和不足之处。⑤ 人事测评。例如，在某企业曾利用能力、态度测评作为辅助工具帮助各级管理人员发现员工的优势。关于胜任能力模型在本书第 3 章中已有论述，本章不再赘述。

2. 管理要顺应人性

有一则伊索寓言，讲的是从前有一只蝎子同一只青蛙过河，蝎子不懂游泳，请求青蛙能送它一程，但青蛙说：但是我怕你会咬我。蝎子回答：不会，如果我咬你，我也会掉进河里死掉。青蛙听了后，觉得有道理，于是让蝎子坐在它的背上，一起过河。当它们来到河的中间时，突然，蝎子咬了青蛙一口，之后，他们一同向下沉。青蛙非常愤怒，问蝎子：你明明讲过，若我背你，你不会咬我的。蝎子感到歉意，说：我是不想的，但这是我的本能。然后，青蛙和蝎子一起沉没在河里。其实，我们每个人都像蝎子一样本性难移，因为每个人都有自己的动机以及独特的思维方式和交往风格。一个优秀的管理者深知改造一个人是有限度的，但他们并不为这些差异而悲哀，也不试图消除它们，而是有效加以利用，帮助每个下属在其独特天性的基础上持续进步。从这个意义上说，管理的实质就是对人性的管理，只有充分地理解人性，科学地引导人性，才能达到科学的管理。

3. 对员工要适度激励

皮格马利翁是希腊神话中的塞浦路斯国王。他憎恨女性，决定永不结婚。他用神奇的技艺雕刻了一座美丽的象牙女像，并爱上了她。他像对待自己的妻子那样抚爱她、装扮她，并向神乞求让她成为自己的妻子。爱神阿芙洛狄忒被他打动，赐予雕像以生命，并让他们结为夫妻。皮格马利翁效应后来被用在教育心理学上，也称期待效应、罗森塔尔效应，比喻教师对学生的期待不同，对他们施加的方法不同，学生受到的影响也不一样。哥伦比亚大学教授默顿指出，当一个期待设定了，人就会朝向那个期待去做事。如许多人认为神会罚人，所以信奉神，对神的话也会努力去实践。进一步而言，人若期待别人对自己有好印象，就会认真地表现良好行为；若期待别人会讨厌自己，就会随便表现。从这个意义上讲，卖花女与淑女之间的区别不在于其行为举止如何，而在于人们如

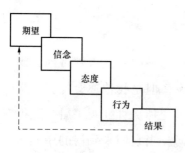

图 5-7　管理中的皮格马利翁效应

何对待她，亦即"人重视我，我自重；人爱我，我自爱。"让人比成龙，自己就会像龙一样地表现；反之，被比成马，会像马一样地反应。换句话说，高期待就有高表现，低期待有低成就。图 5-7 所示为管理中的皮格马利翁效应。

皮格马利翁效应是一种高期望式的激励，对于员工而言，如果仅仅考虑"力所能及"，量才而用，那么人力资源管理效益将永远停留在一个较低的水平上，而且真正的人才难以脱颖而出。拔高使用，让 B 级人做 A 级事，可以激发人才的创造力，但是随之而来的压力无疑会增大。

如果不注意引导员工释放压力，就难以实现皮格马利翁效应。

因此管理者在激励员工时，期望不要太低，也不要过分，这样就需要管理者能把握适度的原则。另外，避免过分期望而走入激励误区，管理者应注意以下四点：

- 管理者可以对员工有所期望，但不得过度；
- 配合员工的能力加以期望，但为了使他获得满足感，不妨让他做些稍有困难的事情；
- 员工达到了你的期望，别忘记赞赏他；
- 达不到你的期望，勿责骂他，应给他激励与安慰，使他产生信心。

从上面的论述中，我们可以得到一些启示：

- 管理人员对待下属的期望微妙地影响着他们对待下属的方式；
- 管理人员对待下属的方式直接影响着下属的行为方式和绩效水平；
- 优秀管理者的一个独特特征是，其有能力创造一种下属能够实现的高绩效期望；
- 期望应当成为使下属积极思考或建立自信的力量，大大超出下属实际能力的期望只能是幻想。

4. 成为员工的绩效教练

建设一流团队，有效增强团队凝聚力，是各级管理者的一个重要任务。一个冷漠的管理者，所得到的仍然是下属在低层次需求上的物质利益驱动，难以得到他人在工作上全身心地忘我投入。因此，各级管理者不仅是员工的上级领导，更要成为员工的绩效教练，帮助员工提高能力，改善绩效，从而提高企业执行力。管理者怎样才能成为一名合格的绩效教练呢？一般而言，要求管理者掌握7种方法：

- 选择合适的人，确保用人所长；
- 传播成功经验，培养员工的成功信念；

- 明确发展蓝图，制定并传递明确清晰的目标；
- 增强双向互动，进行绩效辅导和沟通面谈；
- 真诚关爱下属，训练员工如何正确地解决问题；
- 发现工作差距，与员工一起制定绩效改进计划；
- 保持最大公正，及时认可并奖励员工的业绩表现。

另外，心理学研究证明，人们在一起的时间越多，创造和体验共性的机会越多，建立稳定的人际关系的可能性越大。稳定可靠、自然和谐的人际关系是形成团队凝聚力的重要前提。管理者要创造条件，想方设法为自己及下属增加和他人接触的时间，使团队中的每一个成员始终保持全面和紧密的接触，通过这种人际交往距离的缩短来形成群体内在的强烈的人际吸引。一旦建立了和谐的人际关系，就能给予同伴更稳定、更信任的人际支持，自然而然地实现工作中的互相协作、密切配合，从而增强团队的凝聚力，提高团队的执行力。

小结

本章分别从制度层面及人本层面论述了企业高效执行力的基础及源泉，指出企业高效执行力不仅需要激励机制、制度、流程等硬性措施作为其保障，更需要理念与文化这些软性措施的变革。执行归根结底是要由人来完成，因此，顺应人性、以人为本是企业获取高效执行力的源泉。通过人际关系的改善、真诚关爱员工、帮助员工提高能力，增强团队的凝聚力，进而提升组织的执行力，最终形成高效执行的企业文化。

第六章
荆棘遍地

　　以电力系统为代表的垄断行业过高收入，已是众人眼中一道高悬的电门。面对巨大的社会压力，电力系统采取了一系列的自我约束措施。但笔者认为，电力行业分配方式不仅仅是单纯的收入高与不高的问题，也不是垄断造成的问题，而是由于国民经济发展长期形成的能源产业链结构、宏观经济调控方式、电力体制改革速度等一系列问题造成的。只有通过建立外部监督机制，按照现代企业制度原则制定透明、规范的分配体系和薪酬制度，调整薪酬结构，应是电力行业收入分配改革的惟一方向。

　　电力行业薪酬管理体制表现出来的症状实质是电力行业体制、竞争机制、有效管控与合理激励等一系列问题的一个集中表现。对于再一次的分配方式变革，电力企业目前更需要的是理性思考，承借"减薪风暴"，通过积极地结构化调整，变管理制肘为改革契机，从而做到对症施药、有的放矢。

　　本章重点阐述电网企业如何构建价值导向的薪酬管理体系。首先从价值的构成入手，论述价值分配的多种形式，强调企业进行价值分配时要考虑多种分配手段并用。继而以薪酬管理需要关注的三大要素为核心，展开讨论薪酬设计中如何体现薪酬的外部竞争性、内部公平性及激励性，并提供可供参考的方式方法，供电网企业人力资源管理从业人员参考。

　　2006 年，忙于迎峰度夏的电业人迎来了 1997 年"工效挂钩"分配方式形成推广后，社会第一次最集中、最密切地对电力行业的薪酬分配问题的关注与质疑，随着所谓电力行业"真实"收入水平的不断曝光，电力行业被推到了"减薪风暴"的风口浪尖上。有关电力行业"减薪"问题的报道频频见诸各方媒体，舆论基本分为两种截然不同的声音：一些媒体以"电厂抄表工年薪 10 万"为依据炮轰电力行业收入过高；收入并不高的电力职工却为自己背了"高薪"的黑锅而叫屈。某网站的报道中举了这样的例子：某市电力集团公司一名普通职工的月工资不到 6000 元，但是加上奖金、住房公积金及各种补贴后，其年薪可达到 15 万元，相当于全国职工年均工资的 10 倍。有统计表明，电力、电信、金融、保险、水电气供应、烟草等行业职工的平均工资是其他行业职工平均工资的 2 至 3 倍；如果再加上工资外收入和职工福利待遇上的差异，实际收入差距更大。以电力系统为代表的垄断行业的过高收入，已是众人眼中一道高悬的电门，成为当下收入分配改革讨论中的"众矢之的"。在此之前，2005 年，审计署的审计已经给电力行业贴上了"系统工资增长过快，没有统一的分配制度"的标签。

　　面对巨大的社会压力，电力行业采取了一系列的自我约束措施。在其他垄断行业没有进行此类改革的情况下，电力企业无疑是先行一步。但笔者认为，电力行业分配方式不仅仅是单纯的高与不高的问题，而是由于国民经济发展长期形成的能源产业链结构、宏观经济调控方式、电力体制改革速度等一系列问题造成的。据笔者调查发现，体现在电力行业的分配问题不仅仅是由垄断造成的，因为在经济全球化的时代，行业垄断是个国际国内普遍存在的客观现实，现代经济并不完全排斥垄断。根本问题在于在其总体较高的分配总额中，有些是不合理的分配，有些是正常的、合理的分配。因此，只有通过建立外部监督机制，按照现代企业制度原则制定透明、规范的分配体系和薪酬制度，调整薪酬结构，应是电力行业收入分配改革的唯一方向。

案例6-1　海东供电公司天润电工以平衡六通道平衡聘用员工薪酬

　　为改善和创新与青海天润电工有限公司签订劳动合同的聘用配电、营业员工的用工管理体制，全面反映聘用员工的效能与技能差别，青海天润电工日前制定出台了《天润公司配电/营业工薪酬管理办法（试行）》，使聘用员工的薪酬分配有了新标准。

　　目前，天润电工有限公司从事配电、营业工作聘用员工薪酬管理还不能有效体现激励作用，由此，经过多方面调研、讨论，为提高聘用员工的工作效率和积极性，天润公司建立了以激励机制为导向的薪酬分配办法，在薪酬分配上实行"平衡六通道"的薪酬体系，体现多劳多得和尊重绩效分配原则，使聘用员工的工作积极性得到进一步提高。

　　平衡六通道由相对独立的基本工资、年功工资、学历工资、技能工资、岗位工资、绩效工资六部分组成。基本工资保障聘用员工的基本生活，年功工资用于尊重聘用员工的经验积累和企业的贡献积累，学历工资体现知识水平，技能工资体现作业技能，岗位工资依据劳动强度、责任大小、任务难易和工作环境进行评价分级调节，绩效工资依据上月工作业绩的考评兑现。

　　根据配电、营业工薪酬管理办法，天润公司在聘用员工薪酬管理上打破了工资待遇的"平均主义"，一些能力强、工作认真积极的聘用员工在新的薪酬管理机制下也会拿上"高工资"，但一些在规定期限内技能得不到晋级、考核评价达不到相关要求的将会面临"淘汰"的危险。新办法的出台将进一步激励聘用员工的工作热情，也使天润公司以"能力论英雄、以业绩论英雄"的用人原则得以体现。

资料来源：国家电力信息网

电力行业薪酬管理体制表现出来的症状实质上是电力行业体制、竞争机制、有效管控与合理激励等一系列问题的一个集中表现，盲目降薪或者一刀切式的减薪并非电力企业的最优选择。电力行业属于高危性保障性行业，对于电力企业员工薪酬问题的简单处理轻者引起人员流失，重者引起安全隐患，因此需要格外谨慎。对于分配方式变革，电力企业目前更需要的是理性思考，乘借"减薪风暴"，通过积极地结构化调整，变管理掣肘为改革契机，从而做到对症施药、有的放矢。

第一节　价值分配：永无休止的话题

人力资源是一个企业成功与否的最重要的元素，而人力资源管理的核心是价值链管理。人力资源价值链揭示了现代人力资源管理体系的重要特征，同时也构成了人力资源管理体系的基本框架。企业作为一个功利性组织，其功利的源泉在于企业全体员工的投入，即企业中每一个人的工作成果的集合。在企业外部，全体员工有价值的工作表现为企业的效益；在企业内部，全体员工有价值的工作表现为企业的效率。进一步展开来讲，价值创造、价值评价和价值分配构成了现代人力资源管理的主体体系。也就是说，全力创造价值、科学评价价值、合理分配价值的闭合循环，是企业人力资源管理体系建设的核心与重点。从这个意义上讲，人的工作价值构成了企业人力资源管理的核心内容。图 6－1 所示为人力资源价值链模型。

根据人力资源价值链的理论，员工的报酬应以其所创造的价值为分配依据，因此，以价值为导向的薪酬管理的核心就是对价值进行评价，并根据评价结果确定价值的分配。为了更好地理解价值评价及价值分配，有必要对价值构成进行分析，如图 6－2 所示。

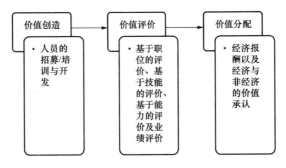

图 6 - 1　人力资源价值链模型

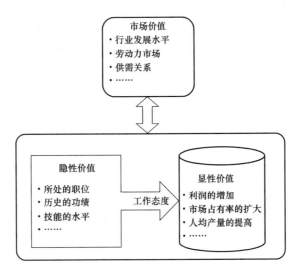

图 6 - 2　人力资源价值链中的价值构成

　　经济学中有两个基本概念，一个是"影子价格"，另一个是"市场价格"。影子价格反映的是资源最优使用效果的价格；市场价格是指某种商品在市场的一定时期内客观形成的具有代表性的成交价格。这里我们不妨借用一下这两个概念，将价值区分为"影子价值"和"市场价值"。在人力资源管理实践中，由于受到行业特点、行业发展状况、供需矛盾等方面的影响，价值评价及价值分配并不能完全依照理论值进行，即不能将价值简单等同于影子价值，就如同市场价格与影子价格在通常情况下是不一致的一样，市场价值可以大于、等于影子价值，也可以小于影子价值。那么，我们要讨论的人力资源价值链中的价值究竟是影子价值还是市场价值呢？笔者认为，人力资源价值链中的价值是以影子价值为基础，同时受到市场价值影响的矛盾统一体。影子价值是由显性价值及隐性价值构成的。显性价值是我们直接可以感受到的，如人均贡献毛益的增加、当年电费回收率的增加、单位电量供电成本的降低等；隐性价值是由员工所处的职位、历史的功绩、技能的水平等因素决定的，是我们无法直接感受到的，只有通过工作态度这个中间变量的转换，才能成为企业希望看到的显性价值。

隐性价值的评价主要包括基于职位的价值评价、基于技能的价值评价及基于能力的价值评价，对隐性价值的评价目的在于解决分配中的内部公平性问题；显性价值的评价主要是对工作业绩的评价，是为了解决分配中的激励性问题。而市场价值评价则是通过市场薪酬调查及自己希望在劳动力市场上所处的竞争性地位来确定职位的市场价值，更加关注于外部竞争性。

就价值分配本身而言，目前并没有权威的定义。根据美国著名管理学家、近代管理理论奠基人之一切斯特·巴纳德的论述，价值分配主要是针对社会利益和经济利益而言。前者主要指名誉、地位、机会、信息等，后者则指工资、奖金、股权、福利等。对于组织当中的价值分配，需要通过完整的、系统的观点来考虑和探讨，上述各种价值（要素）的分配在组织中必须要保持处于一种均衡的态势。

2006 年，美国报酬学会提出了作为组织经营战略的一个组成部分的全面报酬体系模型，如图 6 - 3 所示。美国报酬学会的全面报酬（total rewards），就是指雇主能够用来吸引、保留和激励员工的各种可能的工具，包括员工认为他们从雇佣关系当中能够得到的各种有价值的东西。全面报酬是雇主为了换取员工的时间、才智、努力以及工作结果而向员工提供的各种货币性和非货币性的收益，是能够有效吸引、激励以及留住人才，从而达到理想经营结果的五种关键要素（薪酬、福利、工作—

生活平衡、绩效与认可、开发与职业发展机会）的有目的的整合。全面报酬战略则是将这五种关键要素加以组合，形成一种定制的激励系统，从而达成对员工最优激励的一种艺术。

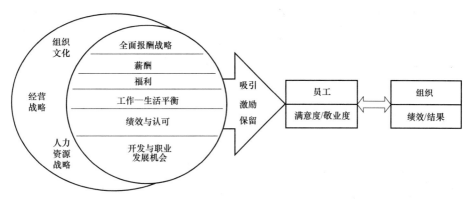

图6-3　全面报酬体系模型

　　全面报酬体系是根植于企业文化、企业经营战略及人力资源战略之中的，这些因素也会对一个组织的人才吸引、激励和保留产生重要的影响。例如，电网企业独特的企业文化及外部的品牌价值也可成为吸引员工加盟的一种重要价值主张。此外，全面报酬模型的一个重要维度是雇主与员工之间的"交换关系"，即高生产率员工为自己的雇主创新价值，而雇主则应当向员工提供各种有形和无形的价值来丰富他们的生活。只有这样，企业才能有效地吸引、激励和保留员工，提升员工的满意度、承诺度和敬业度❶，最终提高组织的绩效水平。

────────────────

　　❶　满意度：指员工对于自己当前工作的总体满意状况，通常用员工对于以下几个方面的看法来衡量员工的总体工作满意，即所从事的具体工作、工资收入、晋升机会、直接上级、同事关系以及工作环境。

　　承诺度：指员工对于企业的归属感以及忠诚程度。它以员工愿意与企业长期联系在一起、不愿意离开企业的主观愿望来衡量。

　　敬业度：这是在工作满意度基础上发展起来的一种新型组织诊断与员工意见调查工具，它的性质与员工满意度基本一致。但工作满意度所考察的是员工个人在工作中所形成的比较抽象的主观感受，而员工敬业度则依据更为具体的事实来对员工的总体工作状况加以衡量，其衡量结果相对来说更为客观。

需要指出的是，美国全面报酬学会并不认为这五大全面报酬要素（薪酬、福利、工作—生活平衡、绩效与认可、开发与职业发展机会）是相互排斥的，这个模型也不试图指导企业分别在五大要素内部来进行报酬方案的设计与运用。事实上，这五大要素可能是相互交叉的。例如，绩效管理既可以是为进行薪酬决策而进行的正式管理活动，也可以是在直线型组织中开展的一种分散式非正式管理活动。此外，绩效认可既可以被看成是一种福利要素，也可以被看成是薪酬要素，还可以被看成是工作与生活的平衡要素。

1. 薪酬

薪酬是指雇主向员工支付的用来换取其所提供的服务（时间、努力、技能等）的薪资。薪酬包括固定薪资、浮动薪资、短期奖励薪资及长期奖励薪资四大核心要素。固定薪资也被称为基本薪资，不随业绩或工作结果达成情况而变化，是一种不能随意变动的薪酬。固定薪资水平的高低通常取决于一个组织的薪资理念以及薪资结构。浮动薪资也称风险薪资，是直接随绩效水平或工作结果达成度而变化的薪资项目。浮动薪资是一次性的，薪资水平必须在每一个绩效期间不断地重新确定，员工必须通过不断努力才能挣到这种薪资。短期奖励薪资是浮动薪资的一种，是针对一年或一年以内的特定绩效提供奖励的一种薪资。长期奖励薪资也是浮动薪资的一种，是针对一年以上的特定绩效提供奖励的一种薪资。典型的长期奖励薪资包括股票期权、绩效股份以及现金奖励。

2. 福利

福利是雇主用来补充员工所获得的现金薪酬而提供的一些薪酬计划。这些计划的目的是保护员工及其家庭避免各种经济风险。福利可以分为三大类：① 社会保险。包括失业保险、工伤保险、养老保险、伤残保险（职业性的）。② 集体保险。包括医疗保险、牙医保险、视力保险、处方药、精神健康、人寿保险、意外事故死亡险、残疾保险、企业年金、储蓄等。③ 带薪非工作时间。当员工没有从事工作活动时也为他们提供的收入保护计划。包括两部分：一部分是在工作过程中存在的带薪非工作时间（工休时间、打扫卫生时间、换装时间）；另一部分是非工作期间的带薪非工作时间（休假、公司假日、事假）。

3. 工作—生活平衡

工作—生活平衡是为帮助员工在工作和家庭中都取得成功而提供支持活动的一系列组织管理实践、政策、计划以及理念。这些类型的计划涉及薪酬、福利以及其他一些人力资源计划。总体来说，它主要针对的是员工、员工家庭、社区以及工作场所之间的交接点。这类计划主要包括七大类：工作场所的灵活性、带薪和非带薪的假期、身心健康、对家人的照顾、财务支持、社区活动参与、参与管理或文化变革等。

现代社会的发展使得越来越多的人开始将关注的重点从工作和经济收入转变为关注个人和家庭的生活质量，对于经济收入水平较高的真正有能力的高层次人才更是如此。在这种情况下，企业如果试图像过去那样，通过提供高水平的薪酬福利来换取员工的拼命工作，作为对员工家庭生活损失的一种补偿，那么其效果会越来越差，那些不能使员工保持家庭生活和工作平衡的企业将无法留住自己所需要的人才。企业必须在灵活的工作安排以及为员工提供便利的各种计划等方面进行大量的投入。其中，前者包括弹性工作时间安排、远程工作、非全日制工作、更短的日工作时间或工作天数等；后者则包括儿童看护、老人看护、锻炼和保健、洗车、购物等各种服务。

4. 绩效与认可

绩效管理是组织成功的一个关键要素，是为了明确已经达到了什么结果以及如何达成的这种结果，而对组织、团队以及个人的绩效所进行的整体评价。绩效管理涉及将组织、团队以及个人所付出的努力之间协调一致，从而实现经营目标以及组织的成功。

（1）绩效管理。绩效管理包括绩效计划、绩效执行以及绩效反馈三个最主要的环节。其中，绩效计划是指为将个人的目标与团队目标和组织目标联系在一起而制定期望的过程。特别需要注意确保各个层次上的目标是一致的，同时要让员工看到其个人的绩效期望与组织高层制定的组织目标和战略之间具有清晰可见的联系。绩效执行是一种展示技能或能力的方式。绩效反馈是指对照绩效期望、绩效标准和目标，就一个人完成一项工作或工作任务的好坏情况进行的沟通。绩效反馈能够激励员工改善绩效。

（2）赏识与认可。赏识与认可是对员工表示感谢，或者是对员工的行动、努力、行为或者绩效给予特别的关注。赏识与认可满足了人们对自己的努力受到欣赏的内在心理需要，可以通过强化有助于组织取得成功的某些特定行为（如特别出色的工作完成情况）来支持企业战略。认可计划无论是正式的还是非正式的，都有要在事实发生后立即对员工贡献表示感谢。这种认可计划通常都没有事先制定一个期望员工达成的目标或绩效标准，奖励可以是现金，也可以不是现金（如口头表扬、颁发奖品、颁发荣誉证书、墙上告示、晚餐宴请、音乐或球赛票等）。

一个组织各个层次上的员工都需要感到自己所做的工作是被企业看重的，是被视为有价值的，从而能够获得工作的成就感。而使员工有这种感觉的并不能仅仅依靠金钱的奖励，还要依靠上级提供的及时、具体、真诚的认可和赞赏，以及组织发放奖品或礼物、召开庆功会等各种非货币形式，对员工个人及其群体的努力和成绩所给予的认可和鼓励。这一方面要求企业的各级管理人员必须学会如何在日常工作中有效地赞赏和鼓励自己的员工；另一方面也要求企业必须在传统的薪酬和福利之外，去寻找能够对员工进行奖励和认可的更加丰富多样的形式和手段。赏识和认可的价值体现在：能够强化绩效改善的价值；促进绩效持续改进；提供积极和直接的反馈；促进对有价值的行为和活动的沟通等。

5. 开发与职业发展机会

开发是指为了强化员工的应用技能和能力而提供的一整套学习计划，

使得员工能够更好地完成工作，使领导者能够更好地推进组织的人员战略。职业发展机会是指以员工在实现职业目标方面（可能包括晋升到组织中承担更多职责的岗位上去的目标）取得进步为目标而制订的计划。组织对员工的职业发展机会提供支持的目的是，确保有才能的员工能被用到能够使他们对组织的价值发挥到最大的岗位上去。

开发和职业发展的具体形式有三种：① 各种学习机会。包括：学费报销；公司大学；新技术培训；参加外部研讨会、会议以及虚拟教育；自我开发工具和技术；在职学习；在更高的职位上轮换；为获取特定技能而休学术假。② 得到指导和辅导的机会。包括：领导力培训；接触专家或信息网络——协会成员；在个人的专长领域之外参加会议或发表演讲的机会；让当地专家了解的机会；正式或非正式的导师计划。③ 组织内部或外部取得进步的机会。包括：实习；当专家学徒；海外工作派遣；内部职位空缺公告；职位晋升；职业阶梯和通道；接班计划；提供整个职业生命周期中的确定的、受人尊重的上下阶梯。

综上所述，一家仅仅能够提供高薪，但不能给予员工多种报酬形式的企业，会越来越难以留住人才。马斯洛的需求层次理论早就告诉我们，人不仅有低层次的生理需要，而且还有安全、爱与归属、尊重和自我实现的需要。应该说，电网企业的薪酬福利水平已经能够满足员工的生存需求，因此，电网企业更应注意多种报酬形式的综合运用，提高员工的满意度、忠诚度和敬业度。例如，给员工更大的授权，增加员工的工作内容，丰富员工的工作经历；为员工配备资深员工或管理人员充当他们的绩效教练，指导和帮助他们进行队业发展和进步；等等。只有多种形式并举，才能有效满足不同层次员工的需求，充分调动起员工的工作积极性，取得良好的绩效。

第二节 薪酬改革：没有永远的利益

薪酬管理是现代人力资源管理的重要组成部分，它作为一种有效的激励手段对提高企业的竞争力有着不容忽视的作用。员工所得到的薪酬既是对其过去工作努力的肯定和补偿，也是他们以未来努力工作得到报酬的预期，激励其在未来也能努力工作。在员工心目中，薪酬不仅仅是自己的劳动所得，还在一定程度上代表着员工自身的价值、企业对员工工作的认同，甚至还代表了员工个人的能力、品行和发展前景。因此，为企业作出贡献的每一个员工都制定客观、公正、合理的报酬，既有利于企业的发展，又能保证员工从薪酬中获得经济上、心理上的满足，有利于提高企业员工的积极性。

电网企业的薪酬管理大致经历了三个主要的发展历程：

（1）1993 年之前实行"等级工资制"。这一时期企业薪酬的主要特点是，企业职工的薪资结构是按职工的不同性质进行划分，干部身份的职工实行的是职务等级工资制，工人身份的职工实行的是技术等级工资制。这种薪资结构有两个特点：一是超稳定，二是薪资与职务及技能等级晋升密切相连，带有明显的终身雇佣制和年功序列制特点。例如，技术等级工资制以技能等级作为薪酬依据，参照了国家电力行业的等级标准，年终工资比重较小，仅起到象征性的作用；各种津贴、补贴名目繁多，成为薪酬的重要组成部分；后期奖金开始出现，但数额不大，仅起到补充的作用。其中，自第三次全国性工改后，根据 1985 年 9 月 24 日国务院发布的《工资基金暂行管理办法》和 1989 年 3 月 30 日发布的《国务院关于进一步加强工资基金管理的通知》两个文件，我国电力企业开始实行工资挂钩的工资基金管理模式，并在此基础上，逐步演化成了电力企业以岗位和技能工资为核心的薪资管理体系。

（2）1993 年底，企业实行薪酬改革，开始实行"岗位技能工资制"，在薪酬决定上初次引入"岗位"这一重要指标，实现以岗定薪，岗变薪变。这一时期的主要特点是，以岗位要求、工作性质、岗位重要性作为评定其薪酬标准的主要指标，逐步加大了岗位工资在分配中的比重，年终工资比重有所增加但依然较小，津贴的种类减少，比重开始减弱，奖金成为工资的重要组成部分，并且开始有了各种类型的考核。

（3）2003 年开始实行"岗位薪级工资制"，可以说这是对"岗位技能工资制"一次最大的调整，在岗位技能工资制向岗位薪级工资制的转变过程中，将员工长期积累形成的存量工资全部转入新的工资，通过增量来拉开差距，建立新的工资标准。这次调整使企业的薪酬设计开始接近现代薪酬设计的形式要求，主要变化是岗位薪级工资在薪酬结构的设置上，采用了一岗多薪、准宽带薪酬模式，薪差按等比关系设置，薪资倍率超过 8 倍，使同一岗位工资出现了差别，同时又使相邻两个岗级的薪酬出现了一定的交叉，解决了原来岗位薪酬定义中的一些矛盾。2005 年在岗位薪级工资制的基础上，企业又开始实行"岗位薪点工资制"。目前，电网企业特别是电力体制改革试点省份的电网企业大部分都实行岗位薪点工资制。岗位薪点工资制是一种结合岗位综合测评、岗位设置和岗位规范的要求，以岗定薪、岗变薪变，人员能上能下、工资能增能减的薪酬制度。岗位薪点工资制能够合理确定员工工资水平，拉开各类人员的工资收入差距。新的薪酬体制不仅加大了关键性管理人才和核心员工的激励力度，吸引、留住了人才，同时，员工个人薪酬随企业经济效益上下浮动，与其岗位职责和劳动贡献相关联，消除了平均主义大锅饭的思想，充分调动劳动者的工作积极性和主动性。

现代企业理想的薪酬管理应达到三个目的：吸引、保留、激励员工，最大限度地发挥员工的能力，提高员工的工作积极性。为了达到以上三个目的，要求电网企业在设计薪酬体系时充分考虑三个要素：一是充分考虑薪酬水平是否具有竞争力，能够吸引有才能的人；二是充分考虑薪酬结构的内部公平性，合理确定企业内部各岗位的相对价值大小，以留住有才能的人；三是充分考虑薪酬的激励性，与工作绩效挂钩，提高员工的工作积极性，发挥员工的才能（见图6－4）。对于国家电网公司和南方电网有限责任公司，因其所具有的准政府职能且仍处于天然性垄断地位，电网企业薪酬改革的重点应放在内部公平性及激励性上。

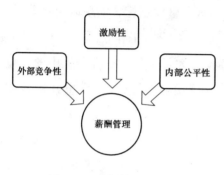

图6－4　薪酬管理三要素

电网企业进行薪酬制度改革的目的就是要改变企业员工对工资的刚性认识，探索建立与现代企业制度接轨的企业员工绩效付酬制度，形成员工工资由企业效益和个人工作绩效决定的工资激励机制。在考虑企业老职工利益的基础上，参考劳动力市场价格工资层级比例关系，进一步拉开职工分配差距，初步形成对企业各类高级人才倾斜、吸引社会高端人才的薪酬制度。

一、薪酬水平的外部竞争性

薪酬水平的外部竞争性是指企业的薪酬水平高低以及由此产生的企业在劳动力市场上的竞争能力的大小。外部竞争性强调企业在设计薪酬时必须考虑到同行业薪酬市场的薪酬水平和竞争对手的薪酬水平，保证企业的薪酬水平在劳动力市场上具有一定的竞争力，能充分地吸引和留住企业发展所需的战略性和关键性人才。当然，一味地利用高薪增强企业在劳动力市场上的竞争力也是不可取的，因为这样必然导致成本的增加，况且企业在劳动力市场上的竞争力并不完全依靠薪酬水平，企业的品牌、稳定的工作环境、独特的企业文化同样也能构成企业在劳动力市场上的竞争力。因此，企业要慎重考虑采用何种薪酬水平策略，在竞争力与成本之间寻求平衡。

薪酬水平策略主要是制定企业相对于当地市场薪酬行情和竞争对手薪酬水平的企业自身薪酬水平策略。主要包括以下几种：

（1）市场领先策略：采用这种薪酬策略的企业，薪酬水平在同行业的竞争对手中是处于领先地位的。领先薪酬策略一般基于以下几点考虑：市场处于扩张期，有很多的市场机会和成长空间，对高素质人才需求迫切；企业自身处于高速成长期，薪酬的支付能力比较强；在同行业的市场中处于领导地位等。

（2）市场跟随策略：又称为市场匹配策略。采用这种策略的企业一般都建立或找准了自己的标杆企业，企业的经营与管理模式都向自己的标杆企业看齐，同样，薪酬水平跟标杆企业差不多就行了，实际上就是一种根据市场平均水平来确定本企业的薪酬定位。

（3）成本导向策略：又称落后薪酬水平策略，即企业在制定薪酬水平策略时不考虑市场和竞争对手的薪酬水平，只考虑尽可能地节约企业生产、经营和管理的成本。这种企业的薪酬水平一般比较低，采用这种薪酬水平的企业一般实行的是成本领先战略。

（4）混合薪酬策略：企业在确定薪酬水平时，是根据职位的类型或者员工的类型来分别制定不同的薪酬水平策略，而不是对所有的职位和员工均采用相同薪酬水平定位。如对于企业核心与关键性人才和岗位的策略采用市场领先薪酬策略，而对一般的人才、普通的岗位采用非领先的薪酬水平策略。

企业在制定自己的薪酬水平策略、确保薪酬的外部竞争性时，都是以市场薪酬调查数据为依据的。薪酬调查能够向实施调查的企业提供市场上的各种相关企业（包括竞争对手）向员工支付的薪酬水平和薪酬结构等方面的信息。这样，实施调查的企业就可以根据调查结果来确定自己当前的薪酬水平相对于竞争对手在既定劳动力市场上的位置，从而根据自己的战略在未来调整自己的薪酬水平和薪酬结构。

近年来，国际上的许多企业采取了所谓的新薪酬战略（见图6-5），这种战略首先从外部市场入手，不是力图创造一种能够实现组织内所有职位之间全面公平的结果，而只是力图在更为宽泛的工作职能领域内部（财务、技术、生产、营销、人力资源）实现公平；同时，也不试图去对跨职能的职位之间的公平性进行比较或试图建立这种公平性，而是针对不同的员工群体建立不同的评价要素和评价计划。换言之，新薪酬战略更加关注于外部竞争性，而不是把有价值的薪酬资金都放到与市场或者组织的经营战略无关的内部公平性比较上去。新薪酬战略所采用的评价方法是：首先，企业确定自己所处的劳动力市场以及自己希望在劳动力市场上所处的竞争性地位（如第75个百分位），其次，通过市场薪酬调查来确定基准职位的市场价值，并依此直接对基准职位进行定价，而不再需要对其进行职位评价。最后，企业再根据基准职位所确定的报酬要素来对非基准职位进行评价，当然，这里会要求这些报酬要素能够充当市场价值的最好指示器。

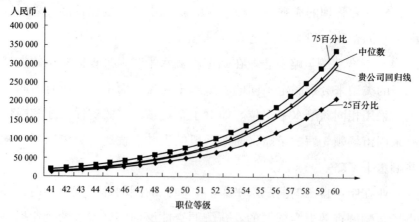

图6-5　薪酬水平策略

二、薪酬结构的内部公平性

薪酬结构是对同一组织内部的不同职位或者技能之间的工资率所作

的安排。薪酬结构强调的是职位或者技能等级的数量、不同职位或技能等级之间的薪酬差距以及用来确定这种差距的标准是什么。薪酬结构虽然关注于组织内部公平性的问题，但其并不是脱离外部竞争性而独立存在的。事实上，薪酬结构是在内部公平性与外部竞争性这两种有效性标准之间进行平衡的结果。

一个完整的薪酬结构包括这样几项内容：一是薪酬的等级数量；二是同一薪酬等级内部的薪酬变动范围（最高值、最低值、中值）；三是相邻两个薪酬等级之间的交叉与重叠关系。薪酬结构如图6-6所示。

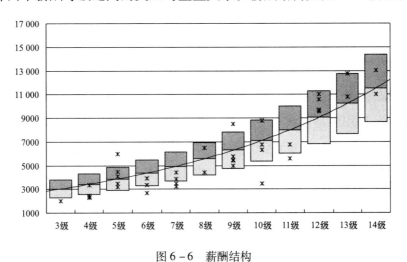

图6-6　薪酬结构

一般而言，薪酬的等级数量是由职位评价或技能评价产生的。下面分别对职位价值评价、技能价值评价及能力价值评价进行一一介绍。

1. 基于职位的价值评价

任何一个组织的建立都必然会导致一系列工作的出现，而这些工作又需要由特定的人员来承担，因此，职位就构成了组织中的最基本单元。对于以职位作为价值评价及价值分配基准的人力资源价值链来说，其核心工作就是对职位本身的价值及其对组织的贡献度进行评价，然后再根据评价结果确定应当对不同的职位支付的薪酬水平高低。

职位评价是对不同岗位的工作进行研究和分级的方法。职位评价提供了这样一种技术，就是把提供不同具体服务的各种不同形式的、不可以拿来直接相互比较的具体劳动，通过还原为抽象劳动，使之可以相互比较，进而确定各职位相对价值关系。职位评价的目的是为了实现同工同酬，即完成同等价值工作，获得等量报酬。职位评价作为一种公正地解决薪酬分配问题的方法，是确定合理薪酬差别的基础。

基于职位的价值评价及分配需要关注两个问题：一是如何确定职位的价值，二是如何选择合适的人员任其能胜任的职位。

职位的价值可以通过职位评价的方法来确定。职位评价的方法很多，常见的有排序法、分类法、要素计点法及要素比较法。其中，排序法和分类法是最为常用的定性职位评价方法，要素计点法是最为常用的定量职位评价方法，要素比较法则不是很常用。针对电力企业的职位评价，笔者建议采用要素计点法。

一般而言，运用要素计点法进行职位评价要遵循下列步骤：① 根据企业的战略要求、薪酬变革的指导原则，选取、确定适合本企业的薪酬要素，并给予明确的定义。结合电力行业特点，薪酬要素可划分为四大类要素，即工作责任要素、知识技能要素、努力程度要素和工作条件要素。在此基础上，根据公司战略规划及调研结果，进一步将四大类要素分解成若干个子要素。例如，工作责任要素可分解为经营目标责任、决策责任等子要素；工作条件要素可分解为工作环境舒适性、工作的时间特征等子要素。② 对每一种薪酬子要素进行等级划分，以便于体现不同工作在同一个薪酬要素上的差异，并对每个等级进行明确定义。③ 确定不同薪酬要素在职位评价体系中所占的"权重"，以体现企业希望激励的各种行为重要性的相对大小。④ 确定每一种薪酬子要素及其在不同等级上的点值，以便于区分不同职位的相对价值大小。⑤ 确定职位评价委员会成员，对其进行职位价值评价方法的培训，并组织实施职位价值评价。⑥ 将所有被评价职位根据点数高低排序，划分点值范围，建立企业的职位等级结构。职位评价量见表 6 - 1。

表 6 - 1　　　　　　　　　　职 位 评 价 量

要素名称：决策责任（70）

要素定义：指任职者在正常工作中所承担的决策责任。责任的大小根据所承担的决策层次以及决策的重要性和影响作为判断依据

等级	等 级 定 义	分值
1	工作中常做一些小的决定，一般不影响他人。一旦失误，所造成的影响范围不大，影响程度也很低	15
2	工作中需要做一些决策。一旦失误，会对部门工作造成较低程度的影响或者是对企业造成较小的影响，损失基本上可以挽回	25
3	工作中需要做一些对企业的经营活动有一般性影响的决策。一旦决策失误，会给部门工作造成较大的不利影响或者会给企业带来局部的不利影响，但大部分损失可以挽回	40
4	工作中需要做一些对企业的经营活动有较大影响的决策。一旦决策失误，会影响其他部门或者企业局部工作的正常进行，会给企业带来较为严重的不利影响，相当一部分损失无法挽回	55
5	工作中需要做一些对企业的经营活动有重大影响的决策。一旦决策失误，会影响整个企业工作的正常进行，或可能会给企业造成无法挽回的重大损失	70

　　评价过程结束后，需要对职位评价的结果进行整理。通过对职位评价结果的整理使岗位之间内在关系可以明显地用数量关系和先后顺序表现出来，表现出职位间的差异，明确反映不同工作性质、不同工作责任、不同工作环境和不同任职要求的职位之间的区别与联系，形成系统化的资料，为评价结果的合理应用创造条件。职位等级分布见表 6 - 2。

表6-2　　　　　　　　　　　　职位等级分布

职级	薪点范围	生产技术部	营销部
12	380分以上	生产技术部主任	
11	360~380分	生产技术部副主任兼安监员、生产技术部副主任	
10	340~360分	线路运行班班长	基层营销部主任
9	320~340分	变电检修班班长、生产技术部变电检修专责、带电检修班班长、生产技术部变电运行专责、生产技术部线路运行专责	110班班长
8	300~320分	生产技术部现场安全监督专责、线路运行班副班长、变电检修班副班长、带电检修班工作负责人	基层营销部副主任1（兼农电）、基层营销部基层营销部副主任2（兼稽查）
7	280~300分	调度班班长、变电检修班检修工作负责人、线路运行班运行工、变电检修班高试工作负责人、110kV变电站站长	计量班班长
6	260~280分	变电检修班继保工作负责人、带电检修班检修工、110kV变电站副站长、变电检修班高压试验工、变电检修班检修工	110班工作负责人、抄表催费班班长
5	240~260分	变电检修班继电保护工、生产技术部电网规划、建设专责、110kV变电站正值	计量班工作负责人、110班配电线路抢修工
4	220~240分	110kV变电站副值、调度班正值	基层营销部营销稽查专责（兼用电检查）、计量班装表接电工、基层营销部营销系统管理专责（兼复核）
3	200~220分	调度班副值	抄表催费班班员、基层营销部线损专责（兼无功电压管理）、基层营销部业扩专责（兼需求侧管理）、基层营销部营销优质服务专责（兼95598远端座席）
2	180~200分		基层营销部农电统计专责（兼台区综合管理）
1	160~180分	调度班通讯专责	

选择合适的人到合适的职位通常采用职业行为能力评价。职业行为能力评价指的是评价员工是否具备某一职务所要求的职务行为能力。职业行为能力评价的前提是对企业的所有职务进行横的和纵的划分以后，明确各种职务的角色定位和价值要求，进而制定出各种职务的行为能力标准。例如，某电力公司拟招聘一名绩效专责，于是规定招聘绩效专责的行为能力标准为：能进行企业绩效状况调查，收集、分析有关资料，制定绩效管理方案；能进行绩效活动的策划、实施，熟悉有关绩效管理的流程，并能处理绩效考核中出现的突发事件；能独立承担绩效数据结果的整理、汇总及分析工作；能独立撰写绩效结果分析报告等。有了这个行为能力标准，就可以用它来衡量应聘者或拟任者是否具备相应的职务行为能力，凡符合标准的，证明其具备这种职务行为能力，因而也具备这一职务的任职资格；凡不符合这一标准的，则证明其不具备这种职务行为能力，因而也不具备这一职务的任职资格。

2. 基于技能的价值评价

基于技能的价值评价及分配是指通过对一个人所掌握的与工作有关的技能、能力以及知识的深度和广度进行评价并以此为依据进行分配（见表6-3）。在这里，个人为组织作出贡献的能力成为薪资决策中的主导因素，它所关注的是员工对组织作出贡献的能力的提高。

表6-3　　　　　　　　　基于技能的价值评价

生产技术	设 置 依 据
资深专家	负责一个完整技术领域的规划、实施，并组织技术把关、质量评审工作
一级工程师	能够解决整体关键问题和全面指导本专业其他人的工作
二级工程师	能够解决复杂的问题，可以熟练地完成本专业大多数的工作任务
三级工程师	能够熟练地解决简单问题，可以独立负责较宽泛或复杂的工作模块，并能指导初入职者
四级工程师	能独立负责简单的工作模块，掌控范围和难度一般
五级工程师	具备本专业职位系列的发展潜力的初入职者，在他人带领下从事基础操作层面的工作

技能通常可分为深度技能和广度技能。深度技能即通过在一个范围较为明确的具有一定专业性的技术或专业领域中不断积累而形成的专业知识、技能和经验。广度技能往往要求员工在从事工作时，需要运用其上游、下游或者同级职位上所要求的多种一般性技能。企业可以根据实际情况及发展需要，选择深度技能价值评价及分配模式或广度技能价值评价及分配模式，也可二者兼用。

设计技能薪酬体系时，首先应进行职类职种的划分，为员工的职业发展设定跑道。职类是根据公司战略要求与业务系统划分而形成的各种相关职种的集合。同一职类要求任职者需具备的能力种类、承担的职责相同或相似，如技术职类、管理职类。职种是将同类职位分类归并而成，这些职位要求任职者需具备的能力种类相同或相关，承担的职责与职能相似或相同，如人力资源职种、安全管理职种。技能等级分布见表6－4。

在以职位为基础的薪酬体系中，员工的晋升和发展一般只能沿着行政级别的提高实现，如果不能被提拔到更高的职位，工资水平很难得到提高，也难以实现职业发展。在技能薪酬体系中，所有职位被纳入不同的职类和职种，每个职种根据其对企业的重要程度被设定了长短不同的跑道。无论是否在职位层级中得到提拔，员工只要在本职种内不断提高自身的任职能力，其报酬水平就会相应提升，以此实现职业发展。

需要说明的是，技能薪酬体系设计的重点、难点在于如何对员工进行资格认证。因此，企业必须建立起一套资格认证体系及培训体系，以保证企业能够准确分辨出员工的技能水平及帮助员工开发组织所要求具备的技能。

3. 基于能力的价值评价

基于能力的价值评价及分配是近几年才开始流行的一种方式，它实际上是在基于技能的价值评价及分配基础上的一种扩展。它主要通过构

表 6 - 4　技能等级分布

职层	薪等	管理	职能					市　场		技　术				作业	
		运营管理	计划统计	财务金融	人力资源	安全管理	行政管理	营销	营销稽查	质量管理	生产技术	工程管理	信息技术	操作工	技工
核心层	12	局长													
	11	副局长													
	10	副总师	资深	资深	资深								资深		
	9	一级	一级	一级	一级	资深	资深	资深		资深	资深	资深	一级		
中坚层	8	二级	二级	二级	二级	一级	一级	一级	一级	一级	一级	一级	二级		
	7	三级	三级	三级	三级	二级	二级	二级	二级	二级	二级	二级	三级		
	6	四级	四级	四级	四级	三级	三级	三级	三级	三级	三级	三级	四级	一级	一级
骨干层	5				五级	四级	四级		四级	四级	四级	四级		二级	二级
	4					五级								三级	
	3														三级
基础层	2														
	1														

建企业内部能力素质模型，对一个人的个性特质进行评价，从而确定分配依据。个性特质评价指评价员工是否具备某一职务所要求的个性特质，或者说是"主题特征"。例如，开发岗位要求任职者具备创新，成就追求，重团队协作，善沟通、学习等方面的个性特质；销售岗位要求任职者具备主动性、敏感性，能把握商机，对别人施加影响，能经受挫折，不怕被拒绝，善于谈吐等个性特质。以上所说的不同素质要求也就形成了不同的能力素质模型。员工胜任能力示例见表6-5。在这个基础上，建立相应的测评体系，用以测定有关员工是否具备某一职务所要求的个性特质。关于能力素质测评在本书第三章第三节已进行了论述，此处不再赘述。

表6-5　　　　　　　　　　　　员工胜任能力示例

职类职种	人力资源管理	
角色	中级职员	
级别角色定义	基本掌握人力资源管理知识，熟悉企业人力资源管理体系；应用现有人力资源业务流程与技术方法，独立完成某一专业领域的工作，并对一级职员进行工作指导	
主要行为域	（1）在人力资源管理某一业务领域，根据政策要求独立开展工作； （2）针对某一业务领域现状进行分析，提出改进建议； （3）参与制定某一业务领域的制度实施细则或年度业务开展计划	
任职资格标准		
知识	通用知识	（1）电力专业基础知识； （2）计算机知识； （3）统计分析知识； （4）基本法律法规； （5）心理学基础知识； （6）企业管理基础知识； （7）公文写作知识； （8）财务基础知识
	专业知识	基本掌握人力资源管理知识，达到国家初级人力资源执业资格水平知识要求，至少通晓一个专业领域的主要观点和操作技术方法

续表

任职资格标准	
基本能力	人际敏感性：与公司上下、内外的各类人员建立并保持建设性的良好关系，取得适当的支持；善于聆听尊重他人；轻松化解极度紧张的气氛
	分析思维能力：搜集相关信息，把握复杂事物之间的内在联系，思考并处理问题的客观性、逻辑性及条理性
	情绪控制：有效管理自己的情绪；以平稳的心态处理紧张或僵持的局面，与持反对意见的人和平共处，紧密合作；用适当的方法释放与缓解自己的压力
	组织敏感性：了解公司的运转机制；清楚如何通过正规及非正规途径完成某事，明了关键政策、惯例及程序的来源，并分析其深层含义
	适应性/灵活性：根据变化的不确定性及时调整计划与工作重点，保持工作弹性与原则刚性之间的和谐与统一；支持并推动变革
专业技能	对应能力素质模型库中所在业务领域二级能力要求
经验要求	达到一级职员资格，从事本专业工作 3 年以上
专业成果要求	发表内部交流文章，至少有 1 篇

一般来说，能力与薪酬挂钩有三种基本形式：① 在职位评价中体现能力，将薪酬同职位价值挂钩。这种方法在职位评价中加大了能力的权重，突出了能力的重要性。② 在职位薪酬的同一工资等级内部体现能力，将薪酬同个人能力部分挂钩，即员工的职位工资等级根据职位评价结果来确定，同一工资等级内部的工资档次依据能力评定结果确定。③ 将薪酬直接地、完全地与个人能力挂钩。这是纯粹意义上的能力薪酬，此种薪酬并不计较该员工做什么事，完全依据个人能力来确定薪酬。

能力应该在多大程度上影响薪酬并没有固定的说法，薪酬设计是权变的，企业应根据自身情况来对这三种方式加以选择。但是无论是哪种挂钩方式都存在操作上的难点。第一种方法必须准确确定能力的种类，并且给能力恰当的权重。第二种方法和第三种方法的难点在于很难客观地将能力分等分级，不易得到员工的认同。

目前，能力素质模型应用于价值评价及价值分配环节的具体操作方法还处于一种不成熟的探索阶段，虽然很多企业已经将能力作为绩效管理、人员配置及培训开发系统的一个不可分割的部分，但是只有很少的企业以非常正式的方式将能力和薪酬决策明确挂钩。

三、薪酬的激励性

绩效奖励是体现薪酬激励的有效手段，是指员工的薪酬随着个人、团队或者组织绩效的某些衡量指标所发生的变化而变化的一种薪酬设计。由于绩效奖励是建立在对员工行为及其实现组织目标的程度进行评价的基础之上的，因此，绩效奖励有助于强化组织规范，激励员工调整自己的行为，有利于组织目标的实现。因此，企业有必要建立一套有效的绩效管理及目标激励机制，该机制的目的是使良好的人力资源管理实践朝着能够最终提高组织绩效的方向进行。绩效管理及目标激励机制通过战略目标的层层分解制订绩效计划并对绩效计划完成情况进行评估、反馈，最终与绩效工资相挂钩，构成了完整的员工创造价值（显性价值）的评价及分配链条。关于绩效管理的内容读者可参阅第三章第二节的内容。

绩效评价的方法很多，常用的有评级量表法、个体排序法、配对比较法、关键事件记录评价法、行为锚定绩效评价法等。选择何种评价方法要根据企业的实际情况来确定。在绩效的评价过程中，特别要注意的是对评价主体、评价周期、评价方法、评价内容、评价流程等的选择一定要谨慎，尤其是评价结果与薪酬分配的结合更要慎之又慎，否则就会事与愿违，带来诸多消极影响。绩效等级与绩效工资系数结合示例见表6-6。

表6-6　　　　　　　　绩效等级与绩效工资系数结合示例

分　值	$9 \leqslant X$	$8 \leqslant X < 9$	$6 \leqslant X < 8$	$4 \leqslant X < 6$	$X < 4$
等级	S	A	B	C	D
表现	优秀	良好	一般	需改进	不良
绩效工资系数	1.2	1.1	1.0	0.8	0.5

在实际工作中，员工个人所得到的绩效工资不但要与个人的绩效挂钩，还要与部门的绩效挂钩。以下列举出几个常用公式以供参考（以月度考核为例）。

（1）部门间月度绩效工资平均单价的计算，其公式为

部门间月度绩效工资平均单价＝企业月度绩效工资总额÷∑（部门月度绩效工资基准额×部门月度绩效评价系数）

（2）部门应得月度绩效工资总额的计算，其公式为

部门应得月度绩效工资总额＝部门月度绩效工资基准额×本部门月度绩效评价系数×部门间月度绩效工资平均单价

（3）部门内月度绩效工资平均单价的计算，其公式为

部门内月度绩效工资平均单价＝本部门应得月度绩效工资总额÷∑（员工个人月度绩效工资基准额×个人月度绩效评价系数）

（4）员工实际应得月度绩效工资的计算，其公式为

员工实际应得月度绩效工资＝员工个人月度绩效工资基准额×个人月度绩效评价系数×部门内月度绩效工资平均单价

四、设计薪酬体系应关注福利计划

福利是薪酬的重要组成部分。福利是企业在改善直接的劳动条件之外，从生活的诸多侧面以确保和提高员工及其家属生活而开展的活动和措施的总称。

根据我国劳动法的有关规定，员工福利可分为社会保障福利和用人单位集体福利。社会保障福利是指为了保障员工的合法权益，由政府统一管理的福利措施，主要包括社会养老保险、社会失业保险、社会医疗保险、工伤保险等。用人单位集体福利是指用人单位为了吸引人才或稳定员工而自行为员工采取的福利措施，如工作餐、工作服等。

企业给予员工的福利待遇也是对其劳动贡献的一种间接补偿和分配

的形式。福利分配的原则是根据整个社会的生活和消费水平，有条件、有限制地解决和满足员工的物质文化需要。享受福利的对象是企业的全体员工及其他们的家属。福利分配的特性是具有均等性、共享性、补充性和保证性。

一项好的福利计划不仅可以提高员工的士气、降低流动率，而且可以有效地凝聚员工、激励员工，因此，电网企业在设计薪酬体系时应注意积极推行福利计划，可以考虑加大福利占薪酬总额的比重，实行复合型福利激励体制；在内部福利分配过程中要注意考虑岗位差异，充分发挥福利成分原有的激励效用，建立起"内部激励，外部竞争"的福利激励体制，从而进一步提高员工的满意度、忠诚度和敬业度。例如，企业除依法完善社会保险体系之外，可以考虑试行企业年金等企业补充保险制度。

小结

本章重点阐述了电网企业如何构建价值导向的薪酬管理体系。首先从价值的构成入手，论述了价值分配的多种形式，强调企业进行价值分配时要考虑多种分配手段并用。继而以薪酬管理需要关注的三大要素为核心，展开讨论薪酬设计中如何体现薪酬的外部竞争性、内部公平性及激励性，并提供了可供参考的方式方法，供电网企业人力资源管理从业人员参考。但是我们应该清楚地看到，现阶段很多电网企业还不能自主地决定或者改变目前的工资和分配政策，借鉴学习时一定要慎重，学可学之处，避免实施工资改革，都弄得自己被"改革"了的情况出现。

附录 6-1　国外电力行业的薪酬状况

（1）美国政府只确定输电价格员工收入与公司绩效挂钩。美国地域广阔，拥有世界上最庞大的电力系统，电力监管通常以州为界，市场化改革也比较复杂，形式各异。20 世纪 70 年代末，美国电力行业仍是传统的公用事业，电价依照成本加毛利核定，新建电厂运营效率低，成本一直居高不下。80 年代后，电力定价机制的僵化受到普遍批评，联邦和各州政府开始逐步放松管制，通过有效的竞争使电价下降，为消费者带来福利。市场组织也从发输配售垂直一体化演变为厂网分离。现在，美国电力行业主要特点有：美国的电力产业组织结构和生产运营随着电力市场化的发展而不断发生变化；美国的电力市场化模式是发电领域和售电领域市场化，输电领域共用化。美国电力产品不同环节的价格大部分通过竞争确定，只有输电价格由政府法律确定。政府管制的放松对美国电力企业影响很大，以安然公司破产为代表，在安然宣布破产前半年，电力公司市场价值的损失已累积到 1200 亿美元；安然破产后，美国电力上市公司的市场价值又跌 690 亿美元。员工的收入与公司绩效直接挂钩。也有部分具有完善风险管理制度的电力公司在新的市场环境中取得成功。

（2）俄罗斯国家控制传输网络，职工工资高于最低标准 1.9 倍。俄罗斯电力体制改革始于 1992 年，政府决定用 10 年的时间进行非垄断化改革，俄罗斯电力系统一夜之间由国家所有制转变成股份制，成立了俄罗斯统一电力公司。由于传统体制所保留的收费价格非常低，电力公司经营陷入困境，政府再次决定开放电力市场，引进竞争机制，吸引私人投资。经过多次讨论，政府决定保持对传输网络的绝对控制，停止干预电价，发电公司间实现竞价上网。2002 年 10 月，俄罗斯议会通过一揽子电力改革方案；在 2005 年建立以竞争为原则的统一电力批发市场，完成电力结构改革。2001 年底以来，俄罗斯自然垄断行业的价格上涨，电力等平均提价大约 35%，人员工资等企业生产成本也相应提高。2005

年，电力行业职工与工业、天然气和自来水、运输和邮电业、管理和建筑行业的职工工资平均水平相近，高出最低生活费 1.9 倍。

（3）日本 10 年内电价降 27%，职工收入与平均工资持平。日本是唯一一个 9 种电力体制并存（不含冲绳县）的国家，也是仅有的 60Hz 和 50Hz 两种电网系统同时存在的国家，电力价格在国际上算是相当高的。日本一直实行各电力公司分地区发输配售垂直一体化体制，电力公司全部为私有（民营）企业。1995 年，日本开始引入独立发电企业，2000 年开始分三级逐级开放大用户，到目前为止，除家庭用户以外，所有大用户都可自由选择供电商。通过改革，10 年内用户电价降低了 27%，电力企业的收益率有所提高，电力行业职工的收入也在从垄断走向竞争的过程中逐渐与日本平均工资水平持平。目前，日本正在推进电力零售的部分自由化，促进竞争、消除浪费。

附录 6-2　**某电力局管理岗位评价方案**

××电力局管理岗位评价方案

为科学地评价机关管理岗位的等级，作为岗位劳动报酬的依据，参照《H 电业局本部岗位劳动评价办法》，特制定本方案。

一、评价方法

对管理岗位采用要素计点法进行岗位评价。根据管理岗位的岗位特征设计评价要素，并根据不同评价要素的重要程度赋予不同的点值，通过对各管理岗位进行评价，确定岗位中各要素的等级，然后把岗位中各要素对应的点值相加，得出该岗位的总点值，以确定岗级。

二、评价要素

管理岗位劳动评价由 12 个薪酬要素组成，分为岗位责任、能力要求、工作强度三类，具体如下：

（1）岗位责任：指不同岗位对实现企业或部门目标的潜在影响以及其在企业思想政治、生产、经营、管理等工作和活动中所负责任的大小。包括：① 岗位职责，指不同岗位在企业思想政治、生产、经营、管理等工作和活动中所负责任的大小。② 管理范围，指在职权范围内所拥有的直接指导、监督下属的范围。③ 联系配合，指不同岗位在正常工作中所需的与企业内部、外部沟通联系的频率。

（2）能力要求：指有效完成本岗位工作任务所必须具备的各项能力。包括：① 知识经验，指顺利履行本岗位职责所需具备的专业知识及专业工作经验。② 组织管理，指顺利履行本岗位职责所需具备的组织能力管理能力。③ 开拓创新，指顺利履行本岗位工作所必须具备的开拓创新的要求。

（3）工作强度：指不同岗位工作的繁重程度和难易程度。包括：

① 工作负荷，指岗位担负的工作量及脑力消耗的大小程度。② 工作难易程度，指岗位业务活动的困难及复杂程度。③ 紧张程度，指岗位担负工作的时限要求及精力集中所造成的疲劳程度。

三、评价要素的权重、级别及分值

（1）每类评价要素的权数分别为：工作责任 50%，能力要求 30%，劳动强度 20%。

（2）每个评价要素分为 4 个级别，体现用同一要素评价不同岗位时的判别。要素分级标准见附表 1。

（3）评价要素的分值：最高分值 400 分。

（4）按岗位测评办法打分。

四、岗位评价工作的组织

1. 成立岗位评价小组

为了顺利完成此次岗位评价工作，将成立机关岗位评价工作小组，负责组织此次岗位评价工作。岗位评价小组成员如下：

组长：郭××

成员：局领导及各部门主要负责人

2. 对各岗位进行评价

由办公室组织岗位评价小组对各管理岗位进行岗位评价。首先由部门负责人对岗位进行简要介绍，岗位评价小组结合该岗位的岗位说明书按照《H 电业局局机关管理岗位评价方案》对岗位进行测评打分，然后去掉最高、最低的两个分值后取平均分即为该岗位的综合评价分值。

3. 岗位归级

根据岗位劳动评价得出的各岗位综合评价分值对岗位进行归级，对评价有明显偏差的岗位，经岗位评价小组讨论通过可对其岗级进行适当调整。岗位归级表见附表 3。

附录 6 - 3　某电力局职工岗位评价方案

××电力局职工岗位评价方案

为科学地评价机关职工岗位的等级，作为岗位劳动报酬的依据，参考《F电业局本部岗位劳动评价办法》，特制定本方案。

一、评价方法

岗位评价是评价计量各岗位劳动状况，也就是岗位劳动者应支付的劳动的质和量。能反映岗位劳动质和量的因素应作为岗位劳动评价的内容。

1. 岗位的技术复杂程度

（1）技能要求：指对劳动者在生产过程中的学历、专业知识、技能要求。

（2）经验要求：指岗位对相关工作经验水平的要求。

（3）操作能力：指实际操作能力、技术等级的要求。

2. 岗位劳动责任

（1）职能作用：指在供电企业中的地位作用。

（2）安全责任：指对劳动者要求承担的责任大小，包括：设备使用对生产影响大小责任；安全责任（包括金融安全），岗位劳动在生产过程中对安全的影响程度，发生不安全事件的可能性大小。

（3）组织管理：指岗位对管理责任的要求、经营管理责任，即在企业经营、指导、协调、分配、考核等管理工作上的责任大小。

3. 岗位劳动强度

岗位劳动强度指不同岗位的繁重程度的难易程度。

（1）工作负荷：指岗位担负的工作量及岗位劳动在生产过程中对劳动者体力、脑力的压力。

（2）工作难易程度：指岗位业务活动的困难及复杂程度。

（3）紧张程度：指岗位担负工作的时限要求及精力集中所造成的疲劳程度，包括有效工时利用率、劳动姿势、劳动紧张程度、工作班次等。

4. 岗位劳动环境

岗位劳动环境指岗位劳动所处的环境条件，对劳动者危害程度。包括：高温危害程度；触电危害程度，高空作业影响；自然地理环境，露天等；其他有毒有害因素等。

二、评价要素的权重、级别及分值

（1）每类评价要素的权数为：岗位技术复杂程度20%，岗位劳动责任30%，岗位劳动强度30%，岗位劳动环境20%。

（2）每个评价要素分为4个级别，体现用同一要素评价不同岗位时的判别。要素分级标准见附表1。

（3）评价要素的分值：最高分值400分，各要素的分值分配及不同要素级别的分值见附表2。

（4）按岗级测评办法打分。

由办公室组织岗位评价小组对各职工岗位进行岗位评价。首先由部门负责人对岗位进行简要介绍，岗位评价小组结合该岗位的岗位说明书按照《F电力局职工岗位评价方案》对岗位进行测评打分，然后去掉最高、最低的两个分值后取平均分即为该岗位的综合评价分值。

（5）岗位归级。

根据岗位劳动评价得出的各岗位综合评价分值，对岗位进行归级，对评价有明显偏差的岗位，经岗位评价小组讨论通过可对其岗级进行适当调整。岗位归级表见附表3。

附录6-4　　某省电力公司工资分配制度改革方案

××省电力公司工资分配制度改革方案

第一章　总　　则

第一条　为建立与现代企业制度相适应的工资分配体系，改革和完善公司工资分配制度，规范企业内部分配结构，充分发挥工资分配的激励作用，制定本方案。

第二条　贯彻落实党的十六大提出的"确立劳动、资本、技术和管理等生产要素按贡献参与分配的原则"，建立符合电网企业生产、经营特点的工资分配制度，逐步实现企业工资总量随经济效益上下浮动，员工工资收入随工作绩效能增能减。

第三条　基本原则

（一）多要素分配原则：坚持按劳分配为主，管理能力、技术成果、劳动技能等生产要素参与分配。

（二）分配激励原则：坚持工资分配向生产一线、高技术（技能）等关键、重要岗位倾斜，激励员工爱岗敬业、岗位成才。

（三）薪绩挂钩原则：坚持薪酬分配与绩效评价结果紧密挂钩，员工工资能增能减。

（四）配套改革原则：改革工资分配制度要与用人制度改革、实施绩效管理有机结合，配套进行。

第四条　本方案适用于公司所属各单位。

第二章　改革的主要内容

第五条　改革的总体思路：改革现行岗位技能工资制度，调整、简化工资结构，实行岗位薪点工资制；强化绩效考核，使工资分配与企业和员工的业绩紧密挂钩。

第六条 岗位薪点工资制是依据岗位劳动要素评价确定岗位岗级、用薪点数设置工资标准、根据经济效益确定薪点值、按照工作业绩确定收入的一种工资分配制度。工资结构由岗位薪点工资、绩效奖励工资、辅助工资三个单元构成：

（一）岗位薪点工资实行"一岗多薪"。岗位序列划分18个级别，每个岗级内设6个薪级，相邻两个岗级交叉2个薪级。

（二）岗位岗级：在规范机构和岗位设置的基础上，通过岗位劳动测评，根据公司规定的岗位区间、平均岗级（见附表3~附表5），进行岗位归级。

（三）岗位薪级：根据定期（一般以年度为单位）绩效评价结果确定（首次改革通过套改确定）。

（四）岗位薪点数：根据国家电网公司设置标准，结合公司发展需要和岗位要求，由公司适时调整。

（五）薪点值：每年由公司依据企业经济效益、工资来源等因素确定。

（六）岗位薪点工资额＝岗位薪点数×薪点值。

（七）原岗位、技能工资全部纳入岗位薪点工资。对现有津补贴项目进行清理，将津补贴予以归并，纳入岗位薪点工资单元。

（八）员工岗位薪点工资的套改：为实现新旧工资制度的平稳过渡，综合考虑员工的岗级和技能工资水平确定其岗位薪点工资。

（1）岗级的确定：在企业完成岗位规范的基础上，通过岗位竞聘，确定员工的岗位岗级。

由于取消了企业分类，因此，企业在进行岗位归级，首次套改不得超过原岗位区间的两个岗位岗级，以后逐步到位。

（2）薪级的确定：根据员工改革前的岗位工资、技能工资和部分津补贴，通过《国家电网公司工资制度改革测算软件》进行测算，确定其岗位薪级（以后根据定期绩效评价结果确定）。

（3）执行原岗位技能工资标准2的运行人员，先还原到原岗位技能工资标准1，根据上述办法进行工资套改（继续在运行岗位上工作的享受运行津贴）。

员工的岗级、薪级和薪点数确定之后，员工的岗位薪点工资额即为岗位薪点数与薪点值的乘积。

第七条 绩效奖励工资是根据员工绩效进行分配的一种工资分配形式，与员工的月度（季度）、年度工作绩效直接挂钩。绩效奖励工资的分配办法按各单位"绩效管理实施办法"实行。

第八条 辅助工资是以年功工资、津贴、加班工资等形式支付给员工的工资性收入：

（一）年功工资：是按照员工积累劳动因素进行分配的一种工资形式。年功工资标准采取分段计算，即1～20年段每年工龄10元/月，20年以上段每年工龄15元/月。

（二）津贴：

（1）政府特殊津贴：主要是指由财政拨款给予各类专家的特殊津贴，按国家规定标准执行。

（2）人才津贴：根据公司人才强网战略要求，给予公司确认的各类专家以及公司聘用的专业技术、技能人才的津贴。

公司已建立的人才津贴有技师、高级技师聘用考核奖励（工资）津贴，经年度考核一次性发放，其标准按照省公司J电力公司劳〔2004〕1087号文规定执行。

其他各类专家、技术等津贴，公司政策未出台之前暂予空缺。

（3）岗位津贴：由于岗位的特殊性，给予部分员工的岗位补贴。岗位津贴实行在岗发放，离岗取消。① 运行津贴：在发、变电运行岗位工作的员工享受的津贴，标准为200元/月；② 班组长津贴：生产、营销一线班组长津贴（详见 J 电公司人资〔2006〕1005 号文）；③ 纪检津贴：在职在岗纪检人员的办案津贴，标准为 50 元/月。

（三）加班工资：以员工岗位薪点工资作为计算加班工资的基数。

今后公司系统不再执行地方政府规定由企业自付的各类津补贴（包括奖励晋级）政策。各单位不得再自行建立各种津补贴。

第九条 新进人员工资标准

（一）各类毕业生、研究生：分配到企业的大专、中专、技校毕业生实行 1 年见习期，硕士、博士研究生实行 3 个月适应期。见习期、适应期满，经考核合格执行所上岗位 1 薪工资标准。

（二）军队转业干部：转业到企业的军队干部实行半年适应期。适应期满，经考核合格执行所上岗位 1 薪工资标准。

（三）调入人员：系统内调入（国家电网公司系统），已实行岗位薪点工资制的，按岗位变动处理；系统内调入，未实行岗位薪点工资制和系统外调入的，执行所上岗位 1 薪工资标准。

第十条 若干具体问题的处理

（一）此次工资改革后，公司统一执行岗位薪点工资制。在进行企业内部分配制度改革时，可将绩效奖励工资、辅助工资或部分岗位薪点工资作为改革工资基数。

（二）实行劳动力市场价格工资制人员，由各单位参照当地发布的劳动力市场工资指导价位适当调整。

（三）单位负责人从 2007 年 1 月起实行《××省电力公司企业负责人收入分配办法》，此次不进行岗位薪点工资制套改，暂实行原有工资制度。

（四）员工岗位变动。① 由低岗到高岗：原薪级为 1 薪和 2 薪的，执行所上新岗 1 薪级的工资标准；原薪级在 3 薪及以上的，执行所上新岗下套 2 个薪级的工资标准，工资额相同时可上套一个薪级；② 由高岗到低岗的，执行所在新岗的原薪级工资标准；③ 岗级不变的，执行原岗级、原薪级工资标准。

（五）内部退养人员，在遵守双方所签订的内退协议的前提下，按下列办法处理：

（1）领取570元生活费的，各单位可根据自身实际采取不同的方式适当调整，但调整后工资额不得超过800元；

（2）按公司×电公司劳〔2000〕516号文有关规定比例折算的（即按员工上年度月平均工资的50%～70%），根据本人计算内退工资时的岗级，按本方案调整并折算增加内退工资。

（六）企业可根据自身实际，在不高于公司规定的标准范围内，调低岗位薪点值。

（七）《××省电力公司岗位薪点工资标准表》中1～5岗的岗位薪点工资标准，可根据企业实际，参照作为本单位待岗、长期学习等未列入本方案管理的其他日常工资处理。

（八）对违纪、违规、违法和犯有其他错误，需要缓调或不调工资的人员，由各单位视情况自行决定。

第十一条　改革工资制度所需工资增量由以下渠道解决：

（一）调整工资结构，归并、冲销部分津补贴和奖励工资以及企业自行提高的技能工资、工龄工资等，并将归并部分纳入岗位工资；

（二）当年新增效益工资；

（三）企业历年结余工资。

第十二条　岗位薪点工资制实施对象为各单位方案实施之月在册在岗员工。

第三章　改革的步骤与要求

第十三条　实行岗位薪点工资制度应与劳动用工和人事制度改革配套进行。要大力推行岗位动态管理，实行竞争上岗，建立并完善有效的选人、用人机制。未进行用人制度改革和绩效管理的单位，暂缓实行岗位薪点工资制度。

第十四条 认真做好工资分配制度改革的基础管理工作。加强"定编、定员、定岗、定责"工作，搞好工作分析，制定并完善岗位工作说明书，建立健全岗位评价和绩效考核制度，完善岗位薪点工资的考核评价和调整机制。

第十五条 各单位要根据本方案，结合实际制定工资分配制度改革具体实施办法，经本单位职工代表大会或其工作机构审议通过，报公司审批后执行。

第十六条 各单位要成立专门机构，切实加强对工资分配制度改革工作的领导，负责改革方案和配套工作制度的制定与实施。

第四章 附 则

第十七条 本方案自印发之日起施行。起薪时间为本单位岗位薪点工资制实施之月。

第十八条 本方案由公司人力资源部解释。

附表1

××电力局岗位评价要素分级标准

类别	薪酬要素	A	B	C	D
劳动责任	职能作用	直接从事安全生产、电力营销、财务和多经、后勤管理,且属本局核心业务	直接从事安全生产、电力营销、财务和多经、后勤管理,且属本局一般业务	直接服务安全生产、电力营销、财务和多经、后勤管理	间接服务安全生产、电力营销、财务和多经、后勤管理
劳动责任	组织管理	对班组有管理职能	对班组和本专业有管理职能	对专业有部分管理职能	对班组和专业无管理职能
劳动责任	安全责任	岗位对全局,班组和本人安全责任影响很大	岗位对班组和本人安全责任影响较大,金融安全责任大	岗位对全局,班组和本人安全责任影响一般	岗位对全局,班组和本人安全责任无影响
技术复杂程度	技能要求	专业性很强,需要专业知识和技能保证	专业性较强,需要专业知识技能保证,对相关专业知识需有一定了解	专业性和技能要求一般,需要对相关专业知识有所了解	专业性不强,不需要了解其他本专业知识
技术复杂程度	经验要求	非常需要较高相关的丰富工作经验来解决本专业难题	需要一般相关的丰富工作经验来解决本专业难题	偶尔需要相关的丰富工作经验来解决本专业难题	不需要组织相关的丰富工作经验来解决本专业难题
技术复杂程度	操作能力	需要很高的实际操作能力和技术等级要求	仅需一般实际操作能力和技术等级要求	偶尔需要实际操作能力和技术等级要求	基本不需要实际操作能力和技术等级要求
劳动环境	工作负荷	工作环境恶劣,高温高压危险	工作环境差,三班倒	环境一般,卫生条件差	环境较好
劳动强度	难易程度	日常工作和脑力消耗很大	日常工作量和脑力消耗大	工作量一般,有一定脑力消耗	工作量一般,脑力消耗小
劳动强度	难易程度	复杂问题,受客观因素制约大,需主动寻求解决途径	经常遇到复杂问题,需要根据具体情况灵活处理	日常事务性工作较多,偶尔需要处理复杂问题	全部为日常事务性工作
劳动强度	紧张程度	工作时效性很强,精力高度集中	工作时效性强,需集中精力	工作时效性一般	工作时效性不强

附表2　　　　　　　　　××电力局职工岗位评价要素分值标准

权重	薪酬要素	要素级别				分值
		A	B	C	D	
技术复杂程度 20%	技能要求	30	25	20	15	80
	经验要求	20	15	10	5	
	操作能力	30	25	20	15	
劳动责任 30%	职能作用	30	20	20	10	120
	组织管理	40	30	20	10	
	安全责任	50	35	20	10	
劳动强度 30%	工作负荷	40	30	20	15	120
	难易程度	40	30	20	15	
	紧张程度	40	20	10	5	
劳动环境20%		80	60	40	20	80
合计		400	290	200	120	400

附表3　　　　　　　　　职工岗位归级表

岗　　级	基　本　比　例
13	3%
12	36%
11	20%
10	10%
9	17%
8	13%
岗级总数	318

附表4

×× 电力局职工岗位评价表

部门：

权重	薪酬要素		要素级别				岗位名称						
			A	B	C	D							
技术复杂程度 20%	技能要求		30	25	20	15							
	经验要求		20	15	10	5							
	操作能力		30	25	20	15							
劳动责任 30%	职能作用		30	20	20	10							
	组织管理		40	30	20	10							
	安全责任		50	35	20	10							
工作强度 30%	工作负荷		40	30	20	15							
	难易程度		40	30	20	15							
	紧张程度		40	20	10	5							
劳动环境 20%			80	60	40	20							
合计			400	290	200	120							

附表 5 职工岗位岗级分布

岗 级	原 有 比 例
13	3%
12	9%
11	38%
10	29%
9	13.5%
8	7.5%
岗级总数	695

第七章
光明大道

对厂网分开后新组建的两大电网公司来说，如何打破区域界限、将以区域为主的供电企业统一到集团公司的管理模式上来，如何消除文化差异、把不同文化特色和企业特色的基层单位凝聚到集团公司的管理要求上来，成为摆在电网企业面前的首要问题。当今企业员工思想文化素质普遍提高，迫切需要先进的社会文化和企业文化的引导。特别是近十年来，电网企业先是端正行业作风，后是进行体制改革，努力摒弃"电老大"的作风，竭诚树立供电新形象，这一切都有赖于企业文化的正确引导，推动企业领导和员工观念的彻底更新和素质的共同提高。

根据笔者在管理咨询实践中的了解，最近几年企业开始从"虚虚"地谈文化理念和价值观体系，开始转变到"实实"地谈企业文化落地实施工程。企业文化从根本上讲是一种心理契约，是一种管理氛围，其根本作用是在企业中形成一种正气，形成一种积极向上的氛围，形成一种崭新的精神面貌。本章系统地论述企业文化的内涵、形成及落地实施的程序、方法，为企业文化在电网企业的落地与实施，全面提升人力资源管理水平提供可借鉴的思想及方法。

　　企业文化是人类文化现象中的一种亚文化，人类的文化现象，被有些文化学者定义为："人类创造的一切物质财富和精神财富的总和。"但大多数文化学者更愿意将文化看做是一种精神领域的现象，因此，文化常常被他们说成是："一整套代表一种生活方式的共同思想或共同的风俗习惯、信仰和知识"或"在群体中产生的代代相传的共同的思维与信仰方式"。根据这一理论，我们可以将企业文化定义为"一个特定群体共同的价值观念与行为规范"。特定群体是指组成企业主体的员工是由某一种力量有目的地召集来的，并为实现这一目的而存在。

　　电力体制改革后，国家将原来的国家电力公司划分为两大电网公司、五大独立发电公司，组建了电监会，使电力行业由原来统一的集约管理变为分散管理，电网和电厂彻底分开。对新组建的两大电网公司来说，如何打破区域界限，将以区域为主的供电企业统一到集团公司的管理模式上来，如何消除文化差异，把不同文化特色和企业特色的基层单位凝聚到集团公司的管理要求上来，成为摆在电网企业面前的首要问题。同时，针对当今企业员工思想文化素质普遍提高，员工的需求也正由物质层次向精神层次转变，迫切需要先进的社会文化和企业文化的引导。特别是近10年来，电网企业先是端正行业作风，后是进行体制改革，努力摒弃"电老大"的作风，竭诚树立供电新形象，这一切都有赖于企业文化的正确引导，推动企业领导和员工观念的彻底更新和素质的共同提高。

　　电网企业既是国家的基础产业，又是国民经济发展的命脉，具有保证社会稳定和经济发展的政治特性；同时，电网企业又具有社会垄断性、公益性的特点。这些特殊性决定了电网企业文化建设的独特性。因此，电网企业在开展企业文化建设时需要密切注重与外部环境的发展要求相一致，既要维护国家利益，又要维护企业利益，同时还要兼顾客户的合法权益。

　　根据我们在管理咨询实践中的理解，最近几年企业开始从"虚虚"地谈文化理念和价值观体系，开始转变到"实实"地谈企业文化落地实施工程。

第一节　企业文化：灵魂的激励

　　文化现象的形成，一般是个自然的过程，企业文化却与此有别，是一个人为造成的现象。企业文化大多数是其领导人所倡导与直接促成的。因此，企业文化往往就是其主要领导人的化身，是其思想观念、行为规范的具体体现。受中国传统文化民本思想的熏陶，中国人难以接受"老板"决定一切的观念，我们不但试图与企业领导人在观念上平等，甚至还会要求在分配上与其平等，这正是毛泽东在中国能够推行国有制的根本原因，然而却是有悖于工业化时代主流精神的。但企业文化在实施的过程中必须强调：企业文化不能够被广大员工所接受，那么它是没有生命力的，更不能带来企业的长生！

　　企业文化作为特定人群所拥有的价值观念与行为规范，其根源来自于其所生存的社会，与主体社会的主流文化一脉相承。虽然社会众多的亚文化中可能有某一价值观与主流社会相冲突的现象，但作为特定群体的企业很少发生这样的现象。我们今天所处的时代已是全球经济一体化，各国企业间的交往频繁，不同企业文化的交融明显。纵使如此，企业文化中主流文化的印迹仍旧深刻。

　　人们常说："企业文化是企业的灵魂，是企业个性化的表现形式。"这句话较好地表现了企业文化的作用，即任何一种企业文化的作用都可以从企业本身和社会两个层面来分析。

　　一方面，从企业本身来看，企业文化的作用首先表现在对员工的影响方面。得到全体员工认同的企业文化，无疑是在员工的心灵中划定了一方天地，让他们知道什么是可行的，什么是不可行的，从而保证了企业员工行为的一致性，保证了企业的整体性。另一方面，员工对企业文化的认同，是员工融入企业的最佳途径，也是其成为职业人的第一道门槛。一个员工进入企业，与之建立一种契约关系，就是交出了自己的部分权利，尤其是独立自主的权利，你必须全心全意地认同企业的价值观，按照企业的要求重新塑造自己。由此可见，企业文化对员工的影响是多么重大。企业文化可以改变一个人职业发展的方向，甚至可以改变一个人的一生。

企业文化作为一种人类的创造物，其最好的表现形态是企业的产品和服务。当企业的产品和服务都浸润了企业文化时，其产品和服务的生命力将会是其他任何企业不可以相提并论的。例如，电力客户服务中心的服务是一种产品，是一种特殊的服务产品。目前，电力客户服务中心已推出和可以推出的服务产品有：品牌服务、网络服务、绿色服务、软电服务、畅通服务、人文服务等。这些服务的推出，形成了电网企业产品的独特生命力，极大地提高了电网企业的社会形象。

关于企业文化的真正内涵，在这里笔者引用魏杰先生的理念。魏杰教授对于企业文化的内涵从几个角度进行了阐释，笔者认为这是目前关于企业文化内涵最全面的解释。

1. 企业文化从形式上看是属于思想范畴的概念

企业文化属于人的思想范畴，是人的价值理念。这种价值理念是和社会道德属于同一种范畴的。我们在治理社会的时候，首先提出来要依法治国，但完善的法律也有失效的时候。法律失效了依靠什么来约束？靠社会道德，所以既要依法治国，同时又要以德治国。管理企业文化也是一样，首先要靠企业制度，但是对于任何制度来说，再完善都会有失效的时候，企业制度失效了靠什么约束？靠文化约束。

由此可见，企业文化和社会道德一样，都是一种内在价值理念。也就是说，企业文化和社会道德一样，都是一种内在约束，即人们在思想理念上的自我约束，因而都是对外在约束的一种补充，只不过是发生作用的领域不同而已。社会道德是对社会有作用，而企业文化是对企业有作用，所以说，从形式上看企业文化教育是属于思想范畴的概念。正因为如此，企业文化才是极为重要的。例如，财务制度失效了，但是一个人如果有不是我的钱就不拿的价值理念，那么即使是企业财务制度对他没有了约束，他也不会去拿不是他自己的钱；相反，如果一个人有着不拿白不拿的价值观念，那么财务制度一旦失效，他就会去犯错误。

2. 企业文化从内容上看是反映企业行为的价值理念

企业文化在其内容上，是对企业现实运行过程的反映。具体来讲，就是企业的制度安排，以及企业的战略选择在人的价值理念上的反映。或者说，企业的所有的相关活动，都会反映到人的价值理念上，从而形成了企业文化。

由此可见，从内容上讲，企业文化是与企业的活动有关的价值理念，而不是别的方面的价值理念。企业文化是反映了企业的现实运行过程的全部活动的价值理念，是企业制度安排和战略选择在人的价值理念上的反映。例如，一个企业如果在制度安排上要拉开人与人之间的收入差距，那么这个企业在企业文化上就应该有等级差别的理念。又如，一个企业要在经营战略上扩大自己的经营，那么这个企业就要在企业文化上有诚信的理念。

总之，企业文化从内容上看是反映企业行为的价值理念。

3. 企业文化从性质上看是属于付诸实践的价值理念

价值理念如果从其实践性的角度来看，实际上可以分为两大类，一类就是信奉和倡导的价值理念，另一类就是必须付诸实践的价值理念。企业文化既属于企业信奉和倡导的价值理念，又属于必须付诸实践的价值理念。但企业文化真正约束员工的行为，真正在企业运行过程中起作用的是必须付诸实践的价值理念，而不仅仅是企业信奉和倡导的价值理念。

因此，我们在谈到企业文化的时候就应该明白，企业文化其实已经对企业发生作用了。企业文化没有付诸实践就失去了其应有的作用，就是一纸空文。

4. 企业文化从属性上看是属于企业性质的价值理念

文化如果从其作用为价值理念的角度来看，是一个极为广泛的领域，可以说是与物质相对应的范畴，都可以称之为文化，因而文化的内容是极其丰富的。也就是说，对于价值理念来说，如果从其拥有的主体上来划分类别的话，可以分为自然人的价值理念，民族的价值理念，国家的价值理念，法人的价值理念和企业的价值理念。企业文化则属于企业的价值理念，是企业的灵魂。

企业文化虽然有的时候也会受到民族的价值理念、社会的价值理念以及其他有关方面价值理念的影响，但就其属性来看，是属于企业的价值理念，所以，人们把企业的价值理念即企业文化称为企业的灵魂。

5. 企业文化从作用上看是属于规范企业行为的价值理念

企业文化作为企业的价值理念，是对企业真正发挥作用的价值理念，对企业的行为以及员工的行为都起到了非常好的规范作用。例如，企业文化中关于责权利对称性管理理念规范着员工的责权利关系；企业中的共享共担理念规范着企业与员工在风险承担及利益享受上的相互关系。

在读者了解了企业文化的内涵之后，让我们来看看企业文化的构成。

一般而言，企业文化的构成可分为3个层面（见图7-1）：① 精神文化层。企业精神文化层的构成包括企业核心价值观、企业精神、企业哲学、企业伦理、企业道德等内容。② 制度文化层。企业制度文化层的构成包括企业的各种规章制度以及这些规章制度所遵循的理念。例如，人力资源理念、营销理念等。③ 物质文化层。企业物质文化层的构成包括企业容貌、企业标识、文化传播网络等内容。企业的精

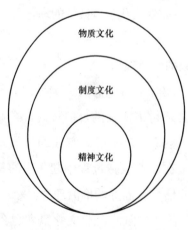

图7-1 企业文化构成
的3个层面

神文化层为企业的物质文化层和制度文化层提供思想基础，是企业文化教育的核心；制度文化层约束和规范精神文化层和物质文化层的建设；企业的物质文化层为制度文化层和精神文化层提供物质基础，是企业文化的外在表现和载体。三者互相作用，共同形成企业文化的全部内容。

在上述三个层面中，企业所倡导的企业精神、经营的思想是不能随意改变的，唯一可以改变的是企业行为。企业只有通过不断的企业变革，抛弃不利于企业成长的习惯和管理方式，学习和利用有利于促进企业发展的管理方法和制度，这样才能在不断的抛弃与学习、利用的循环往复过程中形成企业真正的文化。因此，对于一个企业而言，企业文化不是用一些美丽的辞藻堆砌出来的花瓶；也不是找一帮秀才写出一本小册子，然后放在那儿，客人来了就送一本；更不是唱歌跳舞、上街学雷锋，仅仅让员工兴奋的浅层次的文体活动。企业文化是将新的经营思想细化到企业生产中的每一个环节，通过不断的企业变革来实现员工行为上的最初行为的改变，成功企业对文化的理解就表现在它们不断的变革和立即行动上。

企业文化没有落地，没有扎根，就不是真正的企业文化。我们可以通过下面的模型来认识企业文化是如何形成与落地的（见图7-2）。

企业文化的落地是一个无止境的、不断循环的过程，体现在企业中是生产效率的提高和凝聚力的增强。企业通过制度上的改变促进和培养员工的新技能、新能力，达到行为上的改变，通过行为上的改变让他们对企业有一个新的认识和感知。经过一段时间，员工开

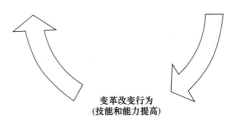

认识和感知

理念和态度
（企业文化形成）

变革改变行为
（技能和能力提高）

图7-2 企业文化形成与
落地模型

始用新的态度来看待企业，就会慢慢形成或接近企业提倡的理念，使之成为每个员工的自觉意识，融入各自的日常工作中。

从上面的论述中，我们可以得出结论：企业文化要从变革开始。那么我们究竟要变革些什么呢？在此，笔者给出六个变革方向，以供参考。

（1）变革领导意识。真正优秀的企业文化不是只需要一个眼光远大、魅力无穷的领导者，而是需要广大的员工认同，需要进行系统的整合。因为一个企业获取核心竞争力可能并不是依靠知识与技能，但是能够整合知识与技能的知识与技能必定构成企业的核心竞争力，尤其是关于怎样协调多种生产技能和整合不同技术的知识和技能。

（2）变革思想。优秀的企业文化不是伟大的思想或响亮的口号，而是持之以恒的实践精神。优秀的企业文化不仅是指导企业在优势条件下取得辉煌的经营成果，更重要的是在劣势条件下或者是在公司错误连连时也能步履蹒跚，最终赢得长距离竞赛的胜利。

（3）变革战略观。优秀的企业文化所要指导的不是一个企业围绕一个战略目标苦苦挣扎，企业的最佳行为应是来自尝试错误和机会后保留的最后可行性的项目。企业无论何时都要遵循优胜劣汰的自然淘汰法则，随时准备结束一个走不下去的战略或修订战略计划。

（4）变革人才观。提到人才，人们自然就会把人才和学力、文凭、企业的经历、是否海归挂在一起，这实际上是一个误区。什么是人才？在人力资源管理的领域，人人都是人才，人人都是资源，不存在特殊的人才。一个员工能够把地扫成世界一流水平，他就是人才；一个秘书能够做成世界一流水平，他也是人才。因此，管理面前人人平等，如果一个企业只依赖少数人才而生存和发展，那是非常危险的。

（5）变革利润观。优秀的企业文化不只是以追求利润最大化为首要目标，赚钱只是目标之一而不是全部。例如，国家电网公司提出"服务党和国家工作大局、服务电力客户、服务发电企业、服务社会发展"的公司宗旨及"以人为本、忠诚企业、奉献社会"的企业理念，将企业的社会责任融入了企业文化之中。

（6）变革企业文化观。企业文化不是万能的，可以为企业解决任何问题。同样优秀的企业可能拥有截然不同的理念，拥有优秀企业文化的企业不一定都是成功的企业。在企业中最重要的是理念一旦确立，公司的一切行为都必须遵循其核心价值，并在关键时刻企业能为核心价值观赋予新的意义。

以上提出的6个变革方向并不是孤立存在的，一项变革的实施会带动其他变革项目的开展。因此，电网企业在实施文化变革时，要抓住重点和短板，从理念转变入手，逐步引导全体员工观念的转变，循序渐进，实现员工的认同，这样才能有的放矢、事半功倍。

第二节　落地体系：十八般武艺

企业文化是企业的核心竞争力，是企业百年基业的保证。企业界流行管理三境界说法：三流的企业靠经验，二流的企业靠管理，一流的企业靠文化。越来越多的企业开始意识到企业文化对企业发展的巨大作用，但在企业文化建设与落地过程中，会出现企业文化虚无缥缈的问题，使得企业文化成为"镜中花，水中月"。甚至有人感叹"做企业文化什么都没得到，就落下一身累"、"企业文化，做起来真的好难"。针对企业文化落地难的问题，笔者在为多个电力企业咨询服务过程中进行了创新研究，其研究成果框架为"UTC 企业文化落地矩阵"，将文化落地细化为 17 个职能模块的落地，解决了文化落地生根的问题。

需要说明的是，我们在实践中暂时只总结出来了 17 个职能模块。可是我们相信，这一定是不完整的，因为"管理实践是最伟大的，它是探索一切与检验一切管理理论、管理方法的标准和源泉"，肯定还可以探索出一个方法来，所以"17 + 1 = 18"。我们本节企业文化落地体系标题还是采用了"落地体系：十八般武艺"，而不是我们目前业已探索出来的"十七般武艺"。

"UTC企业文化落地矩阵"包括17个职能模块在实践中的落地方式和方法（见图7-3），分别是理念体系、案例文集、实施规划、组织体制、文化培训体系、员工活动、传播系统、文化诊断、标杆研究、领导思想汇编、KPI落地、工作改进计划、制度审查、考核监督、成果宣传出版、文化效果评估和专项问题。矩阵的横轴表示企业文化的17个职能模块建立起来的紧迫性，从左到右表示紧迫性从低到高，越到右边越着急建起来。矩阵的纵轴表示17个职能模块的关键性和影响力，即职能的重要性，从下到上表示重要性从低到高，越到上面越重要。在实施企业文化落地工程时，可以根据这张矩阵图去盘点企业的文化建设，分析应该优先做什么和怎么做的方向和范围，以便对企业的文化建设有个基本的框架和概念，从而保证企业文化落地的方向和效果。

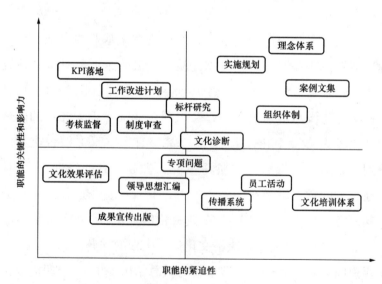

图7-3　基于系统思考与定点突破的UTC企业文化落地矩阵

UTC 企业文化落地矩阵中的每一个模块都可以理解为企业文化咨询的一种方法，也可以理解为企业文化落地的一种方法。当企业开始考虑构建企业文化时，可用"UTC 企业文化落地矩阵图"进行对照，看看企业文化的哪一个职能模块紧迫性更高，更需要建立。笔者认为，比较而言，理念体系、案例文集和文化培训体系是企业比较需要和着急的，需要把它们先建立起来。从职能的关键性和影响力来看，位于上方的理念体系、实施规划、KPI 落地和工作改进计划等相对来讲更重要一些。位于下方的文化效果评估、成果宣传出版、制度审查和考核监督这些职能模块，相对而言，对于大企业可能更紧迫一些，对小企业可能为时尚早。

以下，让我们逐一盘点这些职能模块。

1. 理念体系

企业文化理念体系包括企业文化的使命愿景和核心价值观等。要实现企业文化落地，首先要提炼定格理念体系，这是企业文化的精髓部分。包括企业使命、愿景、核心价值观体系、战略和重大职能的一些关键原则；研、产、销、用人的价值主张，即友泰咨询所讲的管理大纲，有的称为"企业文化纲领"、"企业宪法"等。对于新成立的企业，企业领导在对企业发展方向和战略目标进行深入探讨后，可以简单高效地确定适合本企业的企业文化；对于发展成熟的企业，则可借助专业机构或组建专门队伍，对企业的发展现状、企业文化现状以及战略实施概况等进行总结研究，提炼出本企业的企业文化体系。

2. 案例文集

案例文集主要指"用员工的话说身边的事"，把反映企业文化的历史上的故事、案例让员工写出来，整理汇编成册，最后作为企业文化建设实实在在的案例。

3. 实施规划

企业文化的实施规划是指企业文化建设与实施的规划，包括理念建设和落地传播体系的规划，如实施规划时间表、组织保障、人员保障、时间保障、经费保障和风险预警。一般企业建议做好 3 年或者 5 年企业文化建设规划。

4. 组织体制

组织体制是指企业文化的建设具体应由哪些部门、哪些员工参与建设，各自的责任与边界在哪里。画出企业文化建设组织结构图，明确参与者的工作权限与工作内容；制定企业文化工作的职务说明书，避免出现"三个和尚没水喝"和"踢皮球"现象。

5. 文化培训体系

每一个企业的文化体系，包括前面所讲的理念体系和案例文集，都是企业文化培训体系的组成部分。具体包括培训内容、培训师资、培训教材（员工的教材和讲师的教材）、企业文化宣传培训的培训计划、培训时间表以及企业文化管理制度和运行规范等。如新员工培训什么，提拔之前培训什么，高层管理人员培训什么，这些都是企业文化培训的时候要考虑的东西。

6. 员工活动

员工活动是企业文化传播和体现的重要载体。员工如何去参加公司的各种活动？如绩效会议，企业文化宣传活动，工会组织的各种娱乐活动、文娱活动、公司庆典、年度会议，公司横向的各种交流、辩论赛、征文活动等。这些员工活动如何体现企业的文化？如何体现文化的传播和表现？对员工活动提出规范和要求，确定在不同的场合员工活动的方式和方法，如员工怎么做，管理者怎么做。

7. 传播系统

传播系统与前面所讲的员工活动都是企业文化传播非常重要的载体。为了有效地传播企业文化理念，突出核心价值观，也为了让员工切实参与到企业文化中，需要建立起企业文化交流的渠道和方法，包括局域网、专栏、电子刊物、报纸杂志、工作服、横幅、宣传标语等传播载体。我们关注的是文化的理念层面，包括制度手册的传播、内部局域网的建设、内部 BBS 论坛的建设等都是企业文化交流的渠道和方法，需要把这些途径系统地建立起来，并利用这些途径经常性地对员工进行教育和培训。如公司员工的邮件如何体现公司文化、公司工作模板、LOGO、文档模板以及项目组文件的管理规范，这些都是体现企业文化传播的一些系统。很多企业把这些传播系统的建立交归于宣传部门或 CIS 系统。

8. 文化诊断

企业文化的诊断是指企业刚开始建立企业文化时，针对整体员工对企业文化的认可度、企业文化的实施状况和现状、高层管理是否认同、员工是否传播和理解、企业文化的特征是什么、哪些是我们的成功关键要素等一系列问题的诊断。诊断中要进行系统的调研、诊断、访谈，发问卷，最后形成关于企业文化理念特点、建设的现状、实施效果的评估和诊断报告。

9. 标杆研究

笔者认为，要研究一个企业，保证企业文化的落地实施，就要去研究同行业或竞争对手的企业文化是如何做的，向他们能学什么，又不能学什么。例如，电信行业，我可以学习中国移动、学习电信设备运营商的文化理念；房地产行业，我们可以研究万科、万通和国际上成功的房地产公司，研究它们的文化理念是什么样的，有什么特点，是如何实施、推广企业文化的；保险行业，我们可以研究人保、太保，包括美国的安联、安盛等这些保险公司，研究这些企业的特点和规律以及它们是如何宣传和推广企业文化。这些都是标杆研究的内容和范畴。

10. 领导思想汇编

领导思想汇编是管理思想文化体系传播的一个重要手段和载体。例如，有的企业其历史很悠久，规模很大，历任领导的管理思想、经营理念很多，需要系统整理归类，整理成册加以宣传推广；有的企业我们可以做一个领导思想汇编，即出版一本内部书籍或者册子，介绍李总怎么讲企业文化、张总怎么讲管理思想等。这些领导的思想素材可以通过领导历年的讲话和报告得到，最后形成一个管理思想文化体系。

11. KPI 落地

KPI 关键业绩指标如何体现企业文化？这个问题对于企业文化落地来说是最核心的难题，也是企业文化实现落地是否有效的指标。举例来说，如果公司提倡创新，那在制度上、KPI 指标考核中有没有体现要求员工创新，即容许犯"错误"，创新有指标；公司提倡团队合作，那在 KPI 考核指标上涉及员工绩效奖金的地方，有没有通过考核系统、绩效系统使员工认识理解到团队合作问题。这些制度和指标对于 KPI 落地就是一个非常重要的保障。

12. 工作改进计划

工作改进计划在此特指企业文化宣传实施工作的改进计划，即当一个月（或一季度、半年）到期后，需要审查每个部门、每个下属公司的企业文化执行得怎么样？做得好还是不好？并针对执行中的问题提出改进建议和计划。

13. 制度审查

制度审查与 KPI 落地是相关联的，是指审查企业文化是否体现在制度上面？制度之间有没有打架？这些制度怎么修改？要不要进行修改？哪一章哪一节要进行修改？即我们说的要把公司所有的管理制度、规章、规范等各种制度拿来，一起来对照企业文化并进行审查。例如，我们企业提倡创新、提倡团队合作、提倡爱岗敬业等，这些倡议有没有在制度上面打架？有没有体现企业的企业文化？把所有的制度拿出来，对照企业文化大纲进行对照，审查哪些制度没有体现企业文化，哪些地方应该进行修改；哪些制度体现了企业文化，要进行说明。最后，完成制度审查报告。这项工作耗时费力，需要慎重采用。

14. 考核监督

任何工作都有考核和监督，否则就很难执行。企业文化的工作本身做得怎样？如何去考核监督企业文化工作小组？对于贯彻执行的效果和时间进度，也需要考核监督。一般地，对于企业文化建设工作小组和领导小组也有相应的指标考核。

15. 成果宣传出版

成果宣传出版与我们前面讲的领导思想汇编有相似之处，就是企业文化的案例、手册等前面所讲的企业文化工作的成果展现出来，出版或者汇编成册。例如，友泰咨询在为河北白沙公司咨询调研之后出版的《文化聚力》一书，就是典型的既是企业文化咨询的成果，又是企业文化建设的成果。这样的成果对于文化落地的过程宣传很有价值。

16. 文化效果评估

文化效果评估即企业文化实施建设的效果评估。它可能不是一年或半年做一次，可能三五年才做一次。文化效果评估与前面所讲的文化诊断有相同的地方，但企业文化诊断更关注短期的诊断效果，而企业文化效果评估则更多地带有研究和总结的角度，很长时间才会再做一次（跨5 年、10 年），并且基本上都是由专业的咨询机构或研究机构来做。

17. 专项问题

专项问题指任何一个企业都有其独特的企业文化问题，要对这些问题进行专项研究。由于企业文化受社会、民族、区域以及文化风格的影响，不同行业、性质的企业其企业文化存在不同问题。有的企业是跨部门的跨团队协作问题，如我们为中国银行总行做过的内部客户满意度调查项目；有的公司是全国范围内的跨地域的公司，如移动公司、电力公司、银行，还有项目性公司如房地产，这些公司可能总部在这里，分支机构在那里，各个地方都有，这些特点问题是跨地域问题。如我们在为山东鲁能集团提供咨询服务时，考虑到儒家文化作为地域文化可能对这个企业的文化影响很深，就需要对其专项研究。

第三节 落地实施：企业发展的永续之道

企业文化建设的最终目的是要有助于实现企业的"战略落地"。实现"战略落地"涉及一系列的结构性整合，企业必须按战略目标实现及结构性整合的要求，演绎出一套"核心价值理念"，然后在基本价值理念的基础上导出企业的"系统做事原则"，并使其与企业内部的规章制度尤其是价值评价与分配制度实现对接，形成强有力的以实现企业战略目标为导向的体现企业核心理念的激励与约束机制，使企业文化演化为强有力的管理行为或管理活动。这些管理行为和管理活动有效地激励与约束员工调整各自的行为方式与做事习惯，使其自觉地依照实现战略目标的要求行事，达到促进企业战略落地的目的。企业文化建设核心要素模型如图7-4所示。

图7-4 企业文化建设核心要素模型

企业文化建设的途径主要有两种：① 内在途径，通过企业内部的各种活动，完善企业自身的机制，在企业里形成有利于文化"生长点"的土壤。这方面的工作包含许多内容，如设立组织机构、完善企业文化机制、优化企业内部环境、树立企业精神等。② 外在途径，通过企业对外的传播活动，向社会辐射企业的影响，为创立企业文化提供良好的外部环境。这部分的主要工作是塑造企业的外部形象，让社会通过企业形象来了解企业，为创立企业文化提供条件。

企业文化建设需要经过一定的程序，才可能逐步实现。综合考察企业文化建设的过程，一般分为6个阶段：调查分析阶段、总体规划阶段、实施论证阶段、传播执行阶段、评估调整阶段、巩固发展阶段。这6个阶段不是截然分开的，它们之间存在着前后继承的关系，前一阶段是后一阶段的前提，后一阶段是前一阶段的文化发展的继续。每一阶段的工作并不独立存在，它可能与其他阶段的工作交叉进行，在空间上并存。同时，在这些阶段都存在着信息反馈，根据反馈信息，不断地修正自己，使整个文化创立工作处在良性循环之中。企业文化建设与管理全流程模型如图7-5所示。

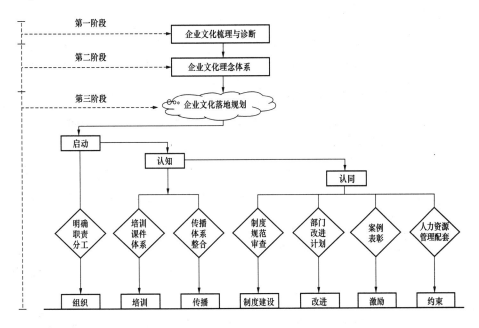

图7-5　企业文化建设与管理全流程模型

在开展企业文化建设之前，一定要进行企业文化建设的相关准备工作。真正的企业文化常常意味着企业本质层面的变动，不做好充分的准备无疑是拿企业的明天开玩笑。准备工作包括：① 确定企业文化建设的共识。只有企业内部对文化弊端有透彻的认识并具备改变的坚定决心，企业文化建设才有成功的可能，那种突如其来的热情只能让企业文化消逝得更快。② 设置企业文化管理机构。只有常设的企业文化管理机构，企业文化建设才能有专业的团队负责，企业文化工作才不至于经常被高层领导忽视，防止"一锤子买卖"。③ 创建企业文化项目小组。达成共识之后应立即成立企业文化项目小组，以切实负责而后所有的从诊断到实施的具体事宜，小组是否精干得力是项目质量的关键。④ 拟定企业文化建设计划。企业文化项目小组成立后的第一件工作就应当是拿出一个通盘的工作计划。一个完整的计划应包括下列内容：项目的目的、背景问题、目标范围、小组规章；专案计划书；专案管理报告；变革管理等。⑤ 召开企业文化管理层研讨会。"火车跑得快，全凭车头带"，企业文化建设计划必须反映管理层的意愿和得到一致的理解。⑥ 召开企业文化创建动员大会。光有领导者的行动承诺是不够的，没有员工的积极参与，企业文化是无法落实到每一天、每个人的每一件工作上去。要避免"皇帝新装"式的自欺欺人，企业文化建设必须发动群众，走群众路线。

1. 调查分析阶段

企业文化的调查研究同其他社会调查不同，它是以企业发展、企业生产经营为中心，对企业文化因素进行考察，为企业文化建设提供参考信息。

（1）企业文化发展史的调查分析。每个企业都有自己的企业文化发展史，区别在于文化的个性和特色。企业在创立新的企业文化时，实际上都在自觉与不自觉地受到过去已有企业文化的影响，新文化是在旧文化的基础上发展起来的。因此，创立企业文化需要总结过去，继往开来。

（2）企业文化发展的内在机制的调查分析。企业文化生成与发展的核心机制是内在地对企业活动信息进行加工的机制，其现实形态表现为企业的经营活动机制。这是创立企业文化调查分析的中心环节。

（3）企业价值观的调查分析。企业价值观是企业文化的中心环节，是核心。对现在企业价值观的调查分析是确定新价值观的基础。价值观文化是企业文化中最难确定的部分，其稳定性最大、影响力最大。因此，确定企业价值观是企业文化建设的首要任务。

（4）企业文化发展环境分析。企业文化的形成和发展离不开文化环境，文化环境是影响企业文化的外部因素。

（5）企业文化发展战略调查分析。调查分析企业文化的过去、现在的发展轨道，预测企业文化未来的发展道路，结合企业经营发展战略，对企业文化未来发展可能产生的影响进行战略性分析。将企业文化看成是未来企业竞争的焦点，文化的力量决定企业竞争的力量。

（6）企业人的素质分析。企业文化是企业人群体加工企业信息后的产物。企业人是企业文化生成与发展的产物。群体素质的高低直接影响企业文化水平的高低。创立企业文化，必须调查分析企业人的素质。

数据本身不会说话，要撬开它的嘴巴必须建立企业文化建设模型。通过对模型的审慎研究，我们可以明确现在的企业文化在哪里？它将往何处去？以及如何去那里？① 现在的文化是什么？包括企业的主导文化类型、目前支配企业的主导文化的强度、企业不同业务单元文化的一致性和差异性。② 期望的文化是什么？包括目前企业文化的不足之处、企业文化改进或者变革的方向、期望文化的优势所在。③ 有哪些差距？包括现状文化与期望文化的差距、值得保留的企业文化特征。④ 如何减少差距？包括文化改进或者变革的突破口和突破阻力应配备的管理资源、改革风险以及应对措施。⑤ 应注意的关键影响因素。包括个人影响力尤其是领导者个体行为特征、竞争环境（行业、地区）、传统文化群体背景、组织形式、信息技术、人员素质、企业生命周期。通用企业文化落地模型如图 7-6 所示。

2. 总体规划阶段

企业文化建设包括一系列的行为，需要制定总体的规划方案，总体规划建立在调查分析的基础之上，不是主观臆测的，科学性和灵活性是制定总体规划的保证。

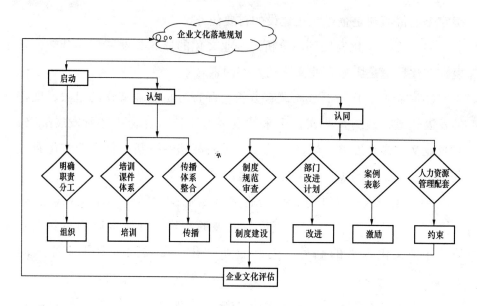

图7-6 通用企业文化落地模型

总体规划是企业文化的倡导者根据企业文化现实和未来文化发展的设想，在调查分析的基础上制定的文化发展方案。

（1）提出创立企业文化的目标、宗旨及其意义，从宏观上提出未来文化发展的走向，给本企业文化定位。

（2）提出高品位的文化价值观。科学、简练、明确地让所有企业人都正确理解企业文化价值观对他们的要求。

（3）依据企业的个性特色，以企业价值观为中心，提出企业精神、企业哲学、文化信念等精神文化目标。

（4）结合企业经营战略目标，明确物质文化将要达到的指标。提出有针对性、指导性的物质文化措施。

（5）提出切实可行的行为方案。强调企业人的文化自觉力和自我约束力，依据企业人的素质来确定强化或淡化制度和规定的制约机制。

（6）对企业原有文化给予客观公正的评价，并提出需要继承和发扬的文化传统。

一般而言，本阶段需要制定出企业文化大纲、企业文化手册及企业文化案例集，以形成系统的企业文化体系。本阶段需要开展以下几方面的工作：

（1）明确企业文化建设目标。企业文化的建设目标从来都不是孤立的，它源自于企业的总体经营战略，并对总体经营战略起支持作用。从这个意义上说，那些惯常设定的"凝聚力"、"形象提升"是可笑的，是注定不可能实实在在改善企业经营绩效的，它只是一件好看的衣服，而衣服下面什么都没有。

（2）选择企业文化战略。企业文化战略包括集团企业文化战略及业务单位企业文化战略。集团企业文化战略有三种基本类型，分别是创新型文化战略、流程型文化战略及顾客型文化战略。这三种基本类型的企业文化战略并无高下之分，但是在特定的行业背景和员工素质的情况下，可能选择某种类型的企业文化战略比其他的战略类型拥有更强的适应性，这正是企业需要权衡考虑的。每一个业务单位都有自己独特的业务模式，与其他业务单位的差异程度决定了有三种基本的业务单位企业文化战略可资选择：① 因袭文化战略。母公司具有系统企业文化时，子公司遵循统一的企业文化。② 亚文化战略。建立求大同存小异的亚态文化，一般在折中原则下采用。③ 独创文化战略。独创自己的企业文化模式，且可能与母公司企业文化相异。

（3）企业文化结构规划。企业文化结构规划包括拟定企业文化定位（核心价值观）及设计企业文化结构。企业文化定位是企业文化的核心，决定了企业文化的本质特征，揭示了企业文化的核心价值观。建立在核心价值观上的企业文化结构完整展示了企业文化的全貌。确定了企业文化定位，企业就可以在其基础上对每一个企业文化要素进行设计。图7-7所示即为企业文化结构设计的模板。

企业文化结构设计

1　企业的基本战略	3.2　质量方针
1.1　企业的愿景	3.3　服务方针
1.2　企业的经营领域	3.4　团队方针
1.3　企业的成长方向	3.5　人才方针
1.4　企业的竞争优势	3.6　资源方针
1.5　企业的战略成功保证	3.7　管理方针
2　企业的价值观体系	3.8　绩效方针
2.1　总体价值观	4　企业的形象
2.2　对股东的价值观	4.1　人的形象
2.3　对顾客的价值观	4.2　物的形象
2.4　对员工的价值观	4.3　事的形象
2.5　对合作伙伴的价值观	5　企业的文化联想物
2.6　对社区的价值观	5.1　企业的文化口号
2.7　对公众的价值观	5.2　企业的歌曲
3　企业的行为方针	5.3　企业的标识
3.1　创新方针	5.4　企业故事

图 7 - 7　企业文化结构设计模板

3. 实施论证阶段

　　总体规划制定之后，需要实施论证，在经过选择的区域内推行，从经验和实践两方面充分论证总体规划的可行性。通过实施论证，寻找企业文化建设的突破口，以较小的代价获得理想的收益。调查分析阶段和总体规划阶段的大部分内容是建立在事实和理念层面，实施论证阶段的工作需要在实践中进行。一般而言，实施论证阶段包括如下几个步骤：

　　（1）选择传播宣传工具，将总体规划渗透到企业基层，让文化假设接受检验。

　　（2）通过座谈会、抽样问卷调查、个别谈话、提合理化建议等形式，搜集反馈信息。

　　（3）确定实验区域，进行实地调查，记录数据和材料。

　　（4）集中所有的信息进行科学分析，总结出文化"闪光点"。

　　（5）修正总体规划中不符合实际的部分。

（6）将修正后的总体规划进行再一次的论证实验，直到被大多数员工认可为止。

4. 传播执行阶段

传播执行是在总体规划经过讨论试验被大多数企业人认可以后，将文化计划变成文化现实的过程。这一阶段是最为复杂、最为多变的阶段，也是最为漫长的阶段。因此，本阶段需要制定企业文化实施纲要及企业文化培训教程，保证企业文化的内部传播及外部推广顺利实施。

企业文化的难度在于其实施，其实施的难度在于如何将价值观念灌输到员工的心中，并不断强化而形成行为方式。仅仅导入是不够的，还必须在企业的管理模式上加以调整使之能够对企业文化进行正强化，如流程的优化、管理制度与文化匹配性审查、人力资源管理制度配套等。企业制度与文化匹配性评估技术流程如图7-8所示。

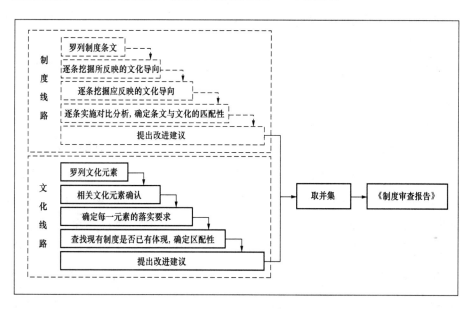

图7-8 企业制度与文化匹配性评估技术流程

企业文化内部传播是极为重要的企业文化实施活动，是着眼于全体成员对企业文化的了解、领悟到实践。主要的传播工具有4种：① 企业文化培训。如管理层培训、文化管理人员培训、员工培训、演讲与报告、自我教育等。② 构建企业文化网络。如正式的提案、非正式的沟通、问题解决、情况通报、内刊与公告等。③ 企业文化仪式与庆典。仪式是一种重复出现的活动，活动目的在于彰显组织重要的价值观、最重要的目标、最重要的人等。如关于产品的仪式、关于人的仪式、关于工作的仪式及庆典活动等。④ 企业文化故事与人物。例如，很多组织都有一些广为流传的故事，而且通常与组织创始人打破规定、从无到有的成功及组织挣扎努力有关。这些故事不仅把组织的过去及现在连接起来，还可以让人明了目前事态的来龙去脉。随着时间的演进，组织常会发展出许多独特的用词，用来描述机器设备、办公室、重要的人员、供货商、顾客或相关产品，而这些术语对组织成员而言，也是组织文化的一部分。经常利用各种机会表扬先进人物，既可树立员工效仿的模范，同时还培育了员工的荣誉心和责任感。

企业文化的外部推广不仅能够与内部推广形成强大的钳形攻势，而且能够使得企业文化转变为品牌文化，从而打造强势品牌。如企业导入CI 设计。CI 设计不仅仅是美术和广告的设计，还必须在对企业经营策略、核心价值观有深刻认识的前提下进行。举办企业文化活动，如书法、绘画、摄影展、体育活动、征文比赛、文化论坛、文艺技能竞技、团队训练、表彰先进会、联谊会等传统活动，上市、司庆、大客户、新产品、获奖、庆功等庆典活动及环境保护、义务劳动、植树活动、济贫慰问、希望工程等公益活动。广告推广活动，利用不同的媒体传达至不同的特定对象进行全方位沟通，迅速建立起企业文化的外部认知，如电视电台广告、报纸杂志广告、户外交通广告、网站、公司介绍、海报、POP 制作等。

5. 评估调整阶段

企业文化的评估调整，就是根据文化特点、总体规划要求以及客观执行状况，对总体规划、传播执行效果等方面进行衡量、检查、评价和估计，判断其优劣，调整目标偏差，避开文化负效应，保证正效应，使创立企业文化工作向健康、稳定、正确的方向发展。企业文化评估的通用维度见表7-1。

表7-1　　　　　　　　企业文化评估的通用维度

指标属性		指　标	维　度	权重	数据来源
公司级指标		企业文化知晓度	理念认知		
		企业文化培训普及率	理念认知		
		企业文化认同度	理念认同		
		企业文化建设任务按计划完成率	落地效率		
部门级指标	综合指标	企业文化知晓度	理念认知		
		企业文化培训参与率	理念认知		
		企业文化认同度	理念认同		
		企业文化建设任务按计划完成率	落地效率		
		公司文化建设活动参与率	落地效率		
		制度的文化匹配性评估计划完成率	理念与制度匹配		
		本单位收入案例集数量（加分）	理念与行为匹配		
		单位、个人受处分情况	理念与行为匹配		
		员工满意度	领导风格		
	单项指标	……	核心理念1		
		……	核心理念2		
		……	核心理念N		

6. 巩固发展阶段

巩固发展就是在初步建立企业文化的基础上，稳定已取得的文化成绩，进一步突出文化个性，发挥企业文化的效能，以创新的企业文化为动力，加入企业竞争和社会竞争。

综上所述，企业文化的建设过程不是截然分开的，它们有内在的联系，在空间上有时有几个阶段同时并存。我们区分为六个阶段，是建立在一种假设之上，为我们建设企业文化作参考。在现实中建设企业文化时，需要以科学的态度和企业实际情况来对待。如何在每一阶段突出工作重点，如何合理配置人力、物力、财力，如何着手，如何充分调动企业员工群体的参与意识，如何有效发挥组织者、管理者的作用等问题，都需要在创造性思维的指导下灵活机动地处理。因此，建设企业文化既有程序可依，又没有程序可依。程序是总结经验和文化假设的结果，可以依照这些程序；程序又是灵活的、变化的，不存在非这样不能那样的强制性，又是不可依的。最好的程序是一个企业已经建立了最佳文化以后，他们所经过的程序。一切程序都是为建设企业文化这个目的而存在。

小结

企业文化从根本上讲是一种心理契约，是一种管理氛围，其根本作用是在企业中形成一种正气，形成一种积极向上的氛围，形成一种崭新的精神面貌。从而化有形为无形，形成企业特有的氛围监督力，保证员工获得高绩效。本章系统地论述了企业文化的内涵、形成及落地实施的程序、方法，为企业文化在电网企业的落地与实施，全面提升人力资源管理水平提供可借鉴的思想及方法。

参 考 文 献

[1] 涂方根．管理一定要落地．北京：清华大学出版社，2007．

[2] 吴春波．朴素的企业文化与真正的核心竞争力．点亮网，2003．

[3] 国家电网公司．国家电网公司 2005 年社会责任报告．北京：中国电力出版社，2006．

[4] 国家电网公司．国家电网公司 2006 年社会责任报告．北京：中国电力出版社，2007．

[5] 周波．中国电力工业市场化改革的问题及展望．国家电力监管委员会，2007．

[6] 刘昕．人本之道：中国人力资源管理沉思录．北京：中国劳动社会保障出版社，2007．

[7] 刘昕．薪酬管理．北京：中国人民大学出版社，2007．

[8] 陈跃辉．构建高绩效管理平台的四个关键问题．湖南省娄底电业局，2007．

[9] 曹仰锋．绩效管理实战技能研讨会讲义．北京：中国人民大学，2006．

[10] 周玲玲．浅议电力企业班组建设管理．荆楚网，2007．

[11] 不详．中层管理者工作着力点在搞好班组文化建设．企业文明网，2007．

[12] 钟富春，武涛．电力企业薪酬改革透视．经济师，2005．

[13] 卢扬，梁迎．电力行业"薪"愁解析．中国电力新闻网，2006．

[14] 沈虹．A 电力公司薪酬改革制度探讨．成都：西南财经大学，2004．

[15] 张在远，林波．新一代电力企业薪酬体系设计的若干思考．广西电业，2003．

[16] 郭阳．对深化四川电力企业劳动用工制度改革的思考．四川电业，2007．

[17] 马文捷．电力企业有效薪酬激励机制的建立．市场周刊，2007．

[18] 郭向辉．基于能力的薪酬设计研究．北京：华北电力大学，2005．

[19] 李安平，戴莉．国电南方公司努力建设高素质干部队伍．中国电力新闻网，2001．

[20] 周雪峰．坚持以人为本的强企战略——对企业人才队伍建设的思考．建筑时报．

［21］安华．加强人力资源管理，提升电力企业核心竞争力．博客中国，2006.

［22］李令开．标杆管理在国家电网公司的应用．中华管理学习网，2007.

［23］孔祥元．国外电力体制改革情况摘编．电力系统自动化网，2006.

［24］杨亚．从国外电力工业体制改革模式引出的几点启示．中国三峡建设，2001.

［25］叶芃．塑造企业文化从企业行为开始．中国管理传播网，2003.

［26］安岷．超强执行力的九要素模型．中华硕博网，2006.

［27］张霖．增强团队凝聚力的七种方法．郑州：解放军信息工程大学，2006.